붐뱁, 잉글리시, 트랩

붐뱁, 잉글리시, 트랩

BOOM BAP,
ENGLISH,
TRAP —— 김준녕 장편소설

네오
픽션

1장 붐뱁 Boom bap

잉글리시, 잉글리시, 잉글리시 9

울트라 화이트 티스 15

잉글리시 타운 25

2장 잉글리시 English

오컬트 스테이 55

런치 70

클라스 81

스파이 95

파이트 110

파디 131

베이커리 숍 151

일라이 161

폴리스 스테이션 167

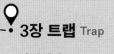

3장 트랩 Trap

아이리버 183

팁 196

카지노 203

포커페이스 217

머니 228

웨스턴 스파게티 245

DPR 코리아 250

옥토퍼스 262

주체 아이디어 272

프리즌 브레이크 281

오디세이 293

코리아, 코리아, 코리아 306

후일담 324

작가의 말 328

추천의 말 330

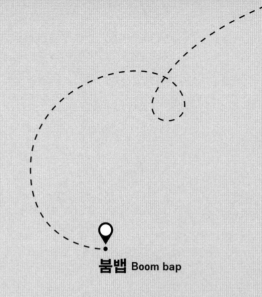

붐뱁 Boom bap

잉글리시, 잉글리시, 잉글리시

영어 공부를 시작한 지 22년 차.

'I, MY, ME, MINE'을 '아야어여'보다 더 많이 외웠다.

그렇다고 영어 프로는 아니다. 이 나라 전체를 따지면 평균에 속하는 실력이니까. 한국 사람들은 태어나 학교를 다니다가 취업할 때까지, 심지어는 은퇴하고 관절염에 무릎이 아파 해외여행을 가지 못할 때까지, 아니 병상에 누워서 디즈니 영화와 HBO 드라마를 볼 수 없을 때까지 영어를 배운다. 우리는 평균을 놓고 프로라 말하지 않는다. 물론 영어에서의 'Pro'와 한국에서의 '프로'는 전혀 다른 단어니 오해하지 말기를 바란다.

엄마는 식탁에 마주 앉은 내게 말했나.

"Hey, Lion(야, 라이언)."

엄마의 모든 말은 명백한 한국어다. 왜냐하면 나는 여태껏 그 어떤 나라의 드라마나 영화에서도 이런 영어 발음과 문법을 들어본 적 없으니까.

"What you want to eat(무얼 먹고 싶니)?"

엄마의 영어 발음은 1970년대 뉴스 속 서울 시민의 입에서 나올 법한, 완벽한 한국인의 것이다. 그 발음으로 〈널리리야〉나 〈아리랑〉을 부르면 아름다울 텐데. 그러나 엄마는 커트 코베인과 레드 제플린을 좋아했고, 욕실 청소를 하며 되지도 않는 발음으로 그들의 3옥타브 바이브레이션을 재연해냈다.

게다가 내 귀에 너무나 명확히 들린다. 사실 이것이 가장 큰 문제다. 다른 사람의 영어는 아무리 노력해도 잘 들리지 않건만, 엄마의 영어만은 또박또박 하나도 빠짐없이 다 들렸다. 이게 가족애라는 걸까.

내가 말없이 고개를 젓자 엄마가 식탁을 강하게 내리쳤다.

"Say it(말해)."

가만히 엄마를 바라보았다. 엄마는 내가 대답할 때까지 자리에서 일어나지 않을 셈인 듯했다. 나는 우선 말하고 싶은 문장을 떠올렸다. '나는 제육볶음을 먹고 싶어.' 그다음 모든 문장 요소를 영어 문법에 맞게 재배치했다. '나는 먹고 싶어 제육볶음을.' 그리고 영단어로 바꿨다.

"I want to eat(나는 먹고 싶어)……."

70퍼센트는 성공이다. 엄마는 내 입술을 뚫어져라 쳐다봤다. 입을 뻥긋하는 것을 보니 뒷말을 알려주고 싶어 입이 근질거리는 모양이다. 엄마의 입술이 바르르 떨리기 시작했다. 나는 천천히 말을 이었다.

"제유그-보끔."

대각선 방향에서 곧장 날아온 숟가락이 정확히 내 이마를 맞히고 바닥에 떨어졌다. 머리카락에 밥풀이 덕지덕지 묻었다. 나는 당황하지 않고 고개를 숙여 숟가락을 주워 들었다. 할 말은 많았다. 막걸리를 '코리안 라이스 와인'이라 부르지 않고 고유명사 그대로 '막걸리'라 부르도록 국립국어원에서 장려하는 것처럼, 제육볶음 역시 그냥 '제육볶음'이라 불러야 한다고. 그러나 나는 그러한 변명을 영어로 늘어놓을 수 있을 만큼 영어에 능통하지는 못했다. 만약 영어로 능숙하게 말할 수 있었다면 우리 집이 이 지경까지 괴이하게 변하지는 않았겠지.

부모님은 돈을 쏟아부어도 좀체 늘지 않는 내 영어 실력을 보고서 특단의 조치를 내렸다. 그 조치란 '집에서는 그 누구도 한국어를 쓰지 못하게' 하는 다소 강압적인 방식이었다. 엄마의 제안으로 시작된 이 규칙은 처음에는 아빠의 반대에 부딪혔으나, 그는 당신들의 노후를 지켜야 한다는 엄마의 눈물에 설득당해 적극 가담하게 되었다. 물론 내가 없을 때 둘이서는 한국어를 말할 수도 있다. 그래도 적어도 내 앞에서만은 무조건 영어로 대화했다.

아빠는 씩씩거리며 날 노려보았다. 엄마가 내게 소리쳤다.

"How dare you(네가 감히)!"

국민연금으로 주식투자를 했다가 실패했다는 기사를 보는 직장인의 심정이 저러할까? 아빠는 밤마다 서랍에서 무언가를 꺼내 보았다. 잔액 '0'원이 찍힌 예금통장들이었다. 그 안에 들어 있던 돈이 모조리 내 학원비로 사용되면서 아빠의 투자는 폰지사기라 불러도 무방할 정도로 실패하고 말았다.

영어학원에만 한 달에 50만 원. 1년이면 600만 원. 20년이면 1억 2천. 그 돈으로 어디든 아파트를 샀더라면 내가 지금까지 영어를 배우지 않아도 될 것이었다. 투자에 실패한 사람은 아빠뿐만 아니라 나도 마찬가지였다. 나는 내 짧은 인생 전부를 영어에 걸었고, 전부 잃었다.

엄마의 눈가가 파르르 떨렸다.

"You should study English more(넌 영어를 더 공부해야 해)."

엄마의 말은 거기서 그치지 않았다.

"for(……를 위해)……."

얼마 가지 않아서 말끝을 흐렸지만 분명 'Us(우리)'였을 것이다. 하지만 엄마의 '우리'에 내가 포함되는지는 확신이 서지 않았다. 엄마의 질책에 그저 고개를 끄덕이려다 말았다. 정신을 바짝 차려야 했다. 여기서 입을 잘못 놀렸다간 무슨 일이 벌어질지 알 수 없었다. 나는 거의 유일하게 입에 달라붙도록 연습한 문장을 우물거렸다. 자리에서 일어나 공손하게 두 손을 모으며 고개를 숙였다.

"Sorry, mom and daddy. I will do better(엄마 아빠, 미안. 더 열심히 할게요)."

성공적이었다. 내 대답을 들은 엄마는 고개를 내저으며 한숨을 크게 내쉬었다. 사건이 일단락된 것처럼 보였다. 역시 노력은 나를 배신하지 않았다. 발음도 톰 행크스 혹은 데인 드한 그 사이쯤으로 들렸다. 영화 촬영을 하고 있었다면 분명 한 번에 컷 사인이 났을 텐데.

물론 이 짧은 문장을 말하기까지도 아주 오랜 시간이 걸렸다. 슈퍼주니어의 〈쏘리 쏘리〉 춤까지 춰가며 반복적으로 혓바닥을 놀렸다. 살기 위해서였다. 이것조차 숙달하지 못했으면 나는 아마 한참 전에 집에서 쫓겨났을 것이다. 아빠가 나를 향해 중지를 들어 올렸다. 마디가 짧고 군데군데 굳은살이 박인 손가락이 내 앞으로 불쑥 다가왔다.

"Fuck you(엿 먹어)."

영어의 'Fuck'은 한국의 '씨발'과 마찬가지로 상황에 따라 다른 의미를 가진다. 경치 좋은 해변에서 삼겹살에 소주 한 잔을 들이켜고 인생의 덧없음을 헤아리며 읊조리는 '씨발'과

20년 동안 수억 원을 쓰고도 영어 한마디 못 하는 아들에게 외치는 '씨발'은 전혀 다른 단어다. 아빠는 이와 같은 원리로 모든 상황에서 "Fuck"이라 외쳤다. 아빠의 'Fuck'은 한편으로는 위협적이었으나, 다른 한편으로는 동정심을 유발했다.

분명 아빠도 하고픈 말이 많았을 것이다. 그러나 내가 누구의 아들인가? 아빠의 아들이다. 아빠는 긴 문장을 말하려다 막히면 내게 가운뎃손가락을 들어 올리고 욕을 뱉었다. 아빠는 나보다도 영어와 덜 친했다. 그도 그럴 것이 과거에는 중학생이 되어서야 알파벳을 접했다고 한다. 뿔뿔뿔. 바닥을 기어다닐 때부터 머릿속에 알파벳을 때려 넣어도 안 되는 것이 영어인데, 하물며 중학생 때 접했다고 하니 결과는 이미 정해진 셈이었다.

나는 아빠가 모든 상황에서 "Fuck"이라 말하는 것에 그다지 불만을 느끼지 않는다. 영화 〈가디언즈 오브 갤럭시〉의 '그루트'도 만나는 모든 이에게 "그루트"라고 말하지 않는가? 그런데도 주변인들은 모두 뜻을 알아듣는 데다 그루트가 다른 언어를 배워야 한다며 불평하지도 않는다. 아빠의 'Fuck'도 우리 가족에게는 마찬가지였다. 때로는 사랑의 언어로 또 때로는 걱정의 언어로.

물론 99퍼센트는 말 그대로 내게 하는 욕이었다.

울트라 화이트 티스

엄마는 내가 영어만은 잘하기를 원했다. 이유는 간단했다. 그것이 오늘날 사회에서 살아남을 수 있는 가장 최적의 방법이니까. 한국 사회에서 영어를 하지 못하면 문자 그대로 '살아남지' 못한다. 응당 부모라면 자식이 사회에서 살아남기를 바라지, 방구석에 처박혀서 쓸쓸히 인터넷 강의를 듣고 혀를 굴리며 발음 연습만 하다가 늙어가는 것을 원하지 않을 테니까.

학창 시절, 엄마는 거의 모든 과목에서 100점을 맞을 정도로 수재였다, 단 하나의 과목만 제외하면. 이미 눈치챘겠지만 낙제점을 받은 과목이 바로 영어였다. 엄마는 이상하게도 영어 성적만은 전교에서 늘 바닥을 밑돌았다. 엄마는 그 당시 영어 담당이었던, 박현숙 선생을 지독하게 싫어했다고 한다. 박현숙 선생은 수업 시간마다 엄마를 콕 집어서 발바닥을 때리고 가방 검사를 했다. 이유는 없었다. 아니, 있었나? 그냥 보기 싫어서? 그것도 이유가 될 수 있나? 엄마가 지레짐작한 바로는 학기초 박현숙 선생이 학부모 상담을 해야 한다며 외할머니를 불렀는데, 으레 오가던 흰 봉투가 보이지 않아서였다.

문제는 거기서부터 시작됐다. 영어만 제외하면 모든 것을 잘했던 엄마는 영어 때문에 대기업에 취업하지 못했다. 한국은 수출로 먹고사는 나라였고, 수출에 있어 영어는 그 무엇보다 중요한 핵심 요소였다. 한번 놓아버린 영어 공부는 도무지 손에 잡히지 않았다고 한다. 결국 엄마는 영어와 씨름하며 나이 들어갔고 정신을 차렸을 때는 당시 취업 상한 나이였던 이십대 중반이 되어, 취업시장은 물론 결혼시장에서도 완전히 제외되고야 말았다. 엄마는 할아버지가 논밭을 팔아 매수한 중매쟁이를 통해 아주 어렵게 맞선을 봐 능력 없는 아빠를 만났고, 그해 바로 결혼하여 나를 낳았다.

엄마와 정반대로 다른 과목들은 낙제점에 가까웠지만 영어는 잘했던 정숙 아주머니는 단번에 무역상사에 취업하더니 직장 동료와 1년 만에 결혼해 서울에 아파트를 샀고, 지금은 1년에 해외여행을 두 번이나 다니며 엄마와는 전혀 다른 세상을 살고 있다. 엄마는 정숙 아주머니와 통화하는 동안 화려한 삶을 꿈꾸는 듯한 표정을 지었다. 그러고는 그때 당신도 조용필이나 심수봉 같은 한국 가수들이 아니라 비틀스나 마이클 잭슨을 좋아했더라면 다른 삶을 살았을 것이라 말했다. 선망이나 동경의 대상으로도 보기 어려울 만큼 엄마와 정숙 아주머니의 삶은 동떨어져 있었다. 할리우드 영화 속 화려한 삶을 사는 배우를 멀리서 바라보듯, 둘은 서로 완전히 다른 세계에 살고 있었다. 엄마는 그 이후로 정숙 아주머니가 이제는 좋아하지 않는 너바나에 빠져들었고, 내 영어 점수를 보고는 커트 코베인처럼 자기 머리에 총 쏘는 시늉을 했다.

잠깐. 오늘날은 다르다고? 번역기를 쓰면 된다고? 인간을 뛰어넘는 AI가 날뛰고 있는 오늘날, 도대체 왜 영어 공부 같은 구닥다리 교육을 받아야 하느냐고? 픽이나. 한 가지만 예로 들어보겠다. 요즘 같은 AI 시대에는 AI에 어떤 명령어를 입력할 수 있느냐가 개인에게 있어 가장 중요한 덕목이다. 총을 쏘는 각도가 1도만 틀어져도 총알이 과녁을 비껴가듯, 명령어의 세밀한 차이로 결과물이 천차만별 달라지기 때문이다('사지가 멀쩡한 사람'과 '사지는 멀쩡한 사람'의 의미가 다르듯이). 그런데 여기서 문제점은 대부분 AI 모델의 사용 언어가 젠장, 역시나 또 영어라는 점이다.

이런 상황에서 '발그스름하다'와 '불그스름하다'를 'reddish'라는 한 단어로 뭉뚱그려버리는 한국어 번역기로 과연 당신이 앞으로 다가올 AI 시대에서 살아남을 수 있으리라 생각하는

가? 게다가 AI는 쉬지 않는다. 그들은 인간이 결코 넘볼 수 없는 생산력으로 '영어로 작성된' 정보들을 24시간 한순간도 쉬지 않고 세상에 살포하고, 사람들은 그 정보를 받아들이기 위해 '영어를 공부'하고 '영어'로 AI에 수많은 정보를 입력한다. 입력된 정보로 학습의 과정을 거친 AI는 또다시 더 많은 정보를 생산해내며 순환의 고리를 만든다. 강력한 AI의 등장으로 오늘날 영어는 완전한 세계적인 패권자가 되었다.

이제 한국의 돈 좀 있다는 자본가들은 영어를 못하는 당신을 고용하기보다 오히려 발전한 번역기를 사용해서 영어가 유창함과 동시에 K-POP과 한류의 영향으로 한국어를 배운 저임금 노동자들을 고용하는 편을 선택할 것이다. AI나 SNS, 화상회의 등 기술적 발전으로 당신이 한국에서 태어났다는 지리적 이점은 날이 갈수록 줄고 있다. 우리는 과거보다 영어를 더 배웠어야 했으면 했지, 덜 배워야 했던 적은 없다.

그러니까 요약해서 말하자면, 모두 영어 때문이었다.

나의 탄생부터 영어마을에서 벌어진 그 모든 일이 말이다.

*

식탁에서의 한바탕 소동을 피하고자 방으로 들어왔다. 내방에서 '한국말'의 흔적은 찾아볼 수가 없다. 책은 물론이고 옷과 이부자리까지 모두 한국어가 들어가지 않은 외국 유명 브랜드의 것들로 채워졌다. 그렇다고 불만은 크게 없었다. 하나를 얻으면 하나를 잃는 이치랄까? 『그레이의 50가지 그림자』같이 '청소년에게는 그다지 추천하지 않는' 책이라 해도 영어로 쓰여 있기만 하다면 부모님은 선뜻 구매해주었다. 덕분에 나는 영어로 만들어진 온갖 추잡하고, 야하고, 폭력적인 작품들을 어릴 적부터 접할 수 있었다(물론 그 범위에는 '고전'도 포함되었다. 오늘날 『성경』 대접을 받는 일부 고전들도 발간 당시에는 소설, 말 그대로 '작고 보잘것없는 이야기'로 취급받았으니까).

나는 『트와일라잇』 속 대사들을 훑어보았다. 묘사가 가히 예술적이라 할 수 있었다. 특히나 잘생긴 주인공에 대한 묘사가 엄청났다. "Ultra white teeth(쩌는 하얀 이)"라니. 20세기 미술평론가가 사진처럼 쏟아지던 리얼리즘 그림을 보다가 피카소의 〈아비뇽의 처녀들〉을 바라볼 때 심정이 이러했을까? 나는 죽었다 깨어나도 그리 말하지 못한다. 스테프니 메이어의 반만큼이라도 영어를 할 수 있다면 얼마나 좋을까, 토익에서 높은 성적을 얻을 수 있을 텐데. 침대 위에서 자세를 고쳐 잡고 베개를 외국인 애인이라 생각하며 감정을 잡아보았지만, 정작 내 누런 치아를 거쳐 나오는 말은 지나치게 한국적이었다.

"아따, 좋구면."

귀를 씻어내고 싶었다. 책상 위에 책을 던져두고 다시 침대

에 누웠다. 신발을 신은 채로 말이다. 나를 가르쳤던 서울대 출신 과외 선생은 언어를 배우기 전에 그 나라 문화를 먼저 배워야 한다고 했다. 예를 들어 일본어를 배우기 위해서는 그들의 사무라이 정신을 체득해야 하며, 적어도 유명 명작 애니메이션만큼은 수십 편은 봐야 했다. 그렇지 않으면 '바카야로(ばかやろ)'를 '등신 새끼'가 아니라 '바보 짐승'으로 받아들이는 대참사가 벌어지니까.

나는 벽면에 붙은 〈닌자 거북이〉 포스터를 보며 혼잣말을 중얼거렸다.

"코와붕가."

뒤에 붙은 두 음절을 일부러 한 번 더 곱씹었다. 내가 방금 말한 것은 영어일까, 한국어일까. 혹은 어떤 아류? 콩글리시를 한국어로 분류하는 것을 보면 내가 말하는 모든 영어는 그저 영어인 척하는 한국어일 뿐이다. 이렇게 보니 퍽 억울했다. 유럽인, 특히나 네덜란드인은 4개 국어를 곧잘 한다고 했다. 한 방송프로그램에서 여러 언어를 현란하게 쏟아내며 콧대를 드높이는 그들을 보며 한때는 기가 많이 죽었었다. 그러나 막상 네덜란드어를 뜯어보니 영어와 프랑스어의 특징을 고스란히 가지고 있는 게 아닌가. 어순도 비슷하고 심지어 일부 표현은 같았다. 서로 다른 단어가 있다고 하더라도 문맥에 맞춰 충분히 해석할 수 있었다. 하긴 그들 언어의 뿌리를 거슬러 올라가면 라틴어라는 거대한 언어적 어머니에까지 도달하니, 그 지리적 이점에 그저 감탄할 따름이다.

그렇게 따지면 나도 5개 국어야.

다섯 손가락을 펴고서 우물거렸다.

"서울어, 강원도어, 경상도어, 전라도어, 충청도어."

나는 이불에 얼굴을 파묻었다. 어쩌다 이렇게까지 망가졌을까. 영어를 못하는 부모님의 유전자가 내게 이어진 것인가? 후천적 노력은 어찌하여 이리도 영어 실력 발전에 도움이 안 되는 것인가? 엄마는 나를 가졌을 때 팝송을 들으며 태교했다고 한다. 그해 전 세계인이 가장 많이 들은 앨범을 사서 들었다고. 미국 학부모 위원회 평에 의하면 그 음악들은 술과 약에 취해 악마를 숭배하며 총기 난사를 암시하는 자들의 음악이었다. 엄마는 가사가 어떻든 내가 영어 하나만은 잘하기를 간절히 원한 것이다.

그렇게 태어난 나는 영어유치원에서 디즈니 세계관을 헤매고 다녔다. 학기말 학부모 초청 연극 행사가 열릴 때면 나는 주인공 칼에 맞아 죽는 '병사 1'이나 말하는 '나무', 배경에 지나지 않는 '산'처럼 엑스트라 역할을 맡아야 했다. 이유야 돈가스 망치로 두어 번 두들긴 듯한 얼굴과 적극적이지 않은 성격 탓 등 여러 가지가 있었지만, 결정적으로는 도저히 영어로 쓰인 대본을 외울 수가 없기 때문이다.

어버버.

아이들은 내 발음을 비웃었고 선생님도 마찬가지였다. 도와 달라는 내 요청에 선생님은 "잉글리시!"를 외치며 질문도 영어로 하라고 했다. 지금도 가끔 눈을 감으면 선생님의 목소리가 들려오는 것만 같다. "잉글리시!" 정신력의 문제일까? 끝내 나는 영어로 말하지 못했고, 선생님에게 어떤 도움도 받지 못했다. 이때부터 내 인생은 브레이크가 망가지다 못해 부서져버린 롤러코스터처럼 하강했다.

본격적으로 학교에 들어가서는 입시 영어를 공부하며 지난한 문장들을 회 치기 시작했다. 여긴 주어, 여긴 목적어, 여긴 서술어. 거기다 몇 형식이고 무엇이 무엇을 수식하는지 우리는 회처럼 문장을 말끔하게 잘라 내어놓아야 했다. 그러나 그렇게 잔인하게 난도질당한 『로미오와 줄리엣』의 문장들은 분명 셰익스피어의 것이 아니었다.

방학마다 친구들은 어학연수를 떠났다. 영국이나 캐나다, 미국, 괌, 필리핀 등 영어를 쓰는 곳이라면 모두 오케이였다. 세계시민답게 발음은 현지 사정에 맞춰 이리저리 어그러졌으나 부모들은 크게 상관하지 않았다. 방학 시즌이 가까워지면 여행사 직원들은 학교 정문을 서성이며 아이들에게 전단지를 나눠 주었다. 전단지 하단에는 싸구려 사탕이 매달려 있었다. 집이 좀 산다는 아이들은 전단지를 받아 들고 시큰둥한 표정을 지었다. 이미 가본 곳이라며 별 흥미를 보이지 않았다.

머리가 굵어지기 시작하자 몇몇 아이들은 개학과 동시에 외국에서 겪은 기상천외한 이야기를 들려주었다. 어느 날 갱들끼리 영역 다툼이 벌어졌고, 마치 자신이 투팍이라도 된 것처럼 총알 세례를 피한 뒤 가까스로 FBI에 신고해 살아남을 수 있었다고 했다. 지금 생각하면 어이가 없다. 고작 초등학생이었을 뿐인데.

외국으로 떠나지 못한 아이들은 무리를 지어 학원에서 영어 공부를 했다. 백인 원어민이 선생이었는데, 기대와 달리 교육은 전문적이지 못했다. 그들은 그저 불법으로 다운로드한 팝송을 시디플레이어로 틀어놓고 따라 부르며 학생들에게 슬랭(slang)을 가르쳤고, 밤에는 창고에서 자기들끼리 낄낄거리고 웃어댈 뿐이었다. 나중에 밝혀진 사실이지만 사실 그들은 창고에 모여서 대마초를 피웠다. 치맛바람이 강한 한 학부모에게 적발되어 강제로 출국당하기 전까지 그들은 학생들과 말 그대로 '행복한 생활'을 보냈다.

그렇게 머리를 처박고 죽어라 영어(정확히는 입시 영어)를 공부해서 대학에 갔다. 영어를 공부하지 않기 위해서 영어를 공부했다. 당시에 엄마는 대학에만 가면 모든 것이 해결될 거라고 했다. 그러나 막상 대학에 가보니 영어 공부는 다른 어떤 공부보다도 중요했다. 학교는 영어를 잘하는 학생들에게 우선적

으로 장학금을 주었고, 외국 학교를 다니다 왔다는 아이들은
한국어에 영어를 섞어 쓰면서 배기팬츠에 비니를 쓰고 엄지와
검지 사이에 담배를 끼워 피면서 무리의 중심에 섰다. 그들은
늘 담배를 몇 모금 피우지 않고 길바닥에 던져댔다. 그리고 나
는 그 담배를 주워 흡연장에서 몰래 피웠다. 그러면 발음이 좋
아질까 해서였다.

"어-얼."

침대에 누워 'R' 발음을 하기 위해 애썼다. 나는 한국 1세대
로커들의 창법(한국인이 'R' 소리를 낼 수 있는 가장 완벽한 방법이라
생각한다)으로 닭 멱따는 소리를 냈다. 고문이라도 받는 것처
럼, 절규하듯 소리를 질렀다. 침이 사방에 튀었으나 어쩔 수 없
었다. 안방까지 들려야 했다. 엄마가 분명 문에 귀를 대고 있을
것이다. 나는 그렇게 입천장에 혀를 붙인 채로 잠이 들었다.

잉글리시 타운

다음 날, 거실에서 들려온 아빠 목소리에 눈을 떴다. 입천장
에 붙어 있던 혀가 굳어 순간 말할 수가 없었다. 풍이라도 온
것 같았다. 손으로 혀를 잡아당겨 혀 스트레칭을 하고 나서야
간신히 목소리를 낼 수 있었다.

아빠의 목소리가 다시 들려왔다.

"Sorry, fuck!"

남들이 봤을 때는 욕만 하는, 한국의 권위적인 가부장 같을
것이다. 그러나 엄마와 내게는 전혀 다르게 들렸다.

바로 이렇게.

'Sorry, fuck(미안해, 도저히 뭐라 말해야 할지 모르겠어. 말로 다 표
현할 수 없을 성도로 모두에게 미안해. 내가 조금 더 잘했더라면 이렇게

살지는 않았을 텐데)!'

실제로 신고를 당한 적도 있다. 어느 날 경찰들이 가정폭력 신고를 받고 왔다고 했다. 그들은 아빠를 안방에 가두고는 거실에서 엄마에게 거듭 괜찮느냐고 물었다. 엄마는 내 눈치를 살피며 우물쭈물하다가 어설픈 영어로 변명했다. 대충 목소리가 클 뿐이라는 내용이었다. 엄마의 부족한 영어 실력에 아빠가 체포될까 걱정되었는데, 의외로 변명은 먹혀들었다. 경찰들은 엄마의 영어를 듣자마자 얼굴이 하얗게 질리더니 자기들끼리 뭐라 쑥덕거린 뒤 한숨을 푹푹 쉬었다. 그러고는 번역기를 돌려 "Turn the noise down(소리 좀 줄여주세요)"이라고 적힌 휴대폰 화면을 보여주고 사라졌다.

나는 열쇠 구멍으로 거실을 내다보았다. 엄마가 아빠를 안아주고 있었다. 언어에 맞게 사람이 변하는 걸까? 가부장적인 한국식 가정에서 순식간에 여러 감정이 넘실거리는 미국 캘리포니아식 가정이 되었다. 그때 엄마가 갑자기 내 방으로 시선을 던졌다. 나는 화들짝 놀라 황급히 자리에 앉은 다음 책을 읽는 척 『트와일라잇』을 집어 들었다. 신경이 온통 문밖으로 쏠렸다. 불길한 예감은 언제나 틀리지 않는다. 얼마 지나지 않아 성큼성큼 발소리가 들리더니 형식적인 노크 두 번과 함께 문이 열렸다.

"Lion, come(라이언, 이리 와)."

이제 집에서 쫓겨나는 것일까? 성인이니 미국식으로 독립을 하라는 거지. 그렇다면 할 말은 많았다. 이렇게 내쫓을 거면 당신들은 왜 당신들의 노후를 내게 거는 것인가? 취업과 결혼을 하라고 보채면서 말은 왜 그렇게 또 많은가? 나는 속으로 조용히 내가 할 말을 영어로 치환하기 시작했다.

결연한 표정을 짓고는 부모님과 식탁 앞에 마주 앉았다. 아빠의 눈두덩이 벌겋게 부어 있었다. 엄마가 아빠 어깨에 손을 올린 다음 내게 말했다.

"We came to conclusion(우린 결론을 내렸어)."

시간이 얼마 없다. 문장을 떠올려야 한다. 'Why(왜)'는 당연히 들어가야 할 거고, 그러면 'I(나는)'는 문장 어디에……. 머릿속이 뒤죽박죽이었다. 엄마가 식탁 위를 향해 고갯짓을 했다. 팸플릿 하나가 놓여 있었다. 나는 조심스럽게 팸플릿을 들어 보았다. 앞면에는 "P시 영어마을"이라 적혀 있었고, 뒷면에는 "성인반 오픈!"을 필두로 영어 실력을 비약적으로 향상시켜준다는 내용이 이어졌다. 당황한 나머지 팸플릿을 구겨버렸다.

"Mom, what the(엄마, 이게 무슨)……."

"Fuck you(닥쳐)."

아빠의 외침과 함께 엄마는 분노에 가득 찬 눈빛으로 나를 쏘아보았다. 엄마가 단호하게 말했다.

"We are at our limit(우리도 한계야)."

그간 엄마와 아빠는 당신들이 가진 모든 것을 나를 위해 쏟아부었다. 'R' 발음을 잘하도록 설소대 수술까지 시켰으나, 대한의 건아답게 수술 부위에 금방 살이 차오르더니 이내 수술 전보다 두께가 더 두꺼워지고 말았다.

나는 눈을 크게 뜨고서 둘을 바라봤다. 아빠는 내 시선을 피했다. 아마도 유학을 보내고 싶었을 것이다. 저기 멀리. 파티에 참석해서 술이나 약에 취한 채 데이트 상대를 구하려고 애를 쓰다가 자연스럽게 입이 뚫리기를 원했겠지. 하지만 아빠의 재력으로 나를 보낼 수 있는 공간적 한계는 영어마을이 있는 P시까지였다. 나는 조심스럽게 입을 뗐다.

"Okay. But(좋아요. 그런데)……."

언제 돌아올 수 있느냐 물어보려 했지만 도저히 영단어가 생각나지 않았다. 결국 말을 삼켰다. 구겨진 팸플릿을 다시 펼쳐 하나하나 살폈다. 모르몬교도처럼 보이는 백인들이 교보재를 들고서 한국인 아이들을 가르치고 있었다. 하단에는 "영어, 무조건 트이게 해드리겠습니다"라는 문구가 적혀 있었는데, 그 바로 아래 25포인트에 붉은색으로 쓰인 "성인반 오픈 기념 특가"가 팸플릿 전체를 압도하고 있어 눈이 어지러웠다.

영어마을이라니.

그곳은 초등학생늘이나 수학여행으로 가는 곳 아니었나?

내게 영어마을은 오렌지 하우스와 뉴욕식 단층 아파트들이 난잡하게 뒤섞여 있고 프랑스식, 영국식, 미국식 등의 라이프 스타일이 짬뽕된, 전혀 현실적이지 않은 엉성한 공간이었다. 그곳에서 일하는 사람들은 어떻고? 유색인종은 찾아볼 수 없었고 온통 백인뿐이었다. 서양에 대한 한국의 스테레오타입을 북한과 맞닿은 P시에 구현해놓은 일종의 선전물 같았다.

엄마가 말했다.

"Lion, Please(라이언, 가라)."

완독이었을까, 오독이었을까? 개인적으로 나는 모든 사람이 오독을 하고 있다 생각한다. 심지어 같은 언어를 쓰는 사람끼리도 말이다. 사람마다 모두 다른 경험을 가지고 있으니까. 연인끼리도 '사랑해'라는 말을 각자 다르게 해석한다. 누구에게는 '결혼하자'라는 말이고, 다른 누구에게는 '그냥 이렇게 살자'라고 들리는 말이다. 물론 끝내 충돌하며 두 의미 중 하나가 전복되기 마련이지만.

내 경우에 엄마의 "Please"는 협박이었다. 단어에 담긴 배려의 뜻은 태평양을 건너오며 증발한 모양이었다. 대신 강한 열기만이 엄마의 눈빛과 말에 시나브로 담겨왔다. 어떻게든 다른 사람의 말을 알아듣기 위해 노력해온 22년이었다. 나는 고개를 끄덕이고는 엄마가 가리키는 모든 곳에 서명했다.

만약 내가 그때 미국이나 캐나다를 갔다면 뭔가 달라졌을까? 부모님이 돈 때문이라고 했으니, 미국행 편도 티켓만이라도 끊고 마약이 넘쳐나는 길거리에서 노숙 생활을 했더라면, 그래서 약에 취해 길거리를 돌아다니다가 부랑자에게 엉덩이를 내주고 삶이 지쳐 울었더라면. 눈이 멀어 폭포 아래서 악을 지르는 소리꾼처럼 그런 위기 상황이 오히려 내 영어 실력을 트이게 했을지도 모른다. 이 의문은 영어마을을 다녀오고도 오랫동안 사라지지 않았다.

*

"Lion, I believe you(라이언, 난 널 믿어)."

엄마는 아파트 정문에서 나를 안으며 말했다. 눈에는 눈물이 그렁그렁했다. 불륜을 저지르고 돌아와 아이를 재우는 미국 드라마 속 자상한 어머니 역할 배우처럼 말이다.

나는 담담하게 답했다.

"Thank you, Mom(고마워요, 엄마)."

이어서 아빠를 보았다. 아빠는 주변을 둘러보더니 말을 더듬었다.

"F, Fu(ㅅ, 시)……."

아빠의 이런 눈빛은 본 적이 없었다. 금방이라도 눈물이 흘러나올 것만 같았다. 엄마가 옆에서 거들었다.

"Please, say the love to your father(아빠한테 사랑한다고 말하렴)."

"I(나는)……."

사랑한다고 말해야 할까? 사랑한다면 나를 이렇게까지 휴전 국가의 국경선으로 보내지는 않을 텐데. 그렇다고 원망 섞인 말을 할 수도 없었다. 이 땅에서 아이를 키우고 영어까지 잘하게 만드는 데에 얼마나 많은 노력이 들어가는지 알고 있기 때문이다. 엄마는 눈빛으로 내게 대답을 재촉했다. 그러나 이렇게 나를 재촉한 이유가 떠나기 전 아빠에게 사랑을 말하게 하기 위함이었는지, 아니면 이 상황을 이용해 영어를 한 문장이라도 더 말하게 하기 위함이었는지는 알 수 없었다.

"Lo(사)……."

'사랑'이라 말한다고 해서 내 진심이 변하지는 않을 것이다. 내가 '사랑한다'고 말해도 아빠는 다르게 받아들일 테니까.

"Lost my luggage(사라졌어요, 내 짐)."

아빠는 자연스럽게 내게 짐을 건넸고 나도 자연스럽게 짐을 받아 들었다. 우리는 오랫동안 서로를 마주 보았다. 영어로 말을 주고받을 때보다 더 많은 말을 나눈 것만 같았다. 아빠는 무언가를 말하고 싶어 하는 듯했다. 'Fuck'은 아니었다. 입 모양이 둥글었다.

그때 한 백인 여자가 우리를 향해 손을 흔들며 다가왔다. 하이틴 영화 속 인물처럼 미식축구부 주장과 사귀며 치어리딩을 할 것만 같은 인상이었다. 아빠는 그녀를 보더니 말을 삼켰고, 엄마는 그녀에게 화답하듯 손을 흔들어주었다. 그녀 뒤로 승합차 한 대가 서 있었다. 필기체로 "English town(영어마을)"이 적힌 A4 용지가 대시보드 위에 놓여 있었다.

아빠가 주먹을 쥐고서 내게 외쳤다.

"Fuck you(힘내)!"

부끄러웠다. 조심스럽게 백인 여자를 향해 고개를 돌렸다. 그녀의 목에는 큼지막한 명찰이 걸려 있었다. 이름은 릴리로, 내 담당 인솔 교사였다.

릴리는 잠시 상황을 파악하려는 듯 눈알을 굴리다가 한층 더 쾌활한 목소리로 부모님에게 물었다.

"Oh, Can you speak English(오, 영어를 할 줄 아시나요)?"

당황한 엄마는 얼른 눈을 피했지만 릴리의 질문은 멈추지 않았다.

"Where are you from? America? British(어디서 왔어요? 미국? 영국)?"

브리티시라 물어보는 것으로 보아, 릴리는 영국인은 아닐 것이다. 그들은 웨일스나 스코틀랜드 등의 지역을 먼저 말하지, 자신들을 먼저 영국인이라 말하지 않으니까. 엄마는 선수를 쳐 다급하게 아빠 입을 막고는 내게 눈짓했다. 그리고 최대한 엘레강스한 어투로 말했다.

"Lion, Hurry up(라이언, 빨리 가)."

나는 승합차 트렁크에 짐을 구겨 넣고 차에 발을 올렸다. 아빠는 어김없이 나를 향해 중지를 들어 올렸다. 릴리는 그런 부모님을 가만히 보다가 환하게 웃어 보였다.

"Don't worry. I will do my best(걱정하지 마세요. 최선을 다할게요)."

릴리는 내게 어서 차 안으로 들어가라 손짓했다. 뒤를 슬쩍 돌아보자 부모님은 봇물이 터지듯 서로에게 뭐라고 말을 쏟아내고 있었다. 릴리가 도와준 것일까? 아빠가 저렇게 쉬지 않고 말하는 것을 보니 나 역시 영어에 통달할 수 있을지도 모른다는 기대감이 들었다.

승합차에 타 있는 사람들의 구성이 무언가 이상했다. 내 기억 속 영어마을로 향하는 차에는 초등학생, 아무리 나이가 많아도 중학생 정도로 보이는 아이들이 대부분이었다. 그런데 이곳에는 교복 입은 아이 하나를 제외하고는 모두 성인이었다. 게다가 맨 뒷자리에는 일본 애니메이션을 좋아할 것 같은 안경 쓴 백인과 얼굴에 문신이 가득한 갱스터가 앉아 있었다. 날카로운 갱스터의 눈빛에 등골이 서늘해져 릴리를 쳐다보았다. 늦지 않았다면 내리고 싶었다. 무의식적으로 발이 차 문으로 향했다. 그러자 릴리가 명확한 발음으로 내게 말했다.

"뭘 봐? 가서 앉아."

한국말이 유창했다. 놀란 나는 입을 다물었다. 조금 전 부모님을 마주했을 때의 발랄한 릴리는 온데간데없었다. 그녀의 미간에 삼지창 모양의 주름이 진하게 잡혔다. 그녀는 팔꿈치로 내 등을 밀었다. 나는 컨베이어벨트 위에 놓인 물건처럼 천천히 뒤쪽으로 밀려났다. 조수석에 올라탄 릴리는 고개를 돌리고 말했다.

"Only English(영어로만 말해)."

남은 자리는 하나뿐이었다. 맨 뒤쪽 5인승 자리였는데, 중앙을 비워놓고 총 세 명이 타고 있었다. 적어도 그곳에는 앉고 싶지 않았다. 아이 옆에 앉으려는데 릴리가 고개를 저었다.

"Not there, seat near your friends(거기 말고, 친구 옆에 앉아)."

릴리의 영어 발음으로 보아 영어가 모국어는 아닌 듯했다. 슬쩍 보니 러시아 쪽 느낌이 나기도 했다. 몇십 년 전에 태어났다면 한파가 몰아치는 굴라그에서 인민들에게 희생을 강요하는 공산당 간부 역할을 했을 것 같았다. 릴리가 경멸스러운 눈빛으로 나를 보며 외쳤다.

"What? Move dumbass(뭐? 움직여, 등신아)!"

어쩔 수 없이 맨 뒤로 갔다. 분위기가 이상했다. 창가에 앉은 아이는 사시나무 떨 듯 몸을 떨고 있었다. 아이는 슬쩍 옆을 곁눈질하더니 창 쪽으로 몸을 더 바짝 붙였다.

그 왼편에는 성인 둘이 앉아 있었다. 이들도 나와 마찬가지로 영어를 배우기 위해 온 것인가 싶었다. 둘이 풍기는 분위기는 정반대였다. 한 명은 얼굴에 문신이 가득한 갱스터로, 나와 눈이 마주치자 웨스트코스트 손가락 사인을 보냈다. 금방이라도 갱스터 랩을 내뱉을 것만 같았다.

또 다른 한 명은 안경 쓴 백인이었다. 금발과 벽안에다 배가 불룩 튀어나와 있어 릴리와 같은 원어민 교사인가 싶었다. 나는 일부러 갱스터를 피해 백인 옆에 자리를 잡았다. 백인이 내게 손을 내밀었다.

"안녕, 난 보타야. 용산에서 왔어."

그의 입을 비집고 나온 유창한 한국말에 당황해 순간 대답하지 못했다. 세상이 뒤집힌 것만 같았다. 백인은 한국말을 하고 동양인은 영어를 하고 있다니. 보타는 내 반응이 익숙하다는 듯 웃으며 다시 한번 말을 건넸다.

"알아. 부모님도 내가 태어났을 때 내 모습을 보고 놀라셨어. 그래도 토종 한국인이야. 태정태세……."

그때 릴리의 매서운 눈길이 느껴졌다. 나는 그녀의 눈치를 살피며 대답했다.

"Nice to meet you. My name is Lion(만나서 반가워. 내 이름은 라이언이야)."

보타가 얼굴에 웃음기를 띠었다.

"어, 외국인이야? 나도 만나서……."

"Only English(영어로만 말해)!"

조수석에서 날카로운 목소리가 날아왔다. 체감상 주먹으로 턱을 정통으로 맞은 느낌이었다. 릴리의 외침에 보타는 한숨을 크게 내쉬었다. 우리는 탈출 계획을 은밀히 주고받는 수감자처럼 가만히 눈빛을 교환했다. 얼마 지나지 않아 승합차는 다른 아파트 단지 앞에 도착했다. 이번에는 릴리가 한숨을 크게 내쉬고는 몸을 이리저리 움직이더니 고개를 크게 젖혔다. 곧 〈에일리언〉처럼 릴리의 입에서 아까 보았던 '상냥한 릴리'가 튀어나올 듯했다. 미간의 주름을 편 그녀는 콧노래를 부르며 어딘가를 향해 손을 흔들었다. 그녀가 다른 아이를 데리러 가기 위해 승합차에서 내리자마자 보타가 내게 물었다.

"적응하기 힘들지?"

보타에게 대답을 하고 싶었지만 도저히 영어 문장이 떠오르지 않았다. 내 머릿속에 든 단어라고는 기초 영단어 백 개뿐이었다. 마땅한 단어를 찾지 못해 말하지 않는 것뿐인데, 보타는 그런 나를 보며 부끄러운 듯 고개를 숙였다.

"미안. 나, 영어는 20년 동안 주구장창 듣기랑 읽기만 배워서. 말하기랑 쓰기는 전혀 못하거든. 학교에서 그렇게 가르친 길 어떻게 해? 아무튼 그래서 나는 기본적인 단어도 잘 말하시

못해. 그래도 네가 무슨 말을 하든 전부 알아들을 수는 있으니까, 말만 해."

보타는 내 짧은 영어 실력을 전혀 다른 의미로 받아들이고 있었다. 사실 대화보다는 '몸으로 말해요' 수준이었지만, 이게 서로에게 편할 것 같았다.

"Anything(뭐든)?"

보타는 고개를 끄덕이고 내게 속삭였다.

"뭐든. 내가 다른 한국인 친구들에게 번역해줄게."

나도 한국말은 할 줄 안다고 말하려 했으나 굳이 그러지 않았다. 영어마을로 영어를 배우기 위해 가는 것이었으니까.

보타는 지갑에서 제 부모님 사진을 꺼내 내게 보여주었다. 놀랍게도 그의 부모님은 누가 봐도 동양인이었다. 나는 그가 내민 사진과 보타를 번갈아 보며 어떻게 그가 금발에 흰 피부를 가지고 태어난 건지 의문을 가졌다. 드라마를 너무 많이 봐서 그런지 음흉한 생각이 슬쩍 솟구쳤다.

보타가 멋쩍게 웃으며 말했다.

"부모님도 나 때문에 많이 싸웠어. 내가 태어났을 때 아빠는 어머니가 바람을 피웠다며 이혼을 요구했고, 어머니는 억울하다면서 목을 맸지. 다행히 미수에 그쳤지만, 둘은 사람들 손가락질이 두렵다며 나를 외출도 거의 시키지 않았어. 그래서 성인이 되자마자 집을 나왔지."

보타는 외모 때문에 많이 차별받았다고 했다. 유치원은 물론이고 초·중·고를 다니는 내내 학교 앞 컵 떡볶이를 먹고 오락실에서 펌프를 하고 노래방에서 이문세의 노래를 부르고 목욕탕에서 발가벗고 몸을 부대껴도, 외모 탓에 들어갈 수 없는 바운더리가 있다고 했다. 보타는 열을 내며 말을 이었다.

"한번은 내가 한국인인 걸 증명하고 싶어서 유전자 검사를 받았어. 그런데 놀라운 게 뭔지 알아?"

보타는 지갑에서 꼬깃꼬깃하게 접힌 쪽지를 꺼내 들었다. 쪽지에는 "6·25 전사자 DNA 일치 알림"이라고 적혀 있었다. 보타의 증조부가 바로 6·25 전사자였다. 나는 간략하게 증조부의 일대기를 전해 들었다. 러일전쟁 당시 러시아 상인이었던 그는 일본에서 포로로 잡혔다가 1930년대에 가까스로 풀려났고, 이봉창 의사의 의거를 보고 감동받아 조선에서 독립운동하다 광복을 맞이하고 6·25전쟁에 참여한 의사(義士)였다. 그는 박연처럼 한국인과 결혼하여 아이를 낳았다. 대를 이을수록 증조부의 얼굴이 사라져갈 즈음 증조부의 외형 유전자가 우연히(혹은 갑작스레) 보타에 이르러 발현된 것이다.

"처음에는 자랑스러웠어. 이 나라를 위해 우리 할아버지가 얼마나 희생한지 알았으니까. 그런데 희생한 사람들에게 이 나라는 아무것도 안 한다는 걸 깨달았지. 나라 팔아먹은 사람들은 떵떵거리면서 사는데, 나라 구하려고 한 사람들은 못 먹어서 죽어가고 있어."

보타는 취업에 실패했다. 대기업 서비스직 면접에서 떨어진 뒤 인사과에 물어보자 면접관이 '외모로 인한 고객 불편 분위기 조성'을 이유로 탈락시켰다고 답했단다. 이후로도 여러 면접에서 탈락하자 보타는 한국인이길 포기하기로 마음먹었다. 보타는 영어를 배워 캐나다로 이민 갈 것이라 했다. 그는 "6·25 전사자 DNA 일치 알림" 쪽지를 꽉 쥐고서 말했다.

"수천 번 침략당했다면서 자기들이 한민족이라고 자랑하는 게 제일 웃겨."

보타의 얼굴은 쉽게 붉어졌고, 쉽게 하얗게 질렸다. 감정의 기복이 얼굴에 그대로 드러났다. 감정을 철저하게 숨겨야 하는 한국 사회에서 남의 눈치를 보기가 얼마나 어려웠을까 싶었다. 보타의 말을 듣다 보니 옆자리에 앉은 LA 갱스터의 사연도 궁금했다. 분명 골 때리는 사연을 가지고 있을 것이다.

릴리가 다시 승합차에 올라탔다. 새로 온 아이는 제 몸만 한 캐리어를 차에 실으며 싱긋 웃었다. 내 표정이 딱 저랬을까 싶었다. 아이는 수학여행이라도 가는 것처럼 들떠 있는데, 그와 사뭇 다른 차 안의 분위기를 느꼈는지 실시간으로 표정이 굳어졌다. 납치라도 당한 느낌이겠지. 그 종지부는 역시 릴리의 외침이었다.

"Sit down(앉아)!"

릴리의 큰소리를 듣자마자 새로 온 아이의 표정이 순식간에 일그러지더니 허겁지겁 빈자리로 달려가 앉았다. 릴리는 다시 미간을 구기고는 매니큐어가 발린 손으로 인원수를 셌다. 도살장에 데려갈 돼지를 세는 것 같은 손짓이었다. 인원수를 확인한 릴리는 고개를 끄덕이며 기사에게 말했다.

"Okay. Go(됐어. 갑시다)."

공사장으로 향하는 일용직이 된 것만 같았다.

나를 포함한 성인 세 명과 아이 셋, 총합 여섯. 이게 전부인가 싶었다. 과거 영어마을로 향하던 대형 고속버스에 가득 차 있던 아이들은 대체 어디로 가버린 걸까? 릴리는 괜히 한숨을 쉬더니 옆자리 친구와 얼른 영어로 자기소개를 하라고 보챘다. 보타와 내가 서로 눈짓을 주고받는 사이, 맨 창가 쪽에 앉은 아이가 갱스터를 향해 고개를 돌렸다. 아이의 눈동자가 릴리와 갱스터를 번갈아 오가며 심히 흔들렸다. 아이는 이윽고 자기소개를 하기 시작했다.

"Hi. My name is(안녕하세요. 제 이름은)……."

"김녕 김씨 충이공파 27대손."

아이의 표정이 순식간에 굳었다. 갱스터는 턱을 괴고는 담담하게 말했다.

"김준이야. 준이라고 불러."

갱스터의 이름은 '준'으로, 얼굴과 목에 문신이 가득한 남자였다. 배기팬츠에 비니를 썼고 몸의 그루브는 재지(jazzy)했다. 1990년대 나스 뮤직비디오 속 할렘가에서 우지 자동소총을 들고 있는 사람들에게서 볼 수 있을 법한 패션이었다. 시선이 저절로 아래를 향했다. 맹수를 마주하면 이런 느낌일까? 준은 주민번호가 아니라 사회보장번호를 가지고 있을 듯했다. 보타가 내게 귓속말을 했다.

"갱스터야. 미국 LA 출신."

역시, 나의 미국 문화력은 엇나가지 않았다. 그간 영어로 된 수많은 작품을 섭렵하면서 얻은 정보를 토대로 나는 준을 보며 영화 〈8마일〉을 떠올렸다. 속사포처럼 쏟아지는 영어 랩과 거친 슬랭들, 라임을 끼워 넣으며 박자를 타는 준의 모습이 상상됐다. 동시에 떠오르는 의문.

그런데 왜?

왜 이런 인물이 영어마을로 향하는 이 버스에 타고 있는 걸까? 혹시 원어민 선생이 아닐까? 마음속에서 갖가지 의문들이 요동치고 있는데 보타가 의문 하나를 더 보탰다.

"A.K.A. 일명 LA 예절 주입기."

더욱 혼란스러웠다. 미국 갱스터의 별명이 어떻게 청학동 선생 별명 같을까? 한류가 대단하긴 한가 보다. 그 순간, 준이 고개를 돌려 나를 쳐다봤다. 험악한 인상이었으나 또 마냥 나쁜 사람처럼 느껴지지는 않았다. 한마디로, 불량해 보이지는 않았다. 실눈을 뜨고 흐릿하게 그의 실루엣을 보면 맑은 눈망울을 가진 건실한 청년으로 보일 것 같기도 했다.

"English(영어로 말해)!"

릴리의 외침이 또다시 들려왔다. 제구가 정확한 투수처럼 그녀의 목소리는 정확히 준을 향했다. 준은 손을 들어 올리며 미안하다는 제스처를 취하고는 그녀를 향해 사람 좋게 웃어 보였다. 이런, 원어민 선생이 아니었다. 준은 나와 같은 '영어를 배우려는 학생'인 것이다. 미국 문화를 섭렵한 LA 갱스터와의 영어마을 생활이라니. 가슴이 두근거리기 시작했다.

서울을 벗어난 승합차는 말 그대로 물 흐르듯이 나아갔다. 갈수록 차는 보이지 않았고 논과 밭이 펼쳐졌다. 얼마나 갔을까? "P시 영어마을"이 적혀 있는 거대한 정문이 우리를 맞이했다. 겉만 봤을 때 영어마을은 재연방송프로그램에서 나올 듯한 테마파크 같았다. 그런데 과거 내가 생각했던 장소와 달리 무언가 이질적인 느낌이었다. 도로에는 노면 전찻길이 나 있었으나 돌아다니는 전차는 없었고, 카페가 많았으나 커피 향은 나지 않았다.

절문이 열림과 동시에 초록 트레이닝복을 입은 보조 선생이 여럿 등장하더니 줄지어 선 차들에 붙어 길을 안내했다. 승합차는 공터에 도착했다. 아직 공사가 끝나지 않았는지 군데군데 페인트 통과 철근, 목재 같은 공사 자재가 놓여 있었다. 차에서 내리기도 전에 별안간 날카로운 목소리가 들려왔다. 릴리였다. 그녀는 히스테리라도 부리는 것처럼 아이들을 공터 한가운데로 집결시켰다. 성인들은 눈치를 보며 쭈뼛거렸다. 보조 선생이 공터 한쪽 구석에서 외쳤다.

"Adult here(성인들 이리 오세요)."

성인은 총 열둘이었다. 대부분 한국인이었지만 외국인도 있었다. 중국인과 일본인이었다. 그들이 어떻게 한국에, 그것도 P시에, 심지어 영어마을에 온 것인지는 알 수 없었다. 관광지인 DMZ를 가려다가 길을 잘못 든 것일까? 내가 그들을 물끄러미 바라보자 보타가 내게 속삭였다.

"K-POP을 좋아하는 외국인들이야."

아무리 K-POP을 좋아한대도 P시 영어마을까지 올 필요가 있나? 머릿속이 복잡한 와중에 보타가 설명을 이어갔다.

"한국어랑 영어, 두 언어를 동시에 배우려고 왔대. 얼마나 좋아, 일석이조지."

마치 중국어와 일본어를 동시에 배우기 위해 한국에 왔다는 경우와 같은 상황인가 싶었다. 그렇다면 그들은 단단히 잘못된 선택을 내린 것이다. 멍하니 서 있는데, 또다시 날카로운 목소리가 날아왔다.

"Attention(집중)!"

모두 소리가 들려온 방향으로 고개를 돌렸다. 웬 머리가 훤히 까진 육십대 한국인 할아버지가 서 있었다. 처음에는 경비원인 줄 알았으나, 그가 입고 있는 생활한복 때문에 정체를 좀체 종잡을 수가 없었다. 중학생 때 봤던 정년퇴직을 앞둔 국사 선생님 같았다. 명찰도 없어 그를 뭐라고 불러야 할지 알 수 없었다. 성인들만 따로 모여 그 할아버지 앞에 섰다. 그는 뒷짐 진 채로 우리를 둘러보고는 말했다.

"You can call me 'Sonseongnim'. 'Sonseongnim' means teacher. (날 '선생님'이라 부르세요. '선생님'은 교사라는 뜻입니다)."

선생의 발음은 엄마보다 특이했다. 일제강점기 시절, 일본인 영어 선생의 영어 발음이 이상하다는 이유로 동맹 휴학을 결의한 한국 학생들의 마음이 이러했을까. 나는 그의 발음을 들은 이곳에서는 절대 영어를 배워서는 안 되겠다고 생각했다. 나와 보타는 서로 불안한 눈빛을 교환했다. 모두가 침묵으로 같은 마음을 공유하고 있는 그때, 한 중국인이 앞으로 나섰다. 이때 들은 중국말은 이후에 그 중국인에게 직접 뜻을 들어 알게 되었다.

"老师(선생님)?"

중국인이 선생을 비웃었지만 호응하는 사람은 없었다. 아무도 중국어를 알아듣는 사람이 없었기 때문이다. 중국인은 어깨에 힘을 주며 씩 웃더니 몸집을 부풀렸다. 그의 이름은 '샤오'였다.

"你是老师, 我就是教授(네가 선생이면, 난 교수다)."

그러고는 호탕하게 웃었다. 다른 사람들은 이번에도 시큰둥한 반응을 보였다. 다들 비 오는 날의 예비군처럼 뭐든 귀찮은 모양이었다.

선생이 샤오 앞에 서더니 가만히 그를 노려보았다. 샤오가 이어서 말했다.

"想打一拳(한 대 치려)……."

그리고 말을 끝마치지 못하고 바닥에 쓰러졌다. 무협영화의 한 장면처럼 샤오가 쓰러지고 나서야 선생이 옆구리에 차고 있던 단소가 허공을 가르는 것이 보였다. 과장을 조금 보태자면 샤오의 오른쪽 관자놀이가 잠깐이지만 움푹 파였다.

분위기가 순식간에 얼어붙었다. 사람들은 비명을 내지르며 경찰을 찾았다. 그러나 핸드폰은 이미 이곳에 들어오기 전 모두 반납한 상태였다. 몇몇이 선생을 향해 달려들었지만, 선생은 개의치 않고 성인들을 가볍게 제압했다. 무협지 속 천마(天魔)를 실제로 보고 있는 것 같았다. 기겁한 사람들이 이번에는 정문으로 뛰어가기 시작했다. 선생은 그들을 쫓아가지 않았다. 다만 가볍게 외칠 뿐이었다.

"Watch out(조심해요)."

그러나 그들은 선생의 경고를 무시했다. 그 무리 중에는 보타도 있었다. 보타가 담장을 움켜쥐자마자 파지직, 타는 소리와 함께 스파크가 튀었다. 보타는 힘없이 고꾸라지고 말았다. 오징어 굽는 냄새가 났다. 이를 본 일본인은 다급히 무릎을 꿇고는 선생을 향해 도게자(どげざ)를 했다. 한국인들은 소리 지르며 혼비백산했다. 나는 다리가 후들거려 움직일 수가 없었다. 모든 것이 꿈만 같았다. 아니면 나도 모르는 사이 B급영화를 촬영하는 중이거나.

갑자기 두 명의 보조 선생이 등장하더니 기절한 샤오와 보타를 어딘가로 데려갔다. 샤오와 보타는 반건조 오징어처럼 다리가 축 늘어진 채로 질질 끌려갔다. 선생은 우리에게 서류 몇 장을 들이밀었다. 서류 상단에는 "영어마을 교육 관련 계약"이라는 문구가 쓰여 있었다. 간단히 요약하자면 선생의 말은 절대적이며, 영어마을 내부에서 일어나는 어떤 상황에 대해서도 항의하지 않겠다는 내용의 계약서였다.

가만 보니, 이런. 영어마을에 오기 전에 엄마가 내게 건넨 문서였다. 이미 서류에는 내 서명이 고스란히 남겨져 있었다. 맨아래에는 부모님의 서명과 '중도 포기 시 집으로 돌아오지 않기를 바란다'는 메시지가 영어로 적혀 있었다. 허탈감이 밀려왔다. 다른 사람들도 문서를 확인하고는 울먹였다. 다들 비슷한 상황인 듯했다.

한국인 한 명이 선생에게 항의하듯 외쳤다.

"이런 내용으론 계약이 성립하지 않아요."

선생이 그를 노려보자, 그는 선생의 매서운 눈초리에 금방 눈을 내리깔며 중얼거렸다.

"법적으로는……."

바닥을 기는 목소리였다. 선생은 겁에 질린 성인들을 죽 둘러보고는 목을 가다듬더니 말했다.

"처음이자 마지막으로 한국말로 말하겠습니다. 말씀하신 내용이 맞습니다. 법적으로는 그래요. 그러니 원하지 않는 분은 나가시면 됩니다."

선생 뒤에 서 있던 보조 교사들이 정문으로 달려가더니 어떤 스위치를 내리고 철문을 열었다. 사람들은 서로 눈빛을 교환하고는 자리에서 천천히 일어났다. 그들은 선생에게 시선을 고정한 채 뒷걸음질을 치기 시작했다. 그때, 선생이 큰 소리로 그들을 향해 외쳤다.

"하나만 더."

사람들은 선생의 말에 몸을 움찔거리면서도 계속해서 뒷걸음질을 쳤다.

"너희가 마지막으로 온 곳이 여기야. 지금 사회에 돌아간다고 해서 달라질 것 같아? 영어 한 마디도 제대로 못하는데, 요즘 같은 글로벌 시대에 어디 가서 뭘 해? 백수로 살다가 혼자가 되어 쓸쓸히 방에서 죽겠지. 그렇게 살고 싶어?"

사람들은 침묵했다. 다들 사정이야 있겠지만, 마지막 수단으로서 영어를 배우기 위해 이곳에 온 것일 테다. 절박한 사람들이었다. 어떻게든 영어를 배우려 했건만 모두 실패하고 마지막으로 찾아온 곳이 바로 이곳, 영어마을이다. 여기서 포기한다면, 한국에 우리가 돌아갈 곳은 없다.

선생은 심호흡을 하더니 얼굴에 미소를 띠었다. 웃는 얼굴과 그와 상반된 말에서 느껴지는 괴리감 때문인지 그에 대한 두려움이 더욱 커져갔다. 선생은 말을 이었다.

"딱 이 한 가지만 지켜주신다면 피차 얼굴 붉히는 일은 없을 겁니다."

선생의 날 선 검지가 눈에 띄었다.

"Speak English. Even if it's a curse(영어로 말하세요. 설령 그게 욕이라도요)."

엄마의 천적인 박현숙 선생이 문득 떠올랐지만, 이런 생각은 잠시 접어두기로 했다. 적어도 눈앞의 선생은 촌지를 요구하지는 않았으니까. 나는 다시 한번 계약서를 살폈다. 집에 돌아오지 말라는 부모님의 말을 곱씹었다. 여기서 물러난다면 영영 영어를 제대로 배울 수 없을 것 같았다. 선생은 검지를 거누고 단호하게 말했다.

"If you try to live, you die(살려고 하면, 죽는다)."

이순신 장군의 어록이었다. 뜬금없이 살고자 하면 죽는다 니. 죽기 살기로 영어 공부를 하라는 말인가? 뜻하지 않은 의 지가 마음속에 차오를 무렵 그것이 'leave(떠나다)'를 'live(살다)' 로 잘못 발음한 것이라는 사실을 알게 된 나는 얼굴을 들 수가 없었다. 선생은 계속해서 말했다.

"If you don't listen to my words, you die. If you don't speak English, you die(내 말을 안 들어도 죽는다. 영어를 하지 않아도 죽는 다)."

갑자기 분위기가 영화 〈테이큰〉으로 바뀌었다. 문제는 우리 는 선생에게서 훔친 게 아무것도 없었다. 이곳은 영어를 못하 면 갇히는 감옥 그 자체였지만, 밖이라고 크게 다르지 않았다. 선생은 우리가 규칙을 어기면 죽여버린다고 했지만, 이대로 사회에 나간다면 사회가 우리를 죽여버릴 것이다. 취업하지 못해서, 인정받지 못해서 골골거리다가 홀로 고시원에서 죽어 가겠지. 막다른 길에 몰린 사람들은 모두 입을 다물었다. 선생 은 목을 가다듬더니 말했다.

"Anything that speaks English is acceptable. Any question(영 어로 말하는 모든 건 허용됩니다. 질문 있습니까)?"

나는 조용히 손을 들어 올렸다. 어디서 이런 용기가 나온 것 인지는 모르겠다. 생존 본능이 내 언어적 능력을 극한으로 끌어낸 것일까? 준이 나를 물끄러미 바라보았다. 떨렸지만 살기 위해서는 물어야 했다. 단어들을 생각하고, 그걸 엮었다. 그리고 'To 부정사'의 용례를 헤아리면서 억지로 말을 더듬더듬 이었다.

"We have the right(우리에겐 권리가)······."

더 생각이 나지 않았다. 강아지처럼 끙끙 앓고 있는데, 선생이 내게 가까이 다가왔다. 꼼짝없이 죽는 건가 싶었다. 그의 허리춤에 매달린 단소가 위협적으로 덜렁거렸다.

선생이 내 어깨에 손을 올리더니 말했다.

"Slowly. Think of the elements of a sentence(천천히. 문장의 요소들을 떠올려봐)."

따스함이 느껴졌다. 이제껏 사람들은 내게 말을 보채기만 했지 그 누구도 내가 문장을 완성할 때까지 기다려준 적이 없었다. 다른 학생들이 외려 옆에서 우리를 보며 몸을 덜덜 떨고 있었다.

"We have the right to leave here(우리에겐 여길 떠날 권리가 있어요)."

새로운 경험이었다. 선생이 나를 안아주었다. 눈물이 찔끔 났다. 눈물을 흘린 것이 그가 두려워서인지, 아니면 내 대답을 기다려준 누군가를 처음 만났다는 감격 때문인지는 알 수 없었다. 누군가 내 정수리에 구멍을 내어 뇌에 보드카와 위스키를 쏟아붓는 것처럼 여러 감정이 한데 섞여 어지러웠다.

선생은 부드럽게 말했다.

"Nope(안 돼)."

나는 선생을 뚫어지게 바라보았다. 영어로 말하는 모든 것이 된다고 하지 않았는가. 나는 그를 향해 읊조렸다. 아빠처럼.

"Fuck you(엿 먹어)."

선생은 나를 보며 씩 웃었다. 준 역시 마찬가지였다. 준은 나를 빤히 응시했다. 찍힌 걸까? 상관없었다. 선생의 웃음에 나는 자신감을 가졌다. 한국말로는 절대 하지 못할 것들을 영어로는 말할 수 있었다.

선생이 우리를 향해 외쳤다.

"Shut the fuck up. Welcome to the English town(입 다물어. 영어마을에 온 걸 환영한다)!"

잉글리시 English

오컬트 스테이

"Hi. How are you(안녕하세요. 기분이 어떠신가요)?"

"I'm fine thank you. And you(괜찮아요. 당신은요)?"

"Me too(저도요)."

얼마간의 침묵이 이어지다 최초 발화자가 이어 말한다.

"Bye(그럼 이만)."

겉으로 봐서는 무난한 대화다. 최초 발화자에게 급한 일이 생겼을지도 모르니. 그러나 생각해보자. 당신 주변 1킬로미터 내외에 있는 모든 사람이 위와 같은 대화를 반복하고 있다면 어떨까? 마주치는 모든 사람이 인사를 나누고, 침묵하다가 헤어진다. 한 번으로 끝나지 않는다. 그들은 또 다른 사람을 만나이 대화를 반복한다. 반복되는 대화를 듣다 보면 머리가 어지러워진다.

내게는 영어마을이 그랬다. 높은 비용 때문인지 영어마을에 영어권 원어민은 한 명도 없었다. 러시아와 우크라이나, 폴란드 등 동유럽 국적을 가진 이가 많았는데, 그들은 우리와 다를 바 없는 번역기 수준의 영어를 했다. 식당과 슈퍼마켓, 코인 세탁소 등 장소를 가리지 않고 초등 영어 교과서나 여행 회화 기초편에서 나올 법한 대화들이 오갔다. 나는 그때 이 세상이 같은 말만 반복하는 게임 속 세상이라는 증거를 발견한 듯한 기분을 느꼈다.

물론 이런 대화라면 나는 달인에 속했다. 22년 동안 배워온 짬이 있었으니까. 슈퍼컴퓨터처럼 시뮬레이션을 수천 번, 아니 수만 번이나 돌렸으니 내게 앞의 대화는 아이가 엄마 아빠를 말하는 것과 같은 수준이었다. 문제는 이런 기초 회화로는 이곳 영어마을에서 살아남을 수가 없었다는 것이다. 남들이 봤을 때 앞선 대화는 본인이 말을 걸어놓고 먼저 가버리는 '바쁜 사람'에 불과했으니까. 영어마을에서는 음식은커녕 물조차 얻어먹을 수 없었다. 그곳에서는 명확하게 내 요구 사항을 꼬집어 '영어'로 전달해야만 했다.

영어를 배우기 위해 내가 나를 지옥에 밀어 넣었지만, 지금 생각해보면 녕백히 그 결정은 객기였다. 영어마을에서는 영어를 하지 못하면 기초적인 생활조차 불가능했다. 아무리 영어를 잘하게 되더라도 그 전에 물을 마시지 못해서, 아니면 한국말로 물을 달라고 하다가 선생의 허리춤에 매달린 단소에 대가리를 맞아 죽는다면 그것만큼 멍청한 짓이 어디 있을까?

*

어딘가로 끌려갔던 보타와 샤오는 늦은 오후가 되어서야 공터로 돌아왔다. 보타의 금발 머리는 물에 젖어 있었다. 몸을 벌벌 떨던 보타는 선생의 눈치를 보더니, 그가 잠시 전화를 받으러 멀어진 사이에 내게 속삭였다.

"눈 떠보니까 얼음이 가득 채워진 욕조에 얼굴을 처박고 있었어."

이어서 보타는 망상에 가까운 말을 쏟아냈다. 제 생각에 선생은 군부독재 당시 고문 기술 담당자였으며, 특히 외국인 기자들을 고문하며 영어 실력을 쌓았을 것이라 말했다. 보타의 눈빛이 좌우로 요동치는 게 아직 감전 충격에서 벗어나지 못한 듯했다. 함께 돌아온 샤오는 보타보다는 덤덤한 표정을 짓고 있었으나 역시 알아듣기 힘든 말을 연발했다. 누구도 중국어를 알지 못해 샤오의 말을 알아듣지는 못했다.

그래도 둘은 영어마을을 떠나지 않았다. 보타도 벼랑 끝에 몰려 있었다. 그에게는 어떻게든 이곳에서 영어를 배워 한국을 뜨겠다는 계획이 있었다. 반면 정확히 말을 이해할 수는 없었지만, 샤오는 마치 아빠처럼 "Fuck(엿 먹어)"을 선생에게 남발하는 것으로 보아 그에게 복수하기 위해 남기로 한 것 같았다. 중국인들이 '군자의 복수는 10년이 걸려도 늦지 않다'는 말을 그렇게나 좋아한다고 하니, 어느 정도 합리적인 추론이었다. 선생은 오히려 샤오의 욕설에 미소를 지으며 "Say full sentence(완벽한 문장으로 말해)!" 하고 목소리를 높였다.

그날 밤 선생은 우리를 이끌고 영어마을 이곳저곳을 돌아다녔다. 영어마을 단지는 멀리서 보았을 때와는 또 달랐는데, 늦은 밤이라 원어민 선생이 전부 퇴근한 데다 건물 외벽의 페인트는 쩍쩍 갈라져 있고 벽에는 금이 가 있어 얼핏 보면 스티븐 킹 공포소설 속 한 장면 같았다.

나는 최대한 눈을 크게 뜨고서 깊은 어둠에 파묻힌 건물들을 살펴보았으나, 정작 내가 느낄 수 있는 감각이라곤 근처 축사에서 뿜어져 나오는 거름 냄새뿐이었다. 어쩌면 고증이 반영된 것인지도 몰랐다. 불과 백여 년 전만 해도 유럽인들은 거리에 분뇨를 뿌렸다고 했다. 영국의 경우에는 비만 오면 템스강으로 똥물이 흘러가 냄새가 엄청나게 심했다고 한다. 코를 막고 있는데 선생이 어둠 속 한편을 가리키며 말했다.

"There is the bakery shop(저기가 빵 가게입니다)."

어두워서 통 보이지가 않았다. 거리를 희미하게 비추는 가로등은 무슨 1890년대 기름등을 밝혀놓은 것만 같았다. 그나마 거름 냄새를 비집고 은근하게 풍겨오는 빵 굽는 냄새와 UFC 케이지 안에서 들릴 것처럼 퍽퍽, 하고 밀가루 반죽을 쳐대는 소리로 빵 가게 존재를 짐작해볼 따름이었다. 부도난 공사장에 자재를 훔치러 온 강도처럼 우리는 살금살금 발걸음을 옮겼다.

어둠 속에서 모두가 실루엣으로만 보였다. 준의 문신과 시게루의 덥숙한 수염, 보타의 하얀 피부는 어둠에 가려져 보이지 않았다. 다만 보타는 끊임없이 내 등에 대고 뭐라 중얼거렸다. 여태껏 많이 외로웠는지 대화 상대가 필요한 모양이었다. 보타는 영어마을이 왜 이렇게까지 을씨년스러운지에 대해 설명을 이어갔다.

영어마을은 극심한 경영난을 겪고 있었다. 주 고객층인 아이들이 저출산으로 줄어든 것은 물론, 요즘에는 외국으로 유학을 가지 못한다면 차라리 인터넷 영상통화로 방에서 영어를 배웠다. 누구도 굳이 이 시골까지 버스를 타고서 영어를 배우러 오지 않았다.

영어마을 교장은 영어마을을 다른 사업체에 매각하기 위해 노력하고 있다고 한다. 제값을 받으려면 영어마을이 어떻게든 잘 운영되고 있음을 투자자들에게 보여야 했는데, 그 시도 중

하나가 바로 영어마을 성인반을 만드는 것이었다.

나는 차라리 영어마을을 오컬트 관광상품으로 개발하는 쪽이 좋았으리라 생각했다. 북한과 맞닿아 있는 데다 서양에 대한 환상을 기괴하게 섞어놓은 이곳이야말로 서양 관광객들에게 오묘한 경험을 줄 수 있지 않았을까? 우리나라 템플스테이처럼, 이곳을 오컬트 스테이로 만드는 것이다. 거기에 어둠 속에서 인민군이나 중공군을 출현시켜 공포감을 유발하는 거지. 나는 짙은 안개 속에서 꽹과리를 치며 돌격하는 이들을 떠올렸다. 얼마나 무서울까? 북한이 동해상으로 미사일을 쏘았다는 뉴스에 무작정 공항으로 달려가던 미국인이라면, 어쩌면 더 까무러칠지도 몰랐다. 이런 상상을 하며 혼자 키득키득 웃고 있는데 선생의 외침이 내게로 향했다.

"Hey, Attention(야, 집중해)."

선생은 영어마을 소개를 대충 마치고는 자세한 사항은 숙소에 놓은 책자를 참고하라 했다(물론 숙소 어디에서도 책자를 찾을 수는 없었다). 우리는 그날 밤 마지막 일정으로 영어마을에 있는 동안 묵을 기숙사에 도착했다. 1층 로비에 보조 선생들이 늘어서 있었다. 우리는 줄지어 서서 보급품을 받는 훈련병처럼 마을에 있는 동안 입을 핑크빛 트레이닝복과 함께 개인 식기를 받았다. 컵을 비롯해 접시와 수저, 포크까지 모두 플라스틱 식기들이었다. 특히 겉면에 찌그러진 디즈니 공주들이 그려져 있어 눈에 띄었다. 선생이 보조 선생들과 잠깐 회의하겠다며 자리를 비웠을 때, 준이 식기를 내려다보며 말했다.

"이걸 여기서 볼 줄이야."

보타가 준에게 물었다.

"어디서 봤는데?"

"감옥."

나와 보타는 의심스러운 눈초리로 준을 바라보았다. 감옥이라니. 핑크색과는 어울리지 않는 단어였다. 준은 숟가락포크를 나이프처럼 휘둘렀다. 존 윅에 빙의한 것 같은 손놀림이었지만 동시에 분홍 드레스를 입은 디즈니 공주들이 전등 빛에 번쩍여 다소 괴리감이 느껴졌다. 보타가 숟가락포크를 들고 있는 준에게 물었다.

"핑크색은 아니었겠지?"

그러자 준은 정색하며 대답했다.

"아니, 핑크색이었어. 무슨 이상한 사회 실험에서 말하길 분홍색을 보면 사람들의 폭력성이 줄어든다고 하더라고."

준은 창고에서 어렸을 적 애착 인형이라도 발견한 것처럼 트레이닝복과 식기를 와락 끌어안았다. 그 모습에 나도 모르게 얼굴을 구겼다.

"완전 나한테 어울리는 색이야. 마음에 들어."

맞는 말이었다. 1960년대까지만 하더라도 핑크색 캐딜락은 남자의 성공을 상징했으니까. 준은 영어를 쓰는 오늘날의 아메리칸보다 더 오리지널 아메리칸인 것이다. 인상이 그리 좋지 않은 준이 분홍색 트레이닝복을 입고 디즈니 공주가 그려진 식기를 들고 있는 모습을 보니 조금은 내적으로 가까워진 것 같았다.

방은 애석하게도 5인 1실이었다. 방 내부는 바깥과 전혀 달랐다. 워프(warp)라도 통과한, 아니 분단선을 넘은 것 같았다. 하얀 침구가 깔린 푹신한 침대와 앤티크한 가구 대신, 누런 장판이 깔린 침상에 군대식 개인 관물함이 다닥다닥 붙어 있었다. 그 아래에 이불은 따로 없고 구멍 뚫린 침낭 하나만 놓여 있었다. 낡은 침낭을 찬찬히 살펴보니 희미하지만 "○○사단"이라 적혀 있었다. 주변 군부대에서 얻어 온 듯했다. 군장품 도난으로 신고하려 해도 핸드폰이 없어 그럴 수 없었다.

선생은 우리에게 잠들기 직전까지 서로 영어로 대화하며 영어 실력을 키우라 말하고는 문 앞을 떡하니 지키고 섰다. 21세기에 감금과 억압이라니. 반항하려다가도 이곳에서 불과 몇 킬로 안에 수많은 이들이 비슷하게 살고 있다는 생각이 들면 마음이 잠잠해졌다. 그들은 매일 정해진 시간에 기상해야 하고 밥을 먹고 싶지 않아도 먹어야 하며 최저임금을 겨우 따라잡는 돈을 받고서 국가를 위해 봉사하고 있지 않는가. 그리고 나는 '선택'을 해서 이곳에 왔지 않은가? 샤오와 시게루는 한국 문화 체험이라도 온 것처럼 신기하다는 듯 관물함을 열어보고 집게손가락으로 침낭을 집어 들며 낄낄거렸다. 웃는 것을 보니 이런 공간에서 설마 잠을 자리라고는 생각하지 않는 모양이었다. 시게루는 특히나 목욕탕 탈의실처럼 잠깐 지나쳐가는 방이라 생각했는지, 겉옷을 벗어놓고 복도로 나가 이곳저곳 문을 열어보며 진짜 숙소를 찾아다녔다.

나는 낡은 시설은 굳이 상관하지 않았다. 얼마 지나지 않아 영어마을을 나갈 것이라 믿었으니까. 최대한 빨리 영어를 배워 이 차원이 뒤틀린 것 같은 애스트럴한 공간에서 빠져나갈 것이라고. 나는 말년병장처럼 구석에 자리를 잡고는 누워버렸다. 침낭을 덮어보니 생각보다 따뜻했다. 보타나 준도 말없이 드러누운 나를 보더니 자연스럽게 각자 자리를 잡았다. 문제는 시게루였다. 선생과 힘의 차이를 느끼고 조용히 짐을 풀고 있는 샤오와 달리, 혼자만의 한국 병영 체험을 끝내고 다시 방으로 들어온 시게루는 하나둘 자리에 눕기 시작한 우리를 보더니 갑자기 선생에게 말했다.

"티차, 프리즈 체인지 루므(선생님, 방 바꿔주세요)."

선생은 시게루의 말을 들은 체도 하지 않았다. 시게루가 영어를 쓰지 않았다고 판단한 모양이었다. 시게루는 우리에게 일본어로 뭐라 말했으나 도저히 알아들을 수가 없었다. 시게루 눈에서 눈물이 한 방울 흘렀다. 그렇게 그는 홀로 훌쩍이다가 문과 가장 가까운 곳에 자리를 잡았다. 샤오 옆이었다. 샤오는 시게루를 쳐다보며 손가락으로 가상의 선을 긋더니 이를 훤히 드러내며 으르렁거렸다. 그러나 시게루는 선생에게만 무력했지 샤오에게는 아니었다. 눈물을 글썽이던 시게루는 온데간데없이 사라지고 샤오에게 팔꿈치를 딱 붙이고는 한 치도 물러나지 않는 시게루로 돌아왔다. 그들은 널찍한 공간을 놔두고 몸을 송장처럼 뻣뻣하게 하고는 딱 붙어 누웠다.

선생은 각자 자리가 정해진 것을 보더니 말했다.

"Be quiet. I will be there(조용히 해. 난 저기에 있을 거야)."

선생이 문밖을 가리켰다. 그가 가리킨 곳에는 우리 방과 또 다른 방이 하나 있었다. 한눈에 봐도 우리가 머무는 방과는 달랐다. 침대도 있고 두꺼운 이불도 있는 데다 도자기 무드등에 백화점 디퓨저까지 원목 선반에 놓여 있었다. 그렇다고 화가 치밀어 오르지는 않았다. 그저 무력감을 느낄 뿐이었다. 그도 그럴 것이, 선생의 발음이 좋지 못하더라도 그는 자기가 하고픈 말을 영어로 할 수 있었다. 나는 그러지 못해 이곳 영어마을까지 온 것이고.

웃기게 들릴 수 있지만 사회는 그렇게 돌아간다. 오늘날 영어를 모르면 그 누구도 대한민국에서 살아남을 수가 없다. 간판을 비롯해 메뉴판도 엉어로, 키오스크도 영어로, 심지어 강

남에 위치한 몇몇 직장에서는 수평적 문화를 위해 영어로 회의한다고 했다. 곧 있으면 집에서도 영어로만…… 어라, 생각해보니 이미 우리 집은 그러고 있었다. 우리 가족은 최첨단 문화의 선두 주자인 셈이다. 생각이 꼬리에 꼬리를 물다가 언젠가 모든 인류가 한 가지 언어만으로 말한다고 생각하니 전형적인 SF 디스토피아 소설 같아 소름이 돋았다.

선생이 나가고 나서 한동안은 조용했다. 그러다 샤오가 코를 골기 시작했고, 그 틈으로 시게루의 울음소리가 들려왔다. 나는 눈을 게슴츠레하게 뜨고서 창문 쪽을 바라보았다. 검은 뒤통수가 보였다. 준이었다. 그는 창밖을 내다보고 있었다. 달빛이 밝아서 쉽게 잠들지 못하는 듯했다. 그는 혼잣말을 했다.

"술집은커녕 편의점도 없겠군."

준의 발음에서 LA의 냄새는 나지 않았다. 외려 입안에 메주라도 넣어놓은 것 같은 구수한 말투였다. 나는 솔직히 준이 보타보다 먼저 영어마을에서 나갈 것이라 생각했다. 아무리 생각해도 준이 있어야 할 곳은 LA 길거리지 P시 영어마을이 아니었다. 나 역시도 몸이 근질거렸다. 과연 이곳에서 얼마나 버틸 수 있을까 싶었다. 준이 갑자기 고개를 내 쪽으로 돌리더니 물었다.

"너, 외국인이지?"

나는 얼른 자는 척 눈을 감고서 미동도 하지 않았다. 굳이 준과 친해지고 싶지 않았다. 그러나 준은 히죽거리며 물었다.

"미국? 영국? 어디야? 외국인은 맞아?"

아니라고 대답해야 했지만, 그러면 계속해서 귀찮게 굴 것만 같았다. 나는 가만히 고개를 끄덕였다.

"대단해. 한국말을 이렇게 알아들을 정도로 공부하다니. 내가 미국에서 만난 사람들은 안 그랬어."

준은 누가 시키지도 않았는데 제 이야기를 하기 시작했다. 그의 이름은 준, 종갓집 3대 독자로 태어났다. 어렸을 때부터 예절교육을 받았던 그는 '예절'을 인간이 지켜야 할 가장 기본적인 도리라 생각했다. 그러던 그는 여덟 살 때 미국 LA로 유학을 떠났는데, 종친회에서 준의 유학 경비를 지원했다고 한다. 목적은 글로벌 시대에 맞춘 '입신양명'이었다.

준은 당시 미국에 대한 부푼 마음을 가지고 본토에 도착했으나, 막상 가서 알게 된 사실이 그를 미국으로 유학 보낸 한국의 알선 업체는 제대로 허가를 받지도 않은 곳이었단다. 그들은 돈만 챙기고 준을 LA 길거리에 버렸다. 그렇게 그는 한국에서 카탈로그로 확인한 마당이 있는 단독주택이 아니라, 길거리에서 입을 거의 열지 않는 흑인 노숙자와 함께 살게 되었다.

다행히 노숙자는 준에게 최선을 다했다. 그는 준에게 뉴요키들에게 구걸하는 법과 월마트 가성비 식품들을 가르쳐주며 준이 거리에서 살아남을 수 있도록 도왔다. 준도 그를 파파라 부르며 한국에서 배운 그대로 그에게 '효'를 실천했다. 맛있는 것을 얻으면 파파에게 가져다줬고 파파가 추워하면 입고 있던 옷을 벗어주었다.

나는 조심스럽게 물었다.

"Why English(왜 영어를 배우지 못했니)?"

내가 개떡같이 말해도 준은 찰떡같이 알아들었다. 덕분에 그 이유를 바로 알 수 있었다.

"파파는 말을 거의, 아니 아예 하지 않았어. 파파와는 몸으로 대화했지."

중의적인 표현인가 싶었다. 준은 그때 이후로 모든 말을 몸으로 대신할 수 있다고 했다. 실제로 그의 말보다 표정에서 '슬프다' 혹은 '기쁘다'의 감정을 더욱 자세히 느낄 수 있었다.

얼마 지나지 않아 준과 함께 LA에 보내진 아이들은 경찰의 신고를 받고 한국으로 돌아갔으나, 준은 그러지 못했다. 준이 스스로 몸에 새긴 문신을 본 부모님이 섬에 강아지를 유기하듯 그를 미국에 버린 것이다.

"그래도 외롭지는 않았어."

준은 파파와 거리에서 살아가며 언어를 뛰어넘는 '무엇'이 있다고 믿었다. 그곳에서 준은 '한국말 갱스터'라 불렸다. 다른 사람이 영어를 쓰든 말든 준은 한국말로 묻고 답했다. 그 탓에 자주 시비에 걸렸으나 준의 주먹은 누구보다도 매서웠다. 자신에게 영어로 대답하기를 원하는 사람의 혀를 뽑으려 한 적도 있다고 했다.

나는 준에게 물었다.

"Why you(왜 너는)……."

내 물음이 채 끝나기도 전에 준이 답했다.

"왜 여기에 왔냐고?"

그러더니 그는 잠시 고개를 떨구었다.

"작년에 파파가 돌아가셨어. 감자튀김이 비건 식단이라면서 양껏 먹은 게 화근이었지. 보험이 없어서 병원에 가지도 못하고 누워서 거친 숨만 몰아쉬었는데, 배에 복수가 꽉 차서 누가 보면 무한리필집에 세 들어 사는 것처럼 보였을 거야. 파파가 숨을 거두기 직전 내게 무언가를 말했어. 그가 처음으로 내게 한 말이었지."

준은 제 머리를 가리키며 담담하게 말을 이었다.

"근데 무슨 말인지 해석할 수 없었어. 이 머릿속에 파파의 말들이 떠다니는데, 도저히 알 수가 없는 거야. 친구들에게 어설프게 영어로 설명해봐도 다들 알아듣지 못했지. 그걸 알고 싶어서 여기 왔어."

물론 내가 묻고 싶은 것은 왜 미국이 아니라 하필 한국에 있는 영어마을로 왔냐는 것이었다. 준은 나중에 그 이유를 말해쳤다.

"거기다 날 미국에 보낸 한국 업체가 여기 영어마을도 운영하고 있었거든. 첫날 나를 파파에게 데려간 거구의 백인 남자가 떠올라. 업체는 사라졌지만 아직 여기 어디에 있다는 소식을 들었어."

"Find and What(찾아서 뭘 하려)……."

준은 내가 무엇을 물었는지 정확히 알고 있었다. 그는 내 말을 자르고 단호히 말했다.

"복수."

런치

뜬눈으로 P시에 떠오르는 해를 맞이했다. 밤새워 들은 준의 무용담 때문이었다. 준이 말했고 보타가 보증했다. 어젯밤 가장 먼저 승합차에 올라탄 보타는 준이 다음으로 승합차에 올라탈 때 얼굴까지 문신이 가득한 갱스터들이 모여서 그를 배웅하는 것을 보았다고 했다.

준이 승차한 곳은 인천항이었는데, 미국인 관광객 무리처럼 흑인과 백인, 동양인 할 것 없이 모든 인종이 한데 모여 준을 배웅했고, 심지어 한국식 조폭 인사를 건넸단다. 그 풍경이 상상되지 않았다. 아니, 그것보다 그 상황이 웃겼다. LA 갱스터 두목이 인천항에서 부하들에게 한국식 조폭 인사를 받으며 영어를 배우기 위해 한국 영어마을에 오다니.

보타가 주먹을 치켜들며 말했다.

"쟤 거기서 이거였어, 이거."

준은 LA 거리에서 그야말로 전설이었다. 구역 상관없이 '한국말 갱스터'인 준 앞에서는 어느 누구도 발음 하나 흘리지 않고 그에게 한국어로 말했다. 다만 들으면 들을수록 준은 갱스터보다는 '광인'이라는 말이 더 어울렸다.

준은 절도나 마약 판매 같은 갱스터 사업에는 손을 대지 않았고, 하루에 16시간 배달 일을 하며 돈을 벌었다. 배달하는 물품은 가리지 않았다. 햄버거나 피자 같은 음식부터 총기와 마약까지. 배달부이긴 했으나 동시에 갱스터인, 그러면서도 LA 예절 주입기라 불리던.

그야말로 이상한 놈.

준은 배달 일을 하다가 '예의가 없는 놈'들을 만나면 그들에게 물리적으로 예절을 주입했다. 준에게 예의란 목숨보다도 소중했다. 윗사람을 공경해야 하는 것은 물론이요, 인간으로서 지켜야 할 '도리'를 말하는 것이었다. 준에게는 특히나 인사가 중요했다. 제 아무리 적이라 해도 준은 상대를 향해 고개를 숙였으며, 연장자에게는 예의도 지켰다.

보타가 준에게 물었다.

"묵례만 받아줬어? 한국식으로다가?"

준은 고개를 저었다. 한국식 묵례와 프렌치 키스, 불교식 합장, 심지어는 마사이족의 '얼굴에 침 뱉기'까지. 준은 얼굴에 침을 맞았던 날을 떠올리며 말했다.

"아프리카에서 미국으로 이주한 마사이족이었는데, 거리에서 마주친 첫날 인사를 안 해서 내가 꾸짖으니까 내 얼굴에 침을 뱉더라고. 그땐 선 넘을 뻔했지. 물론 내 오해였어."

나는 그가 일부러 준에게 침을 뱉은 걸지도 모른다고 생각했다. 멀쩡히 지나가는데 모르는 이가 왜 인사하지 않느냐며 한국말로 시비를 걸어서 침을 뱉었는데, 몇 대 맞고 나니 자연스럽게 변명한 것이지.

"이건 474 브록스 또 이건 파데카 젬스."

준은 다양한 갱스터 사인을 보여주며 몸에 있는 문신을 하나하나 가리켰다. 문신을 자세히 보니 그 아래로 많은 상처가 보였다. 여러 LA 갱스터와 싸우면서 생긴 상처였다. 상처를 가리기 위해 어쩔 수 없이 문신 시술을 받아야 했다고 한다. 보타가 비아냥거렸다.

"무슨 헤라클레스야?"

준이 혜성처럼 등장한 LA 거리를 떠올렸다. LA에 간 한국 종갓집 유교 보이. 과연 그 동네는 평화로웠을까, 아니면 더 시끄러웠을까? 이웃 어른에게 90도로 허리 숙여 인사하고, 허리를 꼿꼿하게 세우고 앉아서는 어른 앞이라고 몸을 돌려 마약이 담긴 주사기를 팔뚝에 꽂는. 상상만 해도 어지러웠다. 눈을 깜빡이면 청학동이 된 LA 거리에서 깨어날 것만 같았다.

영어마을의 기상 음악은 마이클 잭슨의 〈Dangerous〉였다. 상상조차 하지 못한 기상 음악이었다. 그러나 동시에 기상 음악으로는 적격이었다. DNA에 내장된 것처럼 절로 눈이 번쩍 뜨였고, 팔다리가 제멋대로 움직였다. 드럼 소리에 맞춰 장기들도 바운스를 타는지 위는 꾸룩 소리를 내며 음식물을 갈구했고 장은 집을 떠나기 직전 먹은 제육볶음으로 요동쳤다.

"아우!"

준은 마이클 잭슨의 발차기를 시연하며 자리에서 일어나더니 특유의 절도 있는 몸짓으로 슬리퍼를 신었다. 화장실이 급한 모양새였다. 준은 문워크로 방을 나서려 했다. 누구도 딴지를 걸지 않았으나 샤오만은 달랐다. 샤오는 준에게 중국어로 뭐라 뭐라 말했다. 눈빛을 보아하니 조용히 해달라는 의미인 듯했다.

준은 가만히 눈을 치켜뜬 채 샤오를 응시했다. 금방이라도 싸움이 날 것만 같았다. 선생에게 겁 없이 달려들었던 샤오와 갱스터들에게 예절교육을 시키던 준의 싸움이라니. 하지만 둘의 체격차가 상당했다. 상대적으로 몸집이 작은 샤오는 뭐라 말을 덧붙이다가 전원 나간 스피커처럼 점차 목소리를 줄였다. 그동안 준은 한마디 말도 없이 물끄러미 샤오를 바라보기만 했다. 침묵은 압박으로 이어졌고, 압박은 끝내 샤오로 하여금 자리를 피하게 했다. 슬리퍼를 짝짝이로 신은 채 샤오는 화장실로 달려가버렸다.

보타가 준에게 물었다.

"왜 그래?"

준이 덤덤하게 대답했다.

"샤오가 무슨 말을 하는지 이해하고 있었어."

"그래서, 알았어?"

준은 고개를 저었다. 내가 보았을 땐 이해하려는 시도조차 하지 않은 듯했다. 할 필요가 없었던 거지. 째려보기만 하면 원하는 것을 얻을 수 있을 테니까. 그것이 준의 대화 방식이었다.

식당으로 가는 내내 준은 샤오에게 계속해서 사과했다. 자신이 얼마나 미안한지 설명하기 위해 샤오의 어깨를 붙잡고, 인상을 쓴 채로 말이다. 샤오는 전혀 다르게 받아들인 듯했다. 미안하다는 준의 말에 대꾸를 하기는 했으나 눈을 내리깐 채로 몸을 부르르 떨었다. 시게루는 그 모습을 보며 슬며시 미소를 지었다.

식당은 일반적인 학교 급식실과 크게 다르지 않았다. 위생모자를 쓰고 분홍색 앞치마를 둘러맨 영양사와 식당 직원들이 음식이 담긴 대형 보관 용기를 중탕기와 온열기에 사기 넣어놓았다. 메뉴는 크림수프와 치킨너깃, 호밀빵, 파인애플과 비스킷으로 전형적인 미국식 브런치였다. 그들은 비스킷이나 빵을 실제로 샐러드와 같은 '채소'라 생각한다는데, 처음에는 어이가 없었으나 그들의 논리에 반박할 말이 딱히 떠오르지 않아 입을 다물고 주는 대로 먹기로 했다.

뷔페인가 싶어 양껏 식판에 담아 먹으려는 찰나 라틴계 아주머니들이 보관 용기 앞에 일렬로 섰다. 무슨 상황인가 싶었다. 그들은 왕실 근위병처럼 주걱을 들고서 앞을 바라보았다. 엄숙한 분위기에 모두가 숨죽인 가운데 선생이 치고 나오더니 철제 식판을 들고 섰다.

선생이 한 아주머니에게 말했다.

"Give them two wings and two bongs. Split the rye bread down the middle and pour in the creamy soup(윙이랑 봉 두 개씩 주시고요. 호밀빵은 중간을 갈라서 크림수프를 부어주세요)."

그러자 아주머니가 활짝 웃더니 "Yes, Sonseongnim(네, 선생님)"이라 말하며 선생의 식판에 음식을 담아주었다. 선생은 식당 중간에 미끄러지듯이 자리를 잡고 식사를 시작했다. 그를 따라 우리도 자연스럽게 식판을 집어 들고 아주머니 앞에 일렬로 섰다. 보타가 아주머니에게 식판을 들이밀었지만 그녀는 아무런 반응도 하지 않았다. 한동안 기싸움이 벌어지다 아주머니가 외쳤다.

"Next(다음)!"

보타는 어이가 없다는 듯 아주머니 앞으로 식판을 강하게 들이밀었다. 그러자 그녀는 보타의 식판을 낚아채더니 그대로 뒤에 있는 식기세척기를 향해 던져버렸다. 보타가 버럭 화를 냈다.

"아니, 밥은……!"

멀리 있던 선생이 신경질적으로 식탁을 내리치자 보타는 입을 금붕어처럼 뻐끔거렸다. 식탁이 반으로 갈라지지 않은 게 다행이었다. 아주머니는 기계처럼 외칠 뿐이었다.

"Next(다음)!"

나머지는 추풍낙엽이었다. 시게루는 말을 더듬다가 차례를 놓쳤고, 샤오는 자존심이 상했는지 대꾸조차 하지 않고 그대로 아주머니 앞을 지나쳤다. 나는 목이 잡힌 채로 도살당하기를 기다리는 닭처럼 앞으로 나아갔다. 아주머니가 나를 위에서 내려다보았다.

어버버.

머리가 새하얗게 질려버렸다. 금방이라도 식판을 빼앗길 것만 같았다. 용기를 내서 말했다.

"I want eat(나는 먹곱다)."

아주머니가 나지막한 목소리로 말했다.

"Say full sentence(완벽한 문장을 말해)."

자기는 그렇게 말하지도 않으면서. 그러나 주걱과 집게를 쥐고 있는 사람은 아주머니였고, 나는 텅 빈 식판을 들고 있다. 이것만으로도 우리의 서열은 명백했다. 반항할 시간에 빠르게 문장 형식을 하나부터 열까지 떠올렸다. 'Want(원하다)' 다음에는? 'to eat(먹는 것)'이라 해야 하나?

아주머니가 'Next(다음)!'라 말하려 입을 모으기 전에 내가 말했다.

"I want to eat(나는 먹고 싶다)."

아주머니는 기회를 한 번 주려는 것 같았다.

"What kind of(무엇을)?"

전부 먹고 싶었으나 'All of them(전부)'이라는 문구가 떠오르지 않았다. 당황한 내 시야에 파인애플이 들어왔다. 파인애플이라 말하려다 쌍꺼풀이 진 아주머니의 얼굴을 봐버리고 말았다. 그때 내 머릿속은 이랬다.

'그냥 파인애플이라 해도 될까? 대부분 아나나스라 부르는데? 영국과 미국을 제외하고는. 대부분의 나라가 아나나스라 부르면 아나나스라 해도 되지 않을까?'

라틴계 국가에서는 파인애플을 아나나스라 부른다. 미국에서도 최근 멕시코 이민자들이 많아지면서 영어에 스페인어가 섞이는 현상이 늘어나고 있으니 아나나스라 말해도 무방할 것이었다, 하고 결론을 내리려 했다. 말을 하려는 순간, 아주머니가 외쳤다.

"Next(다음)!"

나는 그렇게 텅 빈 식판을 들고서 자리로 가야 했다.

선생을 제외한 대부분이 나와 같은 상황이었다. 모두 선생
이 게걸스럽게 먹는 것을 멍하니 보며 침을 삼켰다. 그러나 아
직 기회가 남아 있었다. 나는 기대감을 안고서 식판을 집어 드
는 준을 보았다. 이윽고 준의 차례였다. 준이라면, 우리와는 뭔
가 다를 수도 있었다. 역시나 준은 당당하게 아주머니와 대치
했다.

먼저 준이 말했다.

"Everthing(전부)."

아주머니는 밀리지 않았다.

"Say full sentence(완벽한 문장으로 말해)."

준은 손가락으로 한일자를 긋듯이 모든 음식을 가리켰으나,
아주머니는 같은 말만 반복할 뿐이었다. 준이 음식들을 하나
씩 가리키며 말했다.

"This, This, This, This(이거, 이거, 이거, 이거요)."

누가 보면 담배라도 사는 것 같았다. 아주머니도 당황했는
지 눈을 크게 뜨며 고개를 저었다.

"Say to word. Not this(이거라 말하지 말고, 단어로 말해)."

시간이 얼마 남지 않았다. 나는 준마저도 실패했다고 생각했다. 너무하다는 말이 절로 목구멍까지 솟구쳤으나, 뒤로 넘어가는 침이 말을 삼키게 했다. 그런데 아주머니가 'Next(다음)!'라 외치기 직전에 준이 말했다.

"빵, Give me 빵(빵, 빵 주세요)."

나는 다급하게 선생을 보았다. 선생은 음식에 집중하고 있었다. '빵'이 프랑스어라 봐주는 것인가? 영어가 워낙 프랑스어에서 영향을 받았으니, 이건 또 봐주는 것인가? 그럼 라틴어나 그리스어, 심지어 한류로 영향을 받은 꼰대나 먹방 같은 단어들은? 도저히 기준을 알 수가 없었다.

아주머니는 준의 식판에 빵을 담아주었다. 우리 중 첫 성공이었다. 쾌재를 외치기 전에 부러웠다. 비록 빵 한 조각뿐이었으나, 준은 식판을 들고서 당당하게 우리를 향해 걸어왔다. 그 순간, 선생이 식판을 깨끗하게 비우고 자리에서 일어났다. 싸움만 조금 잘했어도 준의 것을 빼앗아 먹었을 것이다. 그런데 준은 자리에 앉더니 빵을 다섯 등분해서 우리에게 건넸다.

"자."

모두가 놀랐으나 반응은 각자 달랐다. 샤오는 빵을 집어 먹은 후에 고맙다고 말했고, 시게루는 수줍게 고개를 숙이더니 보타 것까지 먹으려 하다 걸렸다. 실수였다고는 말했지만 속내를 알 수 없었다. 준이 건넨 빵을 먹고 나서 그를 보는 모두

의 시선이 달라졌다. 눈빛이 다소 부드러워졌으며, 내 경우에
는 준이라는 사람에 대해 조금 더 마음의 문을 열기로 했다. 준
은 그런 우리의 변화를 신경 쓰지 않는다는 듯 별다른 말없이
조각난 빵을 입에 쑤셔 넣었다.

클라스

첫날 수업은 실내 수업이었다. 우리는 일렬로 선생의 뒤를 따라 영어마을을 걸었다. 군인처럼 발을 맞춰 걸으며 교실에 대한 기대감이 조금씩 떠오르는 것을 느꼈다. 영상에서 보았던 서양식 교실을 떠올렸다. 하버드나 프린스턴 같은 아이비 리그 대학교처럼 강단이 낮고 책상이 높은 교실일까? 그게 아니라면 미국식처럼 널찍널찍한 교실에 개성 넘치는 학생들이 다리를 뻗고, 자유롭게 손을 들고서 질문할 수 있는 교실일까?

여러 건축 양식이 짬뽕된 서양 건축물들을 지나쳐 우리는 골목으로 들어섰다. 그런데 점차 풍경이 을씨년스럽게 변해갔다. 군데군데 폐자재가 널려 있었고, 벽에는 누가 그렸는지 모를 그라피티가 한국어로, 그것도 궁서체로 "좆 까"라 쓰여 있었다. 두근거리는 마음과 달리 거리를 걸을수록 삭막해지는 풍경에 입꼬리가 점차 아래로 쳐졌다.

골목 끝에 건물 하나가 있었다. 앙리 무오와는 정반대의 심정을 느꼈다. 앙리 무오는 정글 속에 있는 거대 고대도시 앙코르와트를 발견한 인물로, 발견 당시 심장이 떨어져 나갈 것 같은 환희를 느꼈다고 한다. 그러나 내 눈에 보이는 건물은 미군정 당시 지어진 듯했는데, 건물을 둘러싸고 있는 담쟁이가 말라비틀어져 죽은 상태라 스산한 분위기를 풍겼다.

건물 안은 90년대 한국 학교 교실과 크게 다르지 않았다. 바닥은 분기마다 왁스 칠을 해야 하는 나무 마룻바닥이었고, 책걸상은 구멍이 숭숭 뚫린 합판과 칠이 벗겨진 철제 프레임으로 만들어져 있었다. 심지어 초록 칠판은 분필 가루가 덕지덕지 굳어 과거 누군가 칠판 한가운데 그린 성기 모양이 선명하게 남아 있었다. 선생은 멍하니 서 있는 우리에게 한마디 던질 뿐이었다.

"The main building is used by children(본관은 아이들이 쓰고 있다)."

딱히 반항할 생각조차 들지 않았다. 환경 탓은 그만하기로 했다. 돈이 없는 아빠 때문에, 영어를 못하는 엄마 때문에, 학생에 무관심하던 선생님 때문에, 그것도 아니면 영어를 하지 못하면 무가치한 사람으로 보는 사회 때문에. 이런 '때문에'는 내 인생에 하등 도움이 되지 않았다. 어떻게 배우든 영어만 제대로 배울 수 있다면 상관없었다. 볼펜으로 파냈는지 홈집이 난 책상을 보고 학창 시절을 떠올리고 있는데, 문이 열리더니 월마트에서 볼 법한 백인 원어민들이 등장해서는 아동용 방송에서나 볼 수 있는 제스처를 취하며 우리에게 다가왔다.

"Hi, Everyone(다들, 안녕)!"

그들은 어떤 제스처든 뮤지컬배우처럼 크게 했다. 인사할 때도 팔을 크게 흔들었고, 심지어는 우리를 껴안기도 했다. 부담스러워 몸을 뒤로 빼려 했으나, 선생의 눈치가 보여 눈을 질끈 감고 그와 진한 포옹을 나눴다. 원어민 선생이 밝게 웃으며 말했다.

"Let's sing(노래하자)!"

아무리 생각해도 성인을 위한 수업은 아닌 것 같았다. 우리는 서로 눈치를 보았다. 한국 사회에서 다 큰 어른이 몸을 흔드는 것은 술에 취해서가 아니라면 쉽게 용인되지 않았다. 그러나 원어민들은 전혀 신경 쓰지 않았다. 동공이 풀려 있는 것 같았다. 오래된 브라운관 TV에 펑, 하며 폭탄 터지는 소리와 함께 불이 들어왔다. 눈으로만 보았는데도 프레임이 보일 정도였다. 커다란 화면에서는 알 켈리의 모습이 보였다.

"I believe I can fly(나는 내가 날 수 있다고 믿어)."

자기가 날 수 있다고 말하던 그는 오늘날 여러 명의 여성을 감금한 성범죄자가 되었다. 그에 맞춰 가사를 외우게 하는 모습이란. 우리는 열화된 팝 스타들의 뮤직비디오를 보면서 노래를 따라 불렀다. 바나나 옷을 입은 원어민이 맨 앞에 앉아 있던 보타의 팔을 잡아끌었다.

"Dance(춤춰)!"

보타는 고개를 저었다. 그러나 바나나 옷을 입은 원어민은 끈질겼다. 그는 자기 힘만으로는 보타를 교실 앞으로 끌어낼 수 없자, 다른 원어민들까지 불러서 보타를 일으켜 세우려 했다. 보타가 외쳤다.

"Fuck! No(씨발! 싫어)!"

원어민들의 표정이 일제히 굳었다. 그들은 눈을 휘둥그레 뜨고 서로를 쳐다보았다. 그러자 머리가 까진 스코틀랜드 백인 남자가 보타를 노려보며 말했다.

"Say full sentence(전체 문장으로 말해)."

보타도 백인 남자를 노려보았다. 인종차별이라 말하고 싶어도 둘에게는 통하지가 않았다. 보타는 말을 하려다가 선생의 눈치를 보았다. 선생이 허리춤에 매달린 단소에 손을 올렸다.

보타는 갓 태어난 강아지처럼 끙끙대다가 소리쳤다.

"으악, 우르르쾅쾅!"

보타는 온몸으로 그들의 난잡함을 표현하려 했다. 몸을 꼬고 손가락을 움직였다. 한국어 추임새였으므로 그들이 알아들을 리는 없었다. 그들은 한국어를 배울 필요가 없었다. 비영어권 국가라 해도 그들은 영어로 말했고, 영어를 하지 않는 곳에서는 인상을 쓰며 영어를 할 줄 아는 사람을 찾았다. 그래도 그들은 보타가 '좋지 않은 말'을 하고 있다는 것을 본능적으로 알아차렸다. 대치는 유튜브 알고리즘이 이끈 알 켈리가 구속되었다는 영상이 뜰 때까지 계속됐다. 일촉즉발의 상황이었다.

다들 쭈뼛거리는 와중에 누군가 앞으로 나섰다. 선생이었다. 나는 곧 보타에게 불호령이 떨어지리라 생각했다. 금방이라도 한국의 토종 체벌인 '엎드려 뻗쳐'를 명령하고 단소로 엉덩이를 내려칠 것만 같았다. 그러나 선생은 자세를 잡더니, 무반주인 상태에서 춤을 추기 시작했다. 무표정의 목각 인형이 억지로 관절을 비틀고 있는 모습이었다. 그 모습이 흥겹고 웃기기보다 기괴해서 우리는 두려움을 느꼈다. 바나나 옷을 입은 원어민이 재빨리 에이시디시의 〈Black in Black〉을 틀었다. 선생은 역사적인 기타 리프에 정확히 엇박으로 춤을 췄다.

우리에게도 눈치는 있다. 은퇴를 앞둔 나이의 선생이 춤추고 있는 상황에서 우리가 가만있을 수는 없었다. 특히나 예의를 중시하는 준은 누구보다도 빨리 춤을 추기 시작했다. 우리는 팝송에 맞춰 함께 몸을 움직여야 했다.

이어서 웨스트라이프의 〈You raise me up〉을 비롯한 팝송 메들리가 이어졌다. 영어마을 커리큘럼은 이곳의 전성기였던

2000년대에 머물러 있는 듯했다. 과거의 성공을 보증수표라 여기다 끝내 전통이라고 모두를 세뇌한 듯했다. 춤추기 싫어하던 보타도 어느덧 흥겹게 몸을 움직이고 있었다. 어색했으나, 준은 달랐다. 준은 흥을 주체하지 못하고 벽을 붙잡고는 머리를 흔들었다. 감전이라도 당한 것 같았다. 최신 유행하는 클럽 춤이라 했다. 보타가 총을 든 것처럼 준에게 양손을 겨누며 물었다.

"테이저 건?"

준이 고개를 끄덕였다. 그날 새벽에 그에게 들은 이야기로는 친구 녀석이 경찰의 테이저 건에 맞아 감전돼서 죽었는데, 그때 모습이 웃겨서 다들 그렇게 춤을 춘다고 했다. 그 끔찍한 이야기를 들은 나는 정색했다. 그것도 모르고 나와 보타는 준의 모습을 보고 웃으며 책상을 내리쳤고, 시게루는 미소만 띤 채 창밖을 바라보며 가볍게 몸을 흔든 것이었다.

"Repeat again(다시 반복)!"

우리는 아기 새처럼 노래를 불렀다. 명곡들이 쏟아졌으나, 체력은 빠르게 고갈되어갔다. 반복에 반복. 무슨 노래 수업인가 싶었다. 술이라도 취했다면 좋으련만. 알코올의 도움 없이 팝송만 불러대니 군가를 배우는 훈련병이 된 것만 같았다.

손을 들고서 보조 선생에게 밀했다.

"Water, Please(물 좀요)."

그러자 보조 선생이 고개를 저으며 말했다.

"Full sentence, Please(전체 문장을 말해요)."

천천히 문장을 떠올리기 시작했다. 당연히 'I(나는)'는 들어가야 했고, 'Want(원하다)'는 어쩌지? '물을 마시고 싶어요'라고 말해야 하나, 아니면 '물을 주세요'라고 해야 하나? 'Give(주다)'를 써야 하나? 내가 받는 것인데? 속으로 십의 자리 숫자들을 셈하듯 생각을 이어갔다. 그러나 이들은 선생과 달리 내게 시간을 주지 않았다. 내가 문장을 말하지 못하자, 보조 선생은 고개를 확 돌리더니 이번에는 아바의 〈Dancing Queen〉을 부르기 시작했다.

준의 머리는 땀으로 흠뻑 젖어 있었다. 그래서 전기에 더 잘 통하게 되었는지 머리를 미친 듯이 흔들면서 수영을 끝마친 개처럼 사방에 자기 땀을 퍼뜨렸다. 교실 안에 광기가 철철 흘러넘쳤다. 샤오는 원어민 교사들과 몸을 비비며 소리를 질렀다. 과거 우드스톡 페스티벌이 이랬을까?

나는 물을 포기하고 그대로 자리로 돌아가 극한의 콘서트에 머리를 부여잡았다. 밥 딜런이 눈에 보이는 것만 같았다. 분명 살아 있을 텐데. 그를 만나면 꼭 안아주며 대체 노벨문학상을 어떻게 받은 것인지 물어보고 싶었다.

쉬는 시간 종이 울리자마자 나는 화장실로 달려갔다. 땀 냄새로 가득한 교실에 머리가 아파왔다. 칸에 들어가자마자 변기에 머리를 박았다. 헛구역질했으나 먹은 것이 없어 멀건 위액만 나올 뿐이었다. 교실에서는 여전히 시끌벅적한 소리가 들려왔다. 준의 목소리였다. 노래방에라도 온 것만 같았다. 준은 〈Desperado〉를 임재범 스타일로 부르고 있었다. 망치로 머리를 찍어대는 것 같은 소리가 내 관자놀이를 짓눌렀다. 잠시 혼자만의 시간을 가지려 하는데, 누군가 화장실 안으로 들어왔다. 대화 소리가 들렸다. 원어민들이었다. 국적이 서로 다른 그들은 영어로 대화하기 시작했다.

"Fuck(씨발)!"

첫마디는 욕이었다. 그들도 나와 마찬가지로 체력적 한계를 느낀 모양이었다. 한국 최저 시급을 받으면서 이런 일을 할 줄은 몰랐다고 말했다. 왜 도망가지 않을까 의문을 느끼는 찰나 그들은 준에 관해 이야기했다.

그들은 준의 문신을 묘사하면서 정확히 식스티세븐 스트리트 쪽이라며, 괜히 거슬리는 행동을 했다가는 가족들이 목숨을 잃을 수도 있다고 했다. 그들도 우리와 마찬가지로 이 사회에서 살아남기 위해 노력하고 있었다. 급여나 처우에 관해 말하면서 동시에 다음에 갈 나라를 말하고 있었다. 그들의 입에서 일본이나 중국 등 비영어권 국가들이 거론됐고, 영어마을과 마찬가지로 그곳에서도 영어를 가르쳐 돈을 벌 것이라 했다. 매캐한 냄새가 났다. 뒤이어 기분이 몽롱해지고 나른해지는 게 담배는 아닌 것 같았다.

문을 박차고 나가자 그들은 깜짝 놀라 입에 물고 있는 것을 담뱃갑에 황급히 숨기려 했다. 학주에게 걸린 청소년 같았다. 몸을 덜덜 떠는 그들 앞에서 나는 최대한 콧구멍을 열고 연기를 들이마셨다. 머리가 아찔했으나 동시에 나른함이 몰려들었다. 그때 갑자기 촤르륵 소리와 함께 담뱃갑 전체에 불이 옮겨붙었다. 원어민 선생이 깜짝 놀라 불붙은 담뱃갑을 발로 찼다. 불은 꺼졌지만 엄청난 연기가 피어올랐고 동시에 강한 바람이 일어 교실 쪽으로 일부가 흘러갔다. 이런 상황에서도 배꼽을 부여잡고 웃는 원어민 선생들을 지나쳐 나는 다급하게 교실로 달려갔다.

"준! 보타!"

세상이 한 바퀴 도는 것 같았다. 메스꺼움이 전보다도 강하게 느껴졌다. 모든 감각이 예민해졌다. 스피커에서 들려오는 음악을 악기별로 분류할 수 있을 정도였다. 머릿속에 작곡 프로그램을 틀어놓은 것 같았다.

이미 교실은 난장판이었다. 뭔가 이상했다. 선생은 그대로 맨 뒤쪽에 쪼그려 앉아 잠들어 있었고, 보타는 윗도리를 벗은 상태로 아까 싸웠던 아일랜드계 백인과 함께 레슬링에 가까운 씨름을 하고 있었으며, 준은 주먹으로 창문을 부숴버렸다. 그

중 압권은 시계루였다. 그는 완전 만취한 사람처럼 책상 위에 올라가 엑스재팬의 〈Tears〉를 부르고 있었다. 영어 발음은 안정적이었다. 모두 콘서트에 초대라도 받은 것처럼 손을 흔들고 춤을 췄다.

복도에서 피어오른 연기는 계속해서 교실 안으로 밀려들었다. 질식해서 죽을 것처럼 기침하다가 쉴 새 없이 웃기 시작했다. 보사노바 음악이라도 들리는 듯 느리게 몸을 흔드는 사람들을 보고 있자니 북유럽 숲속에서 오딘을 섬기면서 비밀스러운 종교 의식을 치르는 것 같았다. 나도 그 무리 속에 다이빙했다. 함께 노래를 부르고, 춤을 췄다.

내가 외쳤다.

"Let's sing(노래 불러)!"

교장이 교실에 들어올 때까지 난장판은 멈출 줄을 몰랐다.

*

교장은 한국의 일반적인 오십대 남성이었다. 배가 튀어나와 있고, 정수리 부분의 머리숱이 듬성듬성하며, 평소에 등산복이나 골프웨어를 즐겨 입는 그런 사람 말이다. 그러나 외면만 보고서 가볍게 보았다간 큰코다칠 것이다. 그들은 유년 시절에는 농업 국가를, 청년 시절에는 중공업 국가와 독재정치를 겪었으며, 현재는 최첨단 컴퓨터 기술을 활용하여 한국 산업의 최전선에 나아가 있다. 맹수로 따지면 노련한 사냥꾼이며, 가족을 위해서라면 경악할 만큼 빠르게 추악해질 수 있는 악마 같은 존재였다. 나같이 한 시대만 살아온, 자본금도 없는 젊은 이는 그들에게 손쉬운 먹잇감일 뿐이었다.

교장은 그런 한국 중년 남성의 대표격이었다. 그는 가난한 집에서 태어나 머리 하나만으로 토지개발 관련 공무원이 되어, 아내 명의로 노른자 땅을 사고팔며 돈을 모아놓았다가 독재정권이 무너지자마자 공무원을 그만두고 사업가가 되어 각종 정부 사업을 따냈다. 그중 하나가 바로 '영어마을'이었다. 당시는 '영어'를 한국 공용어로 하자는 정책이 나돌고 있을 때였다. 비록 그 정책은 국민 여론에 치여 서울을 벗어나 군사분계선 인근으로 밀려나게 되었으나, 교육청의 전폭적인 지지로 대한민국의 어린아이들은 영어마을을 신병훈련소처럼 필수적으로 거쳐 가야만 했다.

나는 처음 교실을 박차고 들어온 교장을 보고서 길을 잘못 든 아저씨라 생각했다. 그러다 교장이라며 90도로 인사하는 원어민 선생들을 보며 차이나타운에 온 것만 같았다. 과거의 영광이 지금 여기서 멈춰버린 것일까? 미국이 지고 중국이 떠오른다던데, 이제는 영어마을이 아니라 차이나타운에 가야 하는 걸까? 차이나타운에서 중국어만 쓰도록 강요받는 한국 아이들의 모습이 떠올랐다.

갑자기 보타가 교장에게 다가가 배시시 웃으며 말했다.

"Here, English town(여기, 영어마을이에요)."

거기에 보타와 레슬링 시합을 하던 원어민 선생이 눈을 감은 채 말을 덧붙였다.

"No country for old man(노인을 위한 시골은 없어)."

마지막 말은 선을 넘었지만 모두가 낄낄거리며 웃었다. 무슨 일이 벌어지진 않았다. 교장은 보타를 지나쳐 노래를 끄고 창문을 열었다. 그러고는 생수통 하나를 가져오더니 낮은 목소리로 모두에게 "Drink it(마셔)"이라 말했다. 모든 행동이 잘 짜인 연극 같았다. 으레 있던 일이라는 듯 원어민 선생들은 빠릿빠릿하게 움직였다. 교장이라는 직함에 겁을 먹은 것일까? 아니면 화장실에서 불어온 연기에 마음이 넓어진 것일까? 그 자리에 있던 모두가 술 마시듯 물을 들이켰다.

준은 멋들어진 건배사도 했다.

"Love ya(사랑혀)!"

서로 다른 언어를 말하고 있었음에도 그 단어를 모르는 사람은 없었다. 준의 외침에 다들 아이처럼 깔깔 웃었고, 다 함께 물을 들이켰다. 물맛은 아주 달았다. 술처럼 마시면 마실수록 기분이 더 좋아질 것 같아 부어라 마셔라 생수통을 노소리 비웠다.

구석에 가만히 서 있던 교장이 우리를 향해 말했다. 한국말이었다.

"이 상황에 대해서 더 묻지 않겠다. 그러나."

교장이 나를 비롯한 준과 보타, 샤오, 시게루 등 학생 하나하나를 가리키며 말했다. 손가락에는 힘이 실려 있었다.

"규정을 어겼으므로 모두 내일 아침, 여기서 나가주길 바란다."

충분히 항의할 수 있는 상황이었다. 연기를 낸 것은 원어민 선생이며 우리는 간접적으로 연기를 맡았을 뿐이라고. 담배인 줄만 알았다고. 유명한 판례도 이미 여럿 있었다. 변명이 통하지 않는다면 기숙사에서 발견한 군수품 문제나 언론에 이 사실을 말할 것이라며 협박할 수도 있었다.

하지만 그중 어느 하나도 우리는 하지 않았다. 모두 헤벌레 입을 벌리고서 고개를 끄덕일 뿐이었다. 좋은 게, 좋은 거지. 존 레넌이 〈Imagine〉에서 말한 세상이 이런 세상이었을까. 눈에는 핏발이 서 있고 내가 울면 상대도 울고 상대가 웃으면 나도 웃는, MBTI로 치면 모두가 F인 세계. 그런 세계는 과연 천국일까, 지옥일까? 천국에 연기가 가득하다는 말은 들은 적이 없는데.

교장이 떠나고 나서 보조 선생들이 우리를 기숙사로 이끌었다. 우리는 순한 양처럼 서로에게 딱 붙어 하이톤의 웃음소리를 내며 길을 걸었다. 별거 아닌 농담에도 우리는 크게 웃었다. 별이 이토록 밝을 수가 없었다. 준은 기분이 좋다며 이참에 2차는 자기가 낼 테니 바에 가자고 했다. 자기 친구들이 좋은 물건을 구해다 줄 수 있다고 하면서 한바탕 웃음을 터뜨렸다. 그리고 기숙사에 도착하자마자 모두 깊은 잠에 빠져들었다.

스파이

    사람은 한 번 잘 때마다 평균적으로 열두 개의 꿈을 꾼다고
한다. 기억에 남는 꿈은 깨기 직전에 꿨던 꿈으로, 의식과 무의
식의 경계에 있는 꿈이기에 정신분석학에서 중요하게 취급된
다. 이걸 왜 말하느냐하면 이날 잠에서 깬 내 자신이 무척이나
자랑스러웠기 때문이다. 나는 처음으로 영어로 말하는 꿈을
꾸었다. 소문으로 듣기에는 외국에 나가 외국인인 척 행동하
는 북한 간첩들은 잠꼬대도 외국어로 한다고 했다. 나도 그 정
도의 경지에 오른 것인가 싶었다.

    꿈에는 아빠가 나타났다. 우리는 비슷한 옷을 입고 창살이
달린 작은 방 안에서 서로 마주 보고 있었다. 교도소 느낌은 아
니었다. 햇살은 따사로웠고, 방 안은 우리가 입은 옷처럼 핑크

색이었다. 아빠는 계속해서 내게 무언가 이야기를 하려 했다. 분명 한국말을 하는 것 같았는데 들리지가 않았다. 금붕어처럼 입만 뻥긋뻥긋. 답답했다. 나는 아빠가 무얼 말하려는지 최대한 맞혀보려 했다.

공부해? 정신 차려? 밥 먹어? 뭐 하냐?

나도 입 모양을 최대한 크게 해서 아빠에게 보였으나, 아빠는 계속 고개를 저었다. 우리는 이런 일상적인 말을 나누지 않은 지 오래였다. 전부 'fuck'이 한 마디로 해결되었으니까. 아빠는 답답한지 제 가슴을 치고 소리를 질렀다. 역시나 내 귀에는 들리지 않았다. 그때, 어머니의 속삭임이 들렸다.

'Hello, my son(안녕, 내 아들).'

순간, 정신이 번쩍 들었다. 눈을 떴다.

"오, 마니!"

자리에서 벌떡 일어나 완전히 정신을 차리기 전에 입을 우물거렸다.

"Oh, my god(오, 신이시여)."

나는 이 상황을 받아들이기 전에 내 입에서 튀어나온 언어가 영어라는 것에 감탄했다. 일어나면서 외친 것은 '오마니(어머니)'라 들릴 수도 있지만(북한과 가까이 있어서 그랬던 걸까). 꿈속에서 엄마가 내게 말한 것은 분명히 영어였다. 엄마가 직접 내 꿈속으로 찾아와 말하지는 않았을 테니, 내 무의식의 발현

임이 분명하다. 잠에서 깬 내가 흐뭇하게 미소를 짓고 있자, 시게루가 '너 아직도 약에 취해 있어?'라는 눈빛을 보냈다.

시게루는 내게 "おはよう(좋은 아침)"라며 일본어 인사를 건네고 제 짐을 싸고 있었다. 낮에 보였던 미친 모습은 보이지 않았다. 바다에 던진 부표를 보고 빠르게 수면 위로 튀어 오른 것처럼 상황이 인식되기 시작했다. 나는 잠들어 있는 보타를 깨웠다. 보타도 좋은 꿈을 꾼 것 같았다. 옅은 미소를 짓고 있다가 번쩍 눈을 떴다. 그러고도 한동안 얼굴에서 미소가 사라지지 않았다. 그러나 얼마 지나지 않아 나처럼 얼굴을 심하게 굳혔다.

"이런."

우리 모두 이제야 제대로 된 판단을 내릴 수 있었다. 준이 몸을 뒤척였다. 보타가 말했다.

"야, 준. 우리 좆 됐어."

준은 귀찮은 듯 손을 이리저리 내저었다.

"신경 쓰지 마."

"신경을 어떻게 안 써."

준이 우리를 향해 돌아보았다. 그는 여전히 사람 좋게 웃고 있었다.

"걱정하지 마."

무슨 생각인지 알 수 없었다. 아니, 무슨 생각인지 알고 싶지도 않았다. 그러나 교장에게서 영어마을을 나가라는 일방적인 통보를 받은 상황에서, 우리가 기댈 곳은 준뿐이었다. 보타가 준의 엉덩이를 세게 내리쳤으나, 그의 엉덩이는 보타의 손을 아주 쉽게 튕겨냈다.

보타가 물었다.

"걱정을 어떻게 안 해?"

"교장 이름이 뭐야?"

"전…… 뭐였는데."

준은 이러고도 모르겠냐는 듯 보타의 어깨를 쳤다.

"그럼, 내 이름은?"

"준."

준이 손뼉을 마주쳤다. 짝 하는 소리에 귀가 얼얼했다. 나는 준을 노려보았다. 또 무슨 헛소리를 지껄일까 싶었다.

"모르겠어?"

보타는 준을 향해 신경질적으로 소리쳤다.

"본론만 말해. 그래서 뭐?"

준이 고릴라처럼 주먹으로 맨가슴을 쳤다. 빨간 자국이 선명하게 남을 정도였다.

준이 말했다.

"씨발, 우린 가족이야. 이탈리아 마피아 애들이 그렇게 목을 메는 패밀리 말이야."

어이가 없었다. 마음 같아서는 한 대 쥐어박고 싶었지만 그러기엔 준의 등근육에 새겨진 십자가 문신이 지나치게 선명했다. 보타가 준에게 물었다.

"너, 약 했냐?"

준이 고개를 저었다. 물론 나도 알고 있었다. 그렇다고 준이 정상이라는 것은 아니었다. 약을 하지 않고도 이렇게 헛소리를 한다는 게 그가 확실히 비정상임을 나타내고 있었으니까.

준이 말했다.

"전, 준. 다른 게 뭐야? 나한테는 똑같이 들려."

보타가 비아냥거렸다.

"미국에 살다 보니 거기에 동화된 거야? 이름 하나는 제발 제대로 발음해달라고. 발음하기 어렵다고 그냥 자기식대로 부르잖아. 나도 그래서 이름을 보타라 바꾼 거라고."

준이 물었다.

"원래 이름은 뭔데?"

"복하, 이복하."

준이 고개를 갸우뚱거렸다.

"똑같은데?"

보타는 답답한지 가슴을 쳤다. 준은 아랑곳하지 않고 요가하듯 두 손을 모아 하늘을 향해 뻗었다.

"우린 모두 패밀리야. 저 위로 위로 거슬러 올라가다 보면 모든 인류가 마찬가지지. 어쩌면 너도, 나도."

준이 언제 LA 갱스터에서 박애주의자가 된 것인가 싶었다. 거리에서 총과 약을 배달하고, 자신에게 영어를 강요하면 주먹질을 하던 사람이 저런 생각을 하다니. 보타가 자신과 준을 번갈아 가리키며 헛구역질해댔다.

"너랑 내가? 제발."

둘의 거침없는 활약에 나는 할 말을 잃었다. 준은 내 침묵을 동의로 간주한 모양이었다. 자신만의 계획을 조금씩 실행하는 것과 동시에 냉전시대 스파이처럼 스스로를 정말 교장의 아들이라 세뇌하고 있었다. 무당이 작두를 타는 것을 볼 때 이런 느낌일까. 소름이 돋았지만, 마땅한 방법이 없었기에 나는 준의 옆에서 "전, 준, 전, 준……"이라 염불을 외우며 그의 몰입을 도울 뿐이었다.

밑져야 본전이었다. 이대로 영어마을에서 쫓겨날 수는 없었다. 지방 외곽의 아파트 분양 실패가 은행 파산에 이어 국가부도로 이어진 것처럼, 내게 이 사건은 돌이킬 수 없는 최악의 상황을 연이어 불러올 것이었다. 달빛에 의지해 어둠을 헤쳐 나아가면서 계약서에 적혀 있던 엄마의 메시지를 떠올렸다.

'중도 포기 시 집으로 돌아오지 않기를 바란다.'

아직은 무리였다. 조금만 더. 대학을 졸업할 때까지만, 아니

취업할 때까지만. 그때까지만 나를 받아줬으면 했다. 나도 원해서 이렇게 사는 게 아니었다. 번듯한 직장에 취업해서 아무리 못해도 부모님처럼은 살고 싶었다. 과거에, 영어를 잘하지 않아도 되던 때에 태어났더라면. 그게 아니라면 조금 더 시간이 흘러 이어폰 하나로 완벽하게 실시간 통역이 가능한 시대에 태어났더라면. 이렇게 비루하게 살지는 않았을 것이다.

아무튼 내게는 엄마와 아빠가 필요했다. 역겨운 말인 것을 나도 안다. 다 자란 성인이 부모에게 손을 벌리다니. 알바를 하며 돈을 벌어 취업 준비하는 사람이 있는 것도 안다. 그들은 대단한 사람들이다. 그에 비하면 나는 22년 동안 영어 하나 제대로 하지 못하는 패배자다. 부디, 제발, 이 젊은 탕아를 가여이 여기소서. 부모 자식 간에 이런 말을 하는 것이 패륜적이라 할 수도 있겠지만, 그들도 당신들의 노후를 위해 나를 이곳에 보냈다. 나도 이 정도 요구는 할 수 있다고 생각한다.

"Fuck(젠장)."

나도 모르게 욕을 뱉었으나 준과 보타는 그다지 신경 쓰지 않았다. 다들 반쯤 정신이 나간 상태였다. 나는 집에서 쫓겨날지도 모른다는 부담감에, 보타는 환불받지 못한다는 규정 때문에, 준은…… 그냥 뭐, 준이니까. 우리 셋은 함께 교장실을 찾아가기로 했다. 선생도 곤히 잠들어 있었다. 약효가 센 모양이었다. 우리는 도둑고양이처럼 영어마을을 돌아다녔다.

영어마을은 전체적으로 어둑했다. 새벽 수업이 없어서 그런 지 대부분 불이 꺼져 있었다. 제2차세계대전 후 유럽 소도시 같기도 했다. 어디선가 네오나치들이 나타나 팔찌를 채우고 돈을 요구할 것만 같았다. 그들은 유령보다 훨씬 무서운 존재 들이었다. 지리를 알지 못해 어디가 교장실인지 알 수 없었다.

보타는 멈추지 않고 멀찍이 앞서가는 준을 보며 말했다.

"야, 어딘지는 알고 가냐?"

준은 멈춰 서더니 어느 곳을 가리켰다. 준의 손끝에 빛이 닿 아 있었다. 미켈란젤로의 〈천지창조〉를 눈앞에서 바라보는 것 만 같았다. 빛은 건물 하나, 그것도 맨 꼭대기 방에서 뿜어져 나왔는데, 욕조에 물이 차올라서 더는 견디지 못하고 흘러넘 치듯이 암막 커튼을 뚫고 새어 나왔다. 보타는 을씨년스러운 영어마을과 화려한 빛을 내뿜는 교장실을 번갈아 보며 혼잣말 을 했다.

"저건 또 뭐야."

준이 흐뭇하게 미소를 짓고서 말했다.

"역시 우린 가족이야."

생각보다 건물 안으로 쉽게 들어갈 수 있었다. 오래전부터 방치된 고성처럼 보안장치는 딱히 보이지 않았다. 우리는 어 디선가 흘러나오는 노랫소리를 따라갔다. 〈밤의 여왕〉 아리아가 들려왔다. 천천히 꼭대기로 갔다. 꼭대기에 오르면 오를수록 유럽 궁전에 온 것 같은 느낌을 받았다. 벽면에 새겨진 여러 가문의 장식부터 진귀한 보물까지. 유리막이 없는 것으로 보아 모조품이라 해도 그 정도가 매우 정교했다.

마침내 우리는 교장실 앞에 도착했다. 문을 보고서 입이 떡 벌어졌다. 문은 절의 일주문처럼 두 개의 기둥과 거대한 대문으로 이루어져 있었다. 기둥은 최소 100년 묵은 소나무를 통으로 잘라 세워놓은 것 같았다. 고개를 올려다보면 오색 단청이 보였고, 고개를 내리면 세밀하게 조각된 국화정과 문고리가 보였다. 노크가 아니라 '이리 오너라' 하고 크게 외쳐야 할 것만 같았다. 중세 유럽 고성과 일주문이 한데 섞여 있다니. 마치 사이버펑크 속 세상처럼 보였다. 우리가 우물쭈물하는 사이 방 너머에서 목소리가 들려왔다.

"들어와."

우리는 거대한 나무문을 몸으로 밀고 들어갔다. 내부는 훨씬 더 괴랄했다. 교장실은 베르사유궁전의 거울 방을 모티브로 만든 것 같았다. 영어마을 내 어떤 건물보다도 고증을 잘 지키고 있었다. 튀르키예산 카펫과 벽에는 곰과 호랑이의 머리가 박제되어 있었다. 성인 남자 둘은 누울 수 있을 법한 거대한 마호가니 책상 앞에 교장이 앉아 있었다. 교장은 우리가 온 것을 알고 있었다는 듯 태연하게 고개를 끄덕였다.

"자, 환불은 안 돼. 그거 빼고 전부 말해봐."

산전수전 모두 겪은 장사꾼의 표정이었다. 영어마을을 매각하려 한다는 소문은 사실인 듯했다. 기세 좋게 찾아갔건만 우리는 교장 의자에 걸쳐진 물건을 보고서 그만 입을 다물어버렸다. 처음에는 장우산인 줄 알았으나 가만 보니 산탄총이었다. 'Model 1878'로, 대중에게는 서부극 〈카우보이의 노래〉나 한국 영화 〈좋은 놈, 나쁜 놈, 이상한 놈〉에 등장한 더블배럴 샷건으로 알려진 모델이다. 총기 금지 국가인 한국에서 어떻게 저런 물건이 있는지 의문이 들었다.

더블배럴 샷건은 좋은 대화 수단이었다. 심지어는 준의 주먹보다도. 샷건 앞에서 만민은 평등하다. 수십 년간 무예를 연마해온 격투기 선수와 하루 전에 총을 쏴본 일반인, 심지어는 류머티즘 관절염에 걸린 노인과 비비탄총을 장난감으로 가지고 놀기 시작하는 아이까지도. 누가 방아쇠를 당기든 샷건은 골고루 여러 방향으로 퍼져나갔다. 총이 주는 말도 안 되는 압도감에 무엇을 말해야 할지 감을 잡을 수 없었다.

그때 준이 앞으로 달려나가며 외쳤다.

"아빠!"

동료를 향해 떨어진 수류탄 위로 몸을 날리는 군인처럼. 준은 교장을 와락 안았다. 교장은 기겁하며 준을 밀어내려 했으나, 워낙 준의 악력이 강해 버둥거릴 뿐이었다. 우리는 교장을 도와주는 척하며 샷건을 멀리 치워놓았다. 이로써 힘의 평형이 깨졌다. 교장이 당황스러운 얼굴을 하고서 외쳤다.

"왜 이래?"

발동 걸린 준을 막을 사람은 없었다. 산전수전 다 겪은 교장도 준 같은 사람을 만나기는 또 처음인 것 같았다. 당황한 기색이 얼굴에 역력했다. 그때 준의 행동이 만약 연기였다면 준은 아카데미나 오스카 주연상은 물론, 연기와 관련된 상이란 상은 모두 쓸어갈 수 있었을 것이다. 장래가 촉망받는 신인 배우. 그와 동시에 심사 위원들을 두려움에 떨게 하는 LA 갱스터. 우리도 별수 없이 지켜보기만 했다. 죽을 것을 알면서도 절벽 아래로 뛰어내릴 생각은 없었다. 준은 혼자 한국 막장 드라마를 쓰기 시작했다.

준이 교장에게 말했다.

"아빠, 우린 가족이야."

교장은 말을 더듬었다.

"무, 무슨 개소리야?"

준이 눈물을 글썽이기 시작했다.

"아빠, 이름이 뭐야?"

교장이 고개를 갸우뚱거리며 말했다.

"전⋯⋯. 근데 내가 왜 네 아빠야?"

"그럼 내 이름은?"

교장은 준이 무슨 말을 하는건지 알 수 없다는 듯 어버버, 말을 다듬었다. 대신 준이 대답했다.

"괜찮아, 지금부터 알면 돼. 내 이름은 준이야."

"그래서?"

"아빠. 전, 준. 뭔가 느끼는 게 없어?"

"그게 왜? 성, 성이 다르잖아!"

준은 닭똥 같은 눈물을 흘렸다.

"평소에 사람들이 아빠를 성으로 불러? 이름으로 부르잖아. 성은 부차적일 뿐이야. 아빠, 이름이야말로 본질이라니까."

도대체 뭐 하는 짓거리인지. 한숨이 절로 나왔다. 이 일로 경찰에 구속이나 되지 않을지 문득 걱정이 되었다. 그 누구도 준을 말릴 수가 없었다. 발정 난 코끼리 같았다. 평소에는 순하다가도 발정기만 되면 이유도 없이 집을 들이받아 무너뜨리고, 동물은 물론 인간도 밟아 죽인다고 했다. 문제는 인간의 발정기는 365일, 즉 매일 매 순간이라는 점이었다.

교장이 버럭 화를 냈다.

"지랄!"

준이 소리쳤다.

"제발, 아빠! 정신 차려!"

정신을 차려야 할 사람은 준이었다. 눈 뜨고 보기 힘든 순간이었다. 교장은 준과 함께 비닥으로 고꾸라졌다. 준은 그간 함께하지 못했던 시간을 한 번에 받아 가려는 듯 교장을 껴안았다. 나는 입을 쩍 벌렸다. UFC에서 유일하게 정찬성이 실전에서 최초로 성공시켰다던 트라이앵글 초크였다. 교장은 발버둥쳤다.

얼굴이 벌겋게 변한 교장은 준의 등을 쓸면서 말했다.

"그래, 맞아! 네 아빠야! 그만, 원하는 게 뭐야!"

그 말에 보타가 눈치를 보다가 말했다.

"준은…… 여기에 더 있고 싶대요……."

"그건 절대……."

교장의 거절은 입 밖으로 나올 수 없었다. 준이 자신의 입으로 교장의 입을 막았기 때문이다. 교장의 말은 준의 입속으로 다이빙해버렸다. 이제 눈물겨운 가족 간 상봉이 아니라 성인 에로영화 속 한 장면을 보는 것만 같았다. 나는 그만 눈을 감아버렸다.

교장이 기겁하며 외쳤다.

"오케이, 알겠다고! 여기 있어!"

그제야 부자 상봉은 막을 내렸다. 준은 기뻐하며 자리에서 방방 뛰었고, 교장은 준에게서 뒷걸음질 치며 가쁜 숨을 몰아쉬었다.

진정을 되찾은 교장이 우리에게 말했다.

"대신, 조건이 있어."

교장은 준에게 시선을 고정시킨 채 책상을 향해 뒷걸음질 쳤다. 고개를 숙여 서랍에서 무언가를 꺼낼 때도 준에게 머무른 시선을 거두지 않았다. 교장은 서류 뭉치 하나를 꺼내 우리에게 들이밀었다. 서류 제목은 "영어마을 부지 개발안"이었다. 그 뒤로는 영어마을 부지에다 수백 세대에 달하는 아파트 타운을 지을 것이라는 기획안과 함께 멋들어진 조감도가 그려져 있었다.

교장이 말했다.

"소문 들어서 알겠지만, 나는 여길 부동산 개발업자들한테 팔 거야."

그게 우리와 무슨 상관인가 싶었다.

교장이 설명을 이어갔다.

"그런데 뭔가 이상하단 말이야. 가격을 내렸는데도 아무도 입찰을 안 하려고 해. 두 가지 가설이 있는데, 하나는 업자들이 어떻게든 영어마을에서 일부러 사건을 일으켜 가치를 떨어뜨리려 한다는 거고, 다른 하나는 여기서 내가 모르는 무슨 일이 벌어지고 있다는 거야."

"그게 무슨 개 같은!"

준은 자기 일처럼 얼굴을 붉히고는 소리쳤다. 정의라면 사족을 못 쓰는 사람이었는데, 가족이라 굳게 믿고 있는 교장이 그런 말을 하니 정말 자기 일이라 생각한 듯했다. 준의 반응에 교장이 어이없다는 듯이 우리를 바라보자, 보타가 계속 말하라는 손짓을 했다.

"그 새끼들이 여기에 자기들 스파이를 심어놓았을 거야. 그 쥐새끼를 일단 잡아줘."

보타를 바라보았다. 보타는 순순히 고개를 끄덕였다. 손해는 아니라고 생각했다. 교장실을 찾아왔을 때처럼 잃을 것은 없었다. 잡는다면 약속을 지키는 것이고, 잡지 못한다고 해도 체류 시간을 벌 수 있었다. 고개를 끄덕이려는데 문득 생각이 스쳤다.

스파이보다도 우리가 문제라고.

준을 보았다. 흥분해서 주먹으로 벽을 치는 모습을 보니 금방이라도 마녀재판을 열어 영어마을에 있는 모든 사람을 중세 방식으로 고문할 것만 같았다.

우려의 의사를 표하기도 전에 교장이 말했다.

"여기서 무슨 일이 벌어지고 있는지 밝혀내면 사례금도 주지."

교장이 서랍에서 꺼낸 돈다발은 묵직했다. 우리는 일말의 고민 없이 교장의 제안을 수락했다. 우리는 그렇게 영어마을을 떠나지 않게 되었다.

파이트

"January, February(1월, 2월)……."

릴리의 율동에 맞춰 아이들은 손을 꼬물거리며 합창했다. 한동안 마을에서 보인 적 없는 아이들이라 다소 의아했는데, 보타가 교장이 인근 초등학교에서 돈을 주고 불러온 것이라 말해주었다. 교장은 영어마을의 건재함을 외부에 알리기 위해 열심이었다. 아이들을 불러오고, 성인반과 한데 모아 어떻게든 학생 수가 많아 보이도록 애썼다.

보조 선생의 손에 들린 카메라가 돌아가고 있었다. 나는 기록이 남을까 고개를 숙이고 몸을 흐느적거렸다. 선생은 보이지 않았다. 생활한복에 단소를 든 노인이 카메라에 찍히면 그때부터는 광고가 아니라 공포영화가 될 테니까.

머릿속이 복잡했다. 다행히 쫓겨나는 것은 면했으나, 교장의 제안이 머릿속에 맴돌았다. 스파이라니. 영화에서만 보던 용역 깡패라도 풀어놓은 것일까? 아무리 봐도 준이 용의자에 가장 가까웠으나, 교장의 제안을 듣고 난 뒤 준은 스파이 색출에 진심이었다.

준은 만나는 모든 사람에게 물었다.

"Spy(스파이)?"

샤오는 대꾸조차 하지 않았고, 시게루는 손바닥을 휘저으며 아니라고 했다. 선생은 '스파이'란 단어가 영단어라 그런지 굳이 준을 만류하지 않았다. 보타와 나도 준을 내버려두기로 했다. 하지 말라고 해서 하지 않을 사람도 아니었고, 무엇보다 질문받은 사람들도 크게 신경 쓰지 않는 모양새였다. 나는 가만히 사람들을 관찰했다. 사람들의 사소한 습관 하나까지 살피려 했다. 그러다 보니 어떤 결론에 다다랐다.

결론적으로 영어마을에 입소했을 때 했던 선생의 말은 틀렸다. 우리는 패배자나 쓰레기라 아니라 환자에 가까웠다. 서로 한국말만 하지 않을 뿐이지 멍을 때리거나, 모래 바닥에 그림을 그리는 등 시간을 때우려 애쓰고 있었다. 나름 변명을 하자면, 배가 고파 수업에 집중할 수 없었기 때문이다. 하루 세 번 급식실에 갔음에도 제대로 말을 하지 못해 "Full sentence(완벽한 문장)"만 반복해서 듣고 올 뿐이었다. 사람들은 이제 마지막 수단이니 뭐니 하는 선생의 가시 돋친 말에도 움직이지 않았다. 만약 우리가 그런 것들을 신경 쓰는 인간이었다면, 애초에 이곳 영어마을까지 오지 않았을 것이다.

"July, August(7월, 8월)……."

나는 입을 뻐끔거리기만 했다. 물론 규정을 위반하는 것은 아니었기에 릴리나 선생이 우리에게 함부로 할 수는 없었다. 무엇도 하지 않는 것. 백수나 탕핑, 히키코모리처럼 요즘 같은 시대에 잘 어울리는 무언의 반항이었다. 그런데 등골이 서늘해 고개를 들어보니 어느새 나타난 선생의 눈빛이 우리를 향해 있었다. 날카로운 눈빛에 하는 수 없이 몸짓과 목소리를 더 크게 했다. 반면에 아이들은 손을 들고서 어떻게든 정답을 말하려 기를 쓰고 있었다. 먹이를 받아먹으려는 아기 새들 같았다. 릴리가 성인반과 어린이반을 번갈아 보더니 말했다.

"Attention(집중)!"

어린이들은 일제히 합창을 멈추었고, 성인들은 여전히 수업에 무관심했다.

대뜸 준이 옆에 있던 아이에게 물었다.

"Spy(스파이)?"

아이는 눈을 말똥말똥 뜨고서 준을 바라보았다. 준도 마찬가지였다. 그는 충혈된 눈을 부릅뜨고서 자세를 바로잡았다. 눈싸움이라도 하는 것 같았다. 아이는 목에 걸고 있던 십자가를 손에 쥐더니 마치 사탄이라도 마주한 것처럼 준을 경계했다. 릴리가 손뼉을 치며 관심을 집중시켰다.

"I'll reward the winning team with the competition(대결을 펼쳐서 이기는 팀에게 보상을 주겠어요)."

처음에는 성인끼리 팀을 이뤄 대결하는 줄 알았다. 그런데 릴리는 어린이와 성인 사이에 가상의 선을 그었다. 자존심이 상했다. 우리를 뭘로 보고. 나름 22년 동안 전문적인 영어 교육을 받아온 나였다. 나머지 팀원들도 기분이 나쁜지 표정이 좋지 못했다. 준은 여전히 아이와 눈싸움을 벌이고 있었다.

나는 다리를 건들거리며 손을 들어 물었다.

"What do you give to me(나한테 뭘 줄 건데요)?"

킥킥. 아이들 웃음소리가 들려왔다. 조악한 영어 실력과 발음 때문인 듯했다. 미간을 찌푸렸다. 자기들은 얼마나 잘한다고. 나도 너희 나이 때 넷플릭스가 있었더라면, 아니 하다못해 스마트폰이라도 있었으면 영어는 무슨, 스페인어와 프랑스어 등 각종 언어를 섭렵했을 것이다.

그때 릴리가 주머니에서 뭔가를 꺼냈다. 허술한 종이 쿠폰이었다. 교회에서 나눠 주는 달란트나 물가 상승률을 반영하지 못하는 독재국가의 화폐 정도라 생각했다. 기껏해야 사탕 하나 주는 게 전부겠지. 처음에는 눈길도 주지 않았다.

"오와."

보타의 환호성에 자세히 보니 "○○리 치킨 & 피자 쿠폰"이라 적혀 있었다. 순식간에 성인들의 표정이 변했다. 훈련을 나온 배 나온 예비군에서 전장으로 나서는 전쟁 영웅이 되었다. 준은 사냥감을 발견한 사냥개처럼 미친 듯이 바닥에 침을 흘렸다. 선생은 보조 선생이 촬영한 교실 사진을 교장에게 전달하기 위해 자리를 비운 상태였다.

보타는 준을 바라보며 복화술을 하듯 입술을 가만두고서 내게 속삭였다.

"광견병 걸린 거 아냐?"

그렇게 말하는 보타도 팔을 크게 돌리며 몸을 풀고 있었다.

*

내가 세상에 태어나 해본 일이라고는 두 가지뿐이다.

무언가를 배우는 것과 그것에 대한 시험문제를 푸는 것.

누군가에게 혹은 어떤 매체로부터 영어를 배우고, 그것을 늘 검증받아왔다. 비단 영어뿐만은 아니었다. 수능 같은 명백한 '시험'을 제외하고도 일상생활에서의 모든 것이 줄곧 시험이었다. 판매 아르바이트를 할 때는 하루에 몇 개를 팔았는지, 밴드 동아리에서는 공연 때 나를 보러 온 사람이 몇 명인지 셈해야 했다. 성인이 되어서도 마찬가지였다.

내가 수능 때 받은 높은 국어 점수로 입학한 '○○대학 국제과'의 입학생 대부분은 외국에서 고등학교를 다니다가 그곳 대학 진학에 실패해 한국 대학교에 들어온 이들이었다. 외국에서 살다 와서 그런지 아이들은 기본 소통을 영어로 했다. 나는 첫 만남에서부터 그들에게 찍혔다.

"Hi(안녕)."

신입생 환영회 첫날, 나는 그때 본 아이들의 눈빛을 아직도 잊을 수가 없다. 그놈의 발음이 문제였다. 'H'는 묵음이었고, 'F'를 발음할 때는 혓바닥으로 앞니를 살짝 핥아야 했다. 영국과는 달리 명시적으로 한국에 계급은 없었지만, 그때 나는 내 영어 발음 하나만으로 나와 사람들 사이에 큰 벽이 세워진 것을 느낄 수 있었다. 그들은 내 앞에서 한국어로 말했고, 내 험담할 때면 슬랭을 섞어 자기들끼리 영어로 이야기했다.

과만 그랬다면 크게 문제는 없었을 것이다. 문제는 다른 과라 해서, 아니 동아리를 포함한 대학 전체를 봐도 그다지 다르지 않았다는 것이다. 간신히 토론의 장을 열어주던 술자리는 사라졌고, 모두 각자의 세계에 빠져 살았다. 헤드폰을 쓴 채 입을 닫고 정시에 과제를 제출하며, 분란 없이 취업에 이르는 자가 승자가 됐다. 민주화나 통일, 환경 등 무언가를 외쳤던 이들은 불과 1년 후 또는 길어야 졸업반이 지나기 전에 자신들을 향했던 함성이 나중에는, 경쟁자들의 비웃음으로 바뀌는 삶의 함정이었다는 자조적인 우울을 곱씹으며 '보통 국민'이 될 따름이었다.

그러나 내 주변 친구들은 달랐다. 우리는 시대에 뒤떨어진 사람들로 80년대, 아니 밀레니엄세대에 대학을 다녔다면, 저기 어디서든 뭐라도 하고 있을 사람들이었다. 우리에겐 공통점이 여럿 있었다. 우선 대부분 '억지로(보통 부모님에 의해서)' 해당 과를 지망했으며(사실, 스무 살 대학생치고 진심으로 학문 자체를 좋아해서 온 사람은 몇 명 없을 것이다. 애초에 자기가 평생 공부할 학문이 무엇인지 아는 이들이 한국에 몇이나 될까?), 주변에 친구가 없는 일명 '아웃사이더'에다 무엇보다 지나치게 술을 좋아한다는 점이 우리가 '우리'가 되게끔 해주었다.

우리는 '무의식적 애국지사'인(영어를 계속 말하면서도 영어를 못하는 나를 보며 친구들이 붙여준 별명이다) 나를 포함해 총 네 명이었다. 별명으로 친구들을 소개하자면, 관료주의 신봉자인 아나키스트, 만물 CIA 개입설을 지지하는 음모론자 그리고 한국 문학의 종말을 염하는 소설가가 있었다. 우리 모두가 이 세상에 커다란 결함이 있다는 것을 알고 있었다.

소설가가 말했다.

"우리나라는 망했어."

모텔 바닥에 술잔을 강하게 내려놓는 바람에 새우깡이 바닥에서 튀어 올랐다. 싱싱해 보였다.

아나키스트가 소설가의 말을 이어받았다.

"이게 다 제국주의 때문이야. 중국 쪽이든 서양 쪽이든 수탈만 당하다 보니까 그게 유전자에 남아서 우리를 이렇게 망친 거라고."

듣기 싫었다. 나가서 시위를 하거나 사회적인 활동이라도 하면 모를까. 우리가 하는 일이라곤 가만히 자리에 앉아 불평불만만 늘어놓는 것뿐이었다. 말로는 무엇도 바꿀 수 없었다. 물론 우리도 그 사실을 잘 알고 있었다. 자조적인 우울은 우리로 하여금 술잔을 채우게 했고, 술은 우리로 하여금 더 말을 쏟아내게 했다. 막상 새우깡을 입에 물자 버석하고 습기로 눅눅한 밀가루 맛이 입안에 퍼졌다. 소주를 마시기 위해 억지로 삼켰다. 아나키스트가 내게 물었다.

"야, 외국인. 네 의견은 뭐야?"

"I(나는)⋯⋯."

모두의 이목이 내게 집중됐다. 나는 셋 모두의 의견에 동의하지 않았기에 일장 연설을 늘어놓으려 했으나 실패하고 말았다. 어휘력이 부족했다. 대신, 술잔을 가득 채웠다.

"Just drink(일단 마셔)."

그래, 백마디 말들도 모두 술 한잔에 파도처럼 쓸려버리고 마는 것이다. 머리에 취기가 돌면 모두 자기가 원하는 말만 지껄였다. 모두가 각자의 매트릭스 안에 사는 것만 같았다. 그곳에서 자신의 말은 정확히 남에게 가 닿았다. 그럴 수밖에. 자신이 만들어낸 세상이었다. 나는 술에 취하면 고개를 젖히고 혼자서 횔덜린처럼 읊조리곤 했다.

"Fuck you. Fuck all of you(엿 먹어. 전부 엿 먹어)."

문제는 영어 공부는 명상 수련과 본질적으로 다르다는 점이다. 영어는 자신만의 세상에서 언어로 완성되는 것이 아니라 타인과 나누기 시작했을 때 그 의미를 지내게 된다. 오늘날을 보라. 아무리 위파사나에 통달하여 깨달음을 얻은 티벳 대승이라 해도 영어로 말하지 못하면 그 말씀이 묻혀버리는 세상이다. 그날 나는 바로 휴학 버튼을 눌렀다.

*

"Fuck all of you(전부 엿 먹어)."

아이들이 들을까 낮게 읊조렸다. 학교에서 도망쳐 겨우 도착한 이곳에서도 경쟁은 이어졌다. 아니, 오히려 더 심했다. 탈락하면 진정으로 굶주리게 되는, 그야말로 생존경쟁이었다. 문제는 상대가 어린아이라는 점이었다. 벌이나 상금 따위가 없어도 아이들은 그저 재미로 문제를 맞히려 했다. 아이들은 자신들의 승리가 우리에게 굶주림을 가져다주는 것을 알면 어떻게 반응할까? 릴리는 우리를 보며 기분 나쁘게 웃고 있었다.

마치 '감히 너희가 이런 어린아이들을 이길 수 있을까?'라고 말하는 것 같았다.

도대체 사람을 어디까지 몰아붙여야 하는 걸까. 이렇게까지 우리를 괴롭혀서 영어만 가르치면 모든 것이 해결되는가? 영어를 배우고 나서는? 영어를 잘하는 것은 사회적 생활의 최저 기준이지, 생활의 평균 수준을 보장해주지는 않는다.

대뜸 준이 내 얼굴을 제 얼굴 앞으로 끌었다. 맹렬하게 흔들리는 내 눈빛과 달리 준은 맹수의 눈을 하고 있었다. 고개를 돌려 보니 서로 그리 으르렁거리던 샤오와 시게루도 내 어깨를 두드리고 있었다. 그래, 한계점에 몰리면 모두가 한데 모이게 된다. 우선 살고 봐야 하지 않겠느냐. 이런 순간이 모이다 보면 그게 삶이 아니겠는가. 이 순간만큼 우리는 한 팀이었다. 릴리는 어린이반을 보고는 흐뭇한 미소를 지었다.

"Players. Come to the front(양쪽 선수들. 앞으로 나오세요)."

성인반 사람들은 발을 맞춰 앞을 향해 나아갔다. 땅이 울리는 것만 같았다. 교실 한가운데에 도열한 우리의 표정에서 결연한 진지함이 묻어났다. 준이 팔을 들어 올리는 것을 시작으로 우리는 짐승처럼 콧김을 뿜어내고 함께 손뼉을 마주쳤다. 아이들은 동물원 속 동물을 바라보듯 우리를 신기한 표정으로 바라보았다.

첫 번째 대결은 릴리가 보여주는 그림을 보고 영단어를 말하는 게임이었다. 성인반에서는 대표로 내가 출전했다. 매도 먼저 맞는 것이 낫다고 생각했다. 물론 패배는 생각지도 않았다. 상대는 기껏해야 초등학생이었다. 내가 알파벳을 외우기 시작할 때 이 아이들의 부모님은 서로 만나지도 않았을 때였다. 아이는 생글생글 웃으며 주먹을 꽉 쥐고 있었다.

릴리가 A4 용지 크기의 그림 수십 장을 가져오더니 시작을 알리는 구호와 함께 우리를 향해 그림을 보였다. 아파치 전투 헬기였다. 아니, 애들 영어 단어 대결에서 아파치 헬기라니. 아무리 이기고 싶어도 아닌 것은 아닌 것이었다. 어떻게 이런 어린애가…….

"Apache helicopter(아파치 헬리콥터)!"

아이가 손을 들고 외쳤다. 릴리는 환하게 웃으며 정답이라 말했다. 뒤에서 야유가 쏟아졌다. 정신 차려야 했다. 이건 진지한 생존경쟁이었다. 정답을 맞힌 아이는 나를 보더니 비웃었다. 순간 속이 끓어올랐다. 자기는 나처럼 안될 줄 알겠지? 커서 연예인이나 과학자, 그게 아니라면 최소 대기업 직장인이 될 거라 생각하고 있겠지? 이런, 아니란다. 세상은 잔인하고 사악하단다. 지금 자리에 있는 아이 중 절반 이상은 서른살까지 취업하지 못할 것이리라. 출산율은 또 어떻고? 너희가 사회에 진출할 즈음이면 대한민국이라는 나라 자체가 사라져 있을

지도 모른단다. 나는 이 사실들을 아이들에게 똑똑히 알려주려 했다. 릴리가 새로운 그림을 우리에게 보였다.

이런, 너무 흐릿하게 보였다. 노안이 온 것은 절대 아니었는데, 스마트폰을 많이 사용하다 보니 그런 것 같았다. 그런데 아이는 그런 나를 놀리기라도 하듯 자기 안경을 가운뎃손가락으로 밀어 올렸다. 가까스로 정신을 차린 나는 그림을 보았다. 그림에는 굴착기가 그려져 있었다. 굴착기에는 "DOOSAN"이 당당하게 적혀 있었다. 나는 손을 들고서 외쳤다.

"포크레인!"

짐승처럼 포효했다. 나는 아이를 노려보았다. 이게 어른이란다. 너무 낙심하지는 말기를. 너도 언젠가는 나처럼 될 테니까. 그게 그렇게 좋은 것만은 아니지만.

승리를 만끽하기 위해 뒤돌아보려던 순간, 릴리가 고개를 저었다. 머리를 부여잡았다. 내가 알던 세상이 무너지는 느낌이었다. 포크레인이 포크레인이 아니라면 도대체 뭐란 말인가? 아이가 손을 들고서 담담하게 말했다.

"Backhoe(굴착기)."

릴리는 환한 미소와 함께 정답이라 외치며 아이의 머리를 쓰다듬었다. 정말이지 혀를 깨물고 죽고 싶었다. 열 살짜리 초등학생에게 영단어 퀴즈로 지다니. 아이가 살아온 날보다 내가 영어를 배운 날이 더 많았다. 이후로도 아이는 의기양양한 표정으로 내가 들어본 적도 없는 심화 영단어를 남발했다. 나는 그로기 상태의 복서처럼 얻어맞기만 했다.

이윽고 마지막 문제에서 나는 녹다운 됐다. 릴리가 든 그림에는 어깨춤에 깊은 상처를 입은 남자가 시퍼렇게 질린 얼굴로 죽어가고 있었다. 입가에 묻은 피를 보니 절로 인상이 찌푸려졌다.

아이가 손을 들고서 외쳤다.

"Tuberculosis(폐결핵)!"

대체 저런 단어를 어떻게 알고 있는건가 싶었다. 한국의 초등학생이 폐결핵을 영어 단어로 외치는 것을 다른 외국인이 본다면 둘 중 하나로 생각할 것이었다. 아이가 전생에 의사였거나 나라 전체에 폐결핵 환자가 가득하거나. 아무리 생각해도 폐결핵에 해당하는 영어 단어를 알고 있는 비영어권 국가의 열 살 초등학생은 이상했다.

나는 말을 더듬었다.

"I …… I(나는…… 나는)……."

아이들이 나를 손가락질하며 웃기 시작했다. 울지 않으려 했는데, 울음이 나왔다. 눈물이 흐를수록 아이들의 조롱은 심해져갔다. 나는 얼굴을 가리고서 얼른 무리로 돌아갔다. 금방이라도 야유가 쏟아질 것 같았다. 놀매를 맞을 수도 있었다. 누군가 내 어깨에 손을 올렸다. 준이었다. 그런데 준은 나를 와락 안더니 내 귀에 속삭였다.

"영어권 국적은 또 아니었구나."

이건 또 무슨 말인가. 준은 내 등을 두들기며 말을 이었다.

"미안하다. 미국에만 살아서 외국인이면 영어를 잘할 거라고 착각했어. 서양인이 동양인이라면 모두 쿵푸나 수학을 잘하고, 밥에 환장한다고 오해하는 것처럼 말이야. 나도 그들과 다를 바 없는 사람이었다니."

나는 똥 씹은 표정으로 준을 보았다. 준은 내 표정은 전혀 보지 못하고 자신의 혼잣말에 퍽 감동을 받았는지 울먹거렸다. 목소리에서 진심이 느껴지기는 했다.

보타가 준에게 말했다.

"아직 포기하긴 일러."

아이들의 야유 소리가 들렸다. 릴리도 아이들을 따라 엄지를 아래로 내리고는 나를 향해 야유하고 있었다.

다음 플레이어는 보타였다. 보타는 우리와 하이파이브를 하며 전쟁이라도 나가는 것처럼 소리를 지르고는 한 아이 앞에 섰다. 보타의 상대는 한국 나이로 열한 살, 초등학교 4학년 꼬맹이였다.

릴리는 이번에도 그림을 들고 와서 둘에게 말했다.

"There is a topic in this question(이번에는 주제가 있습니다)."

그림 뒷면에는 "Dinosaur(공룡)"라 적혀 있었다. 나는 이마를 쳤다. 아뿔싸. 인간의 공룡 정보력은 6~8세 때 최고를 찍었다가 성인이 되면 바닥을 친다. 그러다 자녀가 태어나면 공룡에 대한 정보력이 다시 올라가게 되는데, 문제는 성인반 모두가 아이는커녕 결혼도 하지 않았다는 점이다. 심지어 어디 과학관에서는 주말과 방학 때마다 아이들을 공룡 도슨트로 고용한다고도 들었다. 만약 티라노사우루스나 브라키오사우루스같이 대중적인 공룡이 나온다면 어떻게든 점수를 따낼 테지만, 그것만으로는 대결에서 이기기에는 역부족이었다. 더군다나 릴리는 그런 우리를 놀리기라도 하듯이 그 두 공룡만 쏙 빼놓은 사진들을 보였다. 보타가 질 것이 뻔해 보였다.

처음 릴리가 보인 사진 속 공룡은 갓 태어난 병아리가 방사능에 맞아 몸집이 커진 것 같은 모습이었다.

먼저 아이가 손을 들고서 외쳤다.

"펠레카니미무스!"

뭐? 펠레? 얇은 두 다리로 보아 축구를 잘할 것 같지는 않았다. 이어서 연타. 딜로포사우루스. 모사사우루스. 페키두사우루스. 대결이 아니라 일방적인 구타였다. 보타는 손을 들려는 시도조차 하지 못했다. 이어서 사족보행을 하고 머리에 빨간 뿔이 달려 있으며, 푸른 피부를 가진 공룡이 등장했다. 역시나 아이가 외쳤다.

"친타오사우르스."

샤오가 고개를 들고서 주변을 살폈다. 놀란 듯한 표정을 짓고서 "칭타오, 칭타오"라 반복하며 무언가를 찾았다. 아이에게 무참히 패배한 보타는 얼굴을 붉히며 대뜸 걸음을 옮겼다. 우리는 금방이라도 싸움이 벌어질 것이라 생각했다. 그러나 목적지는 릴리가 아니라 아이였다. 보타는 아이를 향해 얼굴을 들이밀었다. 위협적이었다. 보타는 얼굴을 찌푸리고 아이를 뚫어져라 바라보았다. 끝내 아이는 울음을 터뜨렸다.

보타가 고개를 돌려 말했다.

"Next(다음)!"

릴리가 꾸물거리자, 절로 보타의 입이 트였다.

"Hurry up(빨리)!"

릴리는 어영부영 그림을 보여줬다. 단단한 껍질에 둘러싸인 바퀴벌레처럼 생긴 것이 바다 밑을 뽈뽈 기어다닐 것만 같은 사진이었다. 보타는 그것이 무엇인지 알고 있었다. 다행히 아이는 그런 약해 보이는 생물에는 관심이 없는 듯했다. 보타가 말을 우물거렸다.

"삼, 삼, 삼……"

보타는 그림 속 생물이 '삼엽충'이라는 것은 알고 있었으나, '삼엽충'의 영문명은 알지 못했다. 눈치를 보던 보타는 결국 말을 토해내고 말았다.

"삼엽충!"

어디선가 번쩍 날아온 선생의 발길질과 함께 보타는 쓰러졌
다. 보타는 선생에게 발로 밟히면서도 정답 외치는 것을 포기
하지 않았다.

"삼엽충, 삼엽충이라고! 저게 삼엽충 아니면 뭔데!"

보타는 끅끅 신음만 내다가 점수를 모두 헌납해버렸다. 천
장을 쳐다보며 진심으로 억울해하는 보타의 얼굴에 눈물이 흘
렀다.

연이은 패배에 샤오와 시게루는 또다시 싸우기 시작했다.
서로의 모국어로 또 뭐라 뭐라 말하다가 선생에게 등을 걷어
차이고는 스쿼시를 하듯 영어 욕을 주고받았다. 내가 보았을
때 영어 욕은 그들에게 그다지 영향을 주지 않는 것 같았다.

보타의 패배를 목격하고서 나는 다리에 힘이 풀려 자리에
주저앉았다. 쿠폰에 그려진 치킨과 피자가 눈앞에 아른거렸다.
영어를 배우기도 전에 굶어 죽을 판이었다. 바닥에 누워 있던
보타가 내 발목을 잡았다. 그나마 위로가 되는 것 같았다. 준이
빵을 나눠 줬을 때의 심정이었다. 이게 동병상련이려나.

보타가 낮은 목소리로 내게 말했다.

"I will eat you(널 먹을 거야)."

보타의 눈은 뒤집힌 상태였다. 두려움이 엄습했다. 선생에

게 차마 반항하지 못하니, 내게 그런 말을 한 것이다. 나도 참을 수 없었다. 보타가 쓰러져 있는 그때가 기회였다. 일어나서 보타에게 주먹을 날리려는 순간, 릴리가 치킨과 피자 쿠폰 절반을 찢더니 성인반을 향해 만약 최후의 한 명이 승리하면 치킨과 피자 쿠폰 중 하나를 주겠다고 말했다.

누가 나갈지는 이미 정해졌다. 준이 천천히 앞으로 걸어 나갔다. 아이들반에서 아까 준과 눈싸움하던 아이가 나섰기 때문이다. 말리고 싶었으나 남은 인원은 샤오와 시게루뿐이었다. 서로 싸우기만 하는 둘보다는 변수를 만들어낼 수 있는 준에게 더 가능성이 있었다.

준은 결연한 표정으로 아이를 보았다. 아이도 눈싸움에서 밀리지 않았다. 나는 두 손을 모으고서 기도했다. 치킨과 피자, 패스트푸드의 신이시여, 제발. 영어의 신에게는 빌지 않았다. 빌어서 답이 와봤자 준이 제대로 말하지 못할 테니까. 다음 게임은 끝말잇기였다.

릴리가 먼저 제시어를 던졌다.

"Spy(스파이)."

나는 릴리를 가만히 보았다. 본인이 제시어를 던져놓고는 미묘한 표정을 짓고 있었다. 우리를 농락하는 것에 재미가 들린 것 같았다.

아이가 말했다.

"Yellow(노랑)."

정적. 빠르게 시간이 흘렀다. 릴리는 입으로 틱톡틱톡 초침 가는 소리를 냈다. 준은 아이를 물끄러미 바라보더니 한 곳에 시선을 멈췄다. 십자가였다. 릴리가 탈락이라 말하려는 순간, 준이 말했다.

"Wicked(사악한)."

아이의 눈이 휘둥그레졌다. 아이는 다급히 릴리를 보았으나 그녀는 가차 없이 카운트다운을 할 뿐이었다.

아이는 말을 더듬었다.

"Devote(헌신)."

"Envy(질투)."

올림픽 금메달전, 핑퐁, 아니 테이블 테니스를 하는 것 같았 다. 제대로 된 랠리는 처음이었다. 아이는 두 눈을 꼭 감고는 손을 슬금슬금 십자가 목걸이로 가져갔다.

"Yahweh(야훼)."

준은 소름 돋는 미소를 지으며 말했다.

"Hell(지옥)."

어떻게 준이 그렇게 불경한 종류의 영단어를 아는지는 알 수 없으나 물 흐르듯 자연스러운 흐름이었다. 아이의 눈에 눈 물이 고였다. 다 큰 어른이, 그것도 얼굴에도 문신이 있는 LA 갱스터가 크리스천인 자신에게 사탄과 관련된 단어들만 골라서 쏟아내는 광경이었다. 아이는 도움을 바라는 눈빛으로 릴리를 바라보았지만, 그녀는 냉정했다. 경기를 멈추지 않고 이어가며 초침 소리를 멈추지 않았다.

아이가 떨리는 목소리로 말했다.

"Lamb(어린 양)……."

"Blood(피)."

준은 팔을 크게 벌리더니 소리쳤다. 모두가 입을 벌린 채 몸을 떨었다. 준의 모습은 지옥에서 올라온 루시퍼 그 자체였다. 사이비종교 교주처럼, 아니 비열한 악당처럼 준은 행동했다.

아이가 외쳤다.

"그런 말은 하면 안……."

"English(영어)!"

릴리의 외침과 동시에 아이의 눈에서 눈물이 흘렀다. 눈물은 뽀얀 뺨을 타고 아래로 떨어졌다. 그럼에도 준은 인정사정없었다. 눈을 부라리며 아이를 놀려댔다.

아이는 울음 가득한 목소리로 단어를 이었다.

"Deliverance(구원)……."

아이는 십자가를 손에 꼭 쥐고서 귀를 막았다. 당사자였다면, 아니 그 자리에 있던 크리스천이라면 준에 대한 트라우마가 생길 것만 같았다. 도대체 치킨이 뭐라고.

준은 눈을 크게 뜨더니 자신만이 할 수 있는 말을 했다. 준은 이 한 마디로 아이를 무너뜨렸다.

"Evil(악)."

아이는 준의 마지막 한 방을 맞고서 주저앉아 눈물을 펑펑
쏟아냈다.

파티

보타는 침상 끝에 아슬하게 걸터앉아 준에게 말했다.

"아까 선을 넘었어."

"Evil(악)"을 외치는 준의 광기에 아이는 그만 졸도하고 말았다. 몸을 부르르 떨면서 하나님을 애타게 찾던 모습이란. 안타까움이 몰려왔으나, 잠시였다. 굶주림은 그런 감정은 빠르게 몰아냈다.

보타가 말을 이었다.

"악이라니. 한창 신앙심으로 충만한 애한테."

보타의 말에 준은 완강하게 고개를 저으며 말했다.

"그런 아이들이 더 무서운 거야. 소년병들이 전장에서 가장 잔인한 것처럼, 모태 신앙을 가진 아이들이 다른 종교나 전통 문화를 죄책감 없이 짓뭉갠다니까. 심지어 그게 죄책감을 가져야 하는 일인지도 몰라. 그게 자기 세상의 전부니까, 예외가 없다고 생각하지."

"왜? 사랑과 관용을 알려주는 종교인데, 나쁜 건 나중에 자연스럽게 알겠지."

그리 말하면서도 보타 입에서는 침이 가득가득 튀어나왔다. 아주 넘쳐흐를 지경이었다. 이 순간 우리의 머릿속에는 황금 빛깔의 치킨만이 존재했다. 그 밖의 존재에 대한 말들은 무의식적으로 발화된 일종의 잠꼬대와 같았다.

준이 말했다.

"사랑? 관용? 그 애는 저기 중동에서 무슨 일이 벌어지고 있는지 모를걸? 그렇게 따지면 오늘 나는 걔가 섬기는 신의 한 면을 보여준 거야."

대화보다는 달리기 경주 같았다. 그들은 서로를 곁눈질할 뿐, 나란히 평행선을 달리고 있었다. 결승선은 각자의 머릿속에 있었다.

준이 한숨 쉬는 보타를 보며 말했다.

"그리고 나는 전사로서 당당하게 붙었어. 최선을 다한 거야. 전사들은 토끼를 잡을 때도 진심을 다한다고."

"네가 무슨 신싸 선사라도 돼?"

보타의 날 선 질문에 준이 눈을 치켜떴다.

"파파는 내게 오길드의 피가 흐르고 있다고 했어."

오길드라니. 들어본 적이 없다. 준은 오길드가 태평양 한가운데 홀로 떠 있는 작은 섬에 모여 사는 조선인의 후손이라고 했다.

준이 말을 이었다.

"핍박을 피해 낙원을 찾아 돌아다니던 사람들이었지. 그들은 자연과 함께 살았어. 먹을 만큼만 사냥하고, 아프면 치료하는 대신 서로를 보살피다가 죽었지. 문자는 없고 언어가 하나뿐이라 사람들끼리 분쟁이 있었대도 전쟁 대신 토론으로 승부를 봤어."

이야기를 들어보니, 그리스 사상가들이 그리 외쳐대던 이상향 같았다. 그러나 그들은 그 당시에 태평양이 존재하는지도, 아니 존재하는 것을 일부가 알았다고 해도 가본 사람이 없어 명확하게 섬들에 무엇이 있는지 알지 못했다.

"처음에 무리를 이끌고 온 오길드는 조선에서 제일가는 도적이라고 했어. 왕까지 농락했다고 하는데, 그런 그가 유일하게 조선에서 하지 못한 것이 아빠를 아빠라 부르는 것이었대. 사생아라서 그랬다는데, 나중에 오길드는 아빠란 단어 자체를 낙원에서는 없애버렸어."

분명 어디서 많이 들어본 이야기였다. 오길드, 오길도, 옹길도……. 단어를 곱씹다 보니, '홍길동'으로 자연스럽게 연결됐다. 화가 나거나 짜증이 나기보다 기이한 생명체를 마주한 느낌이 들었다. 율도국을 믿는 LA 갱스터라니. 성간 항해 기술을 가진 외계인보다 더 분석해보고 싶은 대상이었다.

준은 얼굴을 붉히며 말을 이었다.

"그런데 17세기에 선교사들이 들이닥쳐서 강제로 그들을 개종시켰지. 개종하지 않은 자들은 모두 잔인하게 죽였어. 그러다 미국의 핵 실험으로 사람이 살 수 없는 땅이 되자 거기를 떠났지. 그것도 물론 신의 이름 아래에서 벌어진 일들이었어."

비키니섬과 율도국이 짬뽕된 이야기였다. 우리는 준이 종갓집 3대 독자인 것을 알고 있었다. 외양적으로도 준은 전형적인 한국인이었다. 교포의 느낌도 없었다.

준과 보타는 신경전을 이어갔다. 보타가 물었다.

"유전자 검사라도 했어?"

그러자 준이 손뼉을 치고는 보타에게 총을 쏘듯 손가락을 겨누었다. 손에는 무엇도 들려 있지 않았지만, 손끝에서 무엇인가 발사되어 보타의 미간을 뚫어버릴 것 같은 불안감이 들었다.

준이 답했다.

"그보다 정확한 방법으로 알아봤지."

"그게 뭔데?"

준이 방아쇠를 당기는 시늉을 했다.

"사주. 파파 친구가 사주를 볼 줄 알았거든."

확신에 찬 준의 목소리와는 달리 못 미더운 시선이 일제히 그에게 모였다. 미국인이 본 사주라니. 미치고 환장할 노릇이었다. 외국인에게도 사주가 통할까? 태어난 연월일 기준을 한국 시간으로 볼까, 아니면 미국 시간으로 볼까? 이름은 또 어떻고. 모든 것이 한국과 다른데, 도대체 어떻게 사주를 보는 걸까? 아니, 게다가 그들은 어떻게 사주 볼 줄 아는 걸까? 점성술이라면 몰라도. 궁금한 점은 많았지만 이것도 일종의 차별인가 싶어 말을 삼켰다.

보타가 물었다.

"봐준 사람이 한국인이야?"

준이 고개를 저었다.

"아니, 알래스카 출신이야. 원래는 고래를 잡아서 생활했대."

"이누이트네. 이누이트가 어떻게 사주를 봐?"

보타의 말에 준이 어리둥절한 표정으로 대답했다.

"볼 수 있지. '이누이트'가 한국말로 사람인데, 당연한 말 아니야?"

대답할 수 없었다. '사람이 사주를 본다'는 문장에서 어긋난 것은 하나도 없기 때문이었다. 보타와 나는 말을 아꼈고, 준은 신나게 그 알래스카 출신 미국인이 행했던 한국 토속신앙에 관해 말하기 시작했다.

나는 침상에 벌렁 누워버렸다. 중세 시대에 유행했던 사체 액설에다 음양오행설을 섞어서 머리를 북쪽으로 두고 자면 죽는다는 이론을 설파하는 준의 말을 듣기 싫었기 때문이다. 내 마음은 온통 치킨에 빼앗겨 있었다. 가위바위보에서 진 샤오와 시게루가 치킨을 받기 위해 정문으로 걸어가는 모습이 보였다. 앞서거니 뒤서거니. 서로 무슨 이야기를 나누는 것 같다가도 이내 몸싸움을 벌였다. 풀숲 쪽으로 서로를 밀고 당기면서 정문으로 가는 내내 길에서 자주 벗어났다. 보기만 해도 답답한 걸음에 나는 둘 너머로 시선을 멀리 던졌다.

저 산 하나만 넘으면.

전혀 다른 세계가 펼쳐진다. P시 너머의 사람들은 우리와 다르게 한자어와 영어를 최대한 쓰지 않으므로 검산은 뒷셈으로, 수화를 손가락말이라 칭했으며 패스워드를 통과암호라 부른다고 들었다. 갑자기 의문이 들었다.

왜 굳이 북한과 경계가 맞닿은 곳에 영어마을을 지었을까? 땅값이 싸서? 아니면 다른 군사적 목적 때문에? 언뜻 보면 영어마을을 북한에서 만들었을지도 모른다는 생각이 들었다. 깨끗하지만 어딘가 어긋나 있는 듯한 거리와 조악한 서양식 건물들. 그런데 학생들이 실제로 사는 곳은 수용소와 구조가 크게 다르지 않았다. 백인 원어민 선생들도 마찬가지였다. 그들은 안드로이드처럼 웃다가도 우리가 한국말을 한 번이라도 쓰면 마치 코드가 빠진 것처럼 무표정하게 영어를 쓰라고 협박했다. 영어를 쓰지 않으면 밥도 제대로 먹지 못하는 공간. 아무튼 그렇다, 내 결론은.

보타가 말했다.

"여긴 미국으로 가는 간첩 양성소로 사용된 거야."

나는 고개를 끄덕였다. 어쩌면 이곳을 싸게 후려치려는 악덕 부동산 업자들도 그것을 노리는 게 아닐까 싶었다. 그들이 북한 편이라는 말은 아니다. 오히려 미국 편일 수도 있었다. 정권을 무너뜨리기 위해 마약과 무기를 우호국에 정책적으로 공급한 나라인데, 영어마을 하나쯤이야.

"I think so(나도 그렇게 생각해)."

나는 맞장구를 치며 입을 크게 벌렸으나, 나를 뚫어져라 바라보는 준에 다시금 입을 다물었다.

보타가 이어 말했다.

"말이 돼? 우린 지금 네덜란드식 집 내부에서 메이플시럽 핫케이크와 미국식 냉동 스파게티를 먹으면서 러시아식 영어를 쓰는 백인들과 함께 살고 있다고."

그때 준이 눈을 까뒤집더니 벽에 기대서서 부르르 떨었다.

보타가 준의 머리를 쳤다.

"뭔 짓이야?"

준이 보타를 도끼눈으로 바라보다 자세를 고쳐 잡았다.

"명상 몰라? 하버드 연구진이 약쟁이랑 티벳 고승을 CT에 집어넣어보니, 약을 했을 때와 명상을 했을 때의 효과가 똑같다고 하더라. 고로 티벳 고승은 매번 약을 하고 있는 거지."

준만의 이상스러운 결론에 보타는 경멸스러운 눈빛으로 그를 바라보았다.

"미친놈."

전적으로 동의했다. 준이 약을 하지는 않았으나, 하는 행동만 놓고 보면, 차라리 약에 취했다고 보는 편이 정상이라는 생각이 들 정도였으니까.

"나는 이해가 안 돼. 이렇게 값싸게 약을 할 수 있는데, 왜 굳이 돈을 내는 거지?"

준은 숨을 크게 들이쉬었다가 내쉬기를 반복하며 약쟁이의 뇌를 갖기 위해 노력했다. 그러나 이내 실패한 듯 내 앞으로 다가와서 나를 지그시 바라보았다.

준이 말했다.

"라이언, 넌 정말 엄청 나."

"What(무슨)……."

보타가 내게 통역을 해주려 했다. 그러나 준이 위협적으로 팔을 들어 올리며 보타를 막아섰다. 준은 나를 뚫어져라 바라보았다. 준의 눈치를 보았다. 그의 광기에 질식할 것만 같았다. 두려움이 퍽 엄습했다.

나는 더듬거리며 말을 이었다.

"고, 고마워, 유(you)."

준이 경쾌한 환호성을 내지르며 내 침낭을 내려쳤다. 먼지가 심하게 일었다.

준이 웃으며 말했다.

"외국인이 한글은 배워도, 한국말 배우기는 쉽지 않아. 근데 넌 불과 며칠 만에 콩글리시를 쓸 수 있게 됐다고."

준은 잔뜩 흥분한 몸짓으로 서성였다. 보타는 준이 또 무슨 짓을 할까 싶어 고개를 올려다보았다. 준은 술에 취한 사람처럼 실실 웃더니 내 어깨를 쳤다. 기분이 좋은 모양이었다.

"안 되겠어. 넌 오늘부터 한국인이야. 네가 한국인이 아니면 도대체 누가 한국인이야?"

보타가 바람 빠지는 소리를 내며 웃었다. 때맞춰 샤오와 시게루가 두 손 가득 치킨을 들고 왔다. 문을 박차고 들어오는 둘의 표정은 이제껏 본 어떤 순간보다도 빛났다. 치킨 기름 냄새가 순식간에 내무반, 아니 숙소를 가득 채웠다. 침이 입에 고이다 못해 흘러내렸다. 우리는 얼른 바닥에 신문지를 깔았다. 『국방일보』였다. 그것도 2000년대 것들로, 북진멸공이라는 단어가 적나라하게 적혀 있었다. 보타가 관물함, 아니 사물함에서 발견했다.

군이 외쳤나.

"파티다! 다 일어나!"

준은 갑자기 제 침상 아래에 손을 넣더니 코스트코에서 팔 만한 1갤런짜리 페트병을 꺼냈다. 병에는 어떤 액체가 들어 있었는데, 둥둥 떠다니는 찌꺼기들로 봐서 썩은 것 같았다. 그런데 막상 뚜껑을 따보니 술 냄새가 났다. 보타는 성배를 발견한 것처럼 페트병을 받아 들었다.

"설마……."

준은 흐뭇한 표정으로 고개를 끄덕였다.

"술이야, 술."

"어떻게?"

준은 창밖의 나무들을 가리키며 말했다.

"내 친구들이 직접 꿀로 만들었지."

꿀은 대체 어디서 어떻게 얻었고, 술은 또 어떻게 만든 걸까? 또 친구들은 누구인가? 준이기 때문에 의심이 갔지만, 준이기 때문에 또 말이 되는 것 같기도 했다. 과연 저 술을 마실수 있을까 고민이 될 무렵, 샤오가 다가오더니 환한 미소를 지으며 뭐라 중국어를 했다. 준은 가만히 샤오의 이야기를 듣더니 고개를 끄덕였다.

보타가 물었다.

"뭐래?"

준은 심각한 표정으로 말했다.

"중국에서는 이 술을 남쪽 지방에서 자주 먹는데, 저걸 먹으면 활력에⋯⋯."

그 말에 모두가 눈이 뒤집혀서는 더는 참견하지 않았다.

"오, 하나님."

보타는 페트병을 꼭 안았다. 술과 치킨이라는 말에 정신이 나갈 것만 같았다. 극한의 상황에서, 영어 한마디를 제대로 하지 못해 밥은커녕 물도 제대로 얻어먹지 못한 이 상황에서 술과 치킨은 지옥으로 향하는 이에게 쏟아진 신의 은총이요, 작업자의 다운된 컴퓨터에서 발견된 자동 백업파일과도 같았다. 모두 술을 먹지 못한 지 오래였다.

이후 숙소는 말 그대로 난장판이었다. 샤오와 시게루는 닭다리 하나를 두고서 싸우기 시작했다. 준은 미국에서는 닭다리를 먹지 않는다며 제 몫을 둘에게 양보했다. 둘은 빼빼로 게임을 하듯이 닭다리 양쪽을 입으로 물고 서서히 서로에게 다가갔다. 그러자 준이 이상한 소리를 내며 영화 〈괴물〉 속 괴물처럼 치킨 뼈를 뱉었다. 그 모습에 헛구역질이 솟구쳤지만 꾸역꾸역 치킨과 함께 술을 마셨다.

그런데 아무리 술을 마셔도 페트병이 빌 기미가 보이지 않았다. 속에 한껏 쏟아붓고 잠깐 화장실에 다녀오면 준의 페트병은 다시 술로 가득 차 있었다. 오병이어의 기적이 준의 손에서 벌어지고 있는 것 같았다. 도대체 무슨 상황인가 싶었으나, 취해서 그런지 의아하기보다 기뻤다. 다만 입에 걸리는 불순물들이 딱딱한 데다 다소 신맛이 나서 억지로 삼켜야 하는 것이 불편하긴 했다.

술에 취한 상태로 침상이 아니라 바닥에 누워 모든 광경을 보았다. 세상이 빙글빙글 돌았다. 모두가 신나게 치킨을 뜯고 있는 광경을 보니 영어고 나발이고, 차라리 양계장을 할까 싶었다. 치킨이야말로 만민에게 평등했으니까. 3대 종교는 물론이고 왕정국가와 공산주의 국가에서도 닭은 훌륭한 단백질 공급원이라며 국가에서 장려하는 가축 중 하나였다. 소문으로는 내전 중인 아프리카 특정 국가에서는 닭 세 마리에 중국제 자동소총을 얻을 수 있다고도 했다. 양계장을 하면 영어를 하지 못해도 글로벌한 세상에서 살아남을 수 있을 것이다.

그러다 준이 등지고 있는 침상 아래에서 끔찍한 진실을 마주하고야 말았다. 침상 아래에는 커다란 구멍이 나 있었는데, 준이 빈 페트병을 그 구멍에 넣었다가 빼자 페트병에 술이 가득 차 있었다. 나는 준이 화장실에 간 사이 구멍에 눈을 가져다 댔다. 1920년대 금주법을 피하려 했던 마피아들의 저장 창고가 떠올랐다. 내부는 20도 내외로 적당히 시원하고, 술들이 알맞게 익어가는.

그러나 내 예상은 완전하게 빗나갔다. 구멍 속에는 개미들이 바글거렸다. 그들은 야생에서 꿀을 가져와 그 위에 자기들 침을 뱉어 발효시키고 있었다. 준이 말한 친구들이 그들인 것 같았다. 주로 남미에서 자생하는 '술개미'였다. 개미들은 자기네들 술을 빼앗긴 것에 잔뜩 성이 난 것처럼 보였다. 준은 화장실에서 나오며 바지에 손을 대충 닦고는 나를 보고 사람 좋은 미소를 지었다.

"내 멕시코 친구들이 별미라면서 자주 마셨어."

술개미가 한국에도 존재한다는 것을 처음 알았다. 실제로 경상남도 일부 지방에서 해당 술을 먹었다는 기록도 있기는 했다. 술에 떠 있는 불순물의 정체는 술을 마시고 취해버린 개미들이었다. 술에 빠져 다리를 허우적거리는 모습이 우리와 다를 바가 없었다. 어금니에서 꿈틀거림이 느껴졌다. 손가락을 입안에 넣어 이물질을 빼냈다. 몸통이 반쯤 잘린 개미였다. 구역질이 솟구쳤다.

나는 준을 향해 삿대질을 했다.

"You! Crazy(너! 미쳤어)?"

나는 준에게로 걸어가다 어지러워 스텝이 꼬여버렸고 그 자리에 엎어졌다. 모두 나를 보며 미친 듯이 웃어댔다. 상황 판단이 되지 않는 모양이었다.

나는 준의 침상 구멍을 가리키며 애처럼 소리를 질렀다.

"Ant(개미)!"

보타가 얼굴을 벌겋게 해서는 바닥을 향해 주먹을 내리치며
외쳤다.

"갑자기 Aunt(이모)는 왜 찾아? 식당도 아닌데."

준은 정수기에 물통을 꽂듯이 내 입에 술을 쏟아부었다. 정
신이 산발적으로 들었다.

큰 수술이 끝난 새벽녘에 마취에서 깬 것처럼 뿌연 시야 속
에서 나는 서서히 정신을 차렸다. 어디선가 고성이 들려왔다.
뱀처럼 얼굴을 바닥에 붙인 채로 소리가 난 곳을 향해 고개를
돌리자 샤오와 시게루가 서로에게 욕설을 쏟아내고 있었다.

"操你妈(개새끼)!"

"クソ野郎(개자식)!"

금방이라도 제3차세계대전이 일어날 것만 같았다. 눈을 깜
빡일 때마다 시간이 널뛰었다. 윽박지르던 둘은 서로를 향해
주먹을 날렸다. 그러나 술 때문인지 주먹은 평행선을 그리지
못하고 그대로 바닥으로 고꾸라지거나 하늘로 솟구쳤다. 어렵
게 똑바로 선 둘은 서로의 멱살을 잡아챘다. 둘을 말리고 싶었
으나 몸이 움직이지 않았다. 그 이상한 술이 내 뇌를 망쳐놓은
것인가 싶었다. 꼭 빨리감기 버튼을 누르는 것 같았다.

다시 정신을 차려보니 샤오와 시게부는 근절하듯이 엎드린
상태로 무언가를 중얼거리고 있었다. 처음에는 알아든지 못했

다. 자세히 들어보니 샤오는 일본어로, 시게루는 중국어로 말하고 있었다. 그 순간 코를 찌르는 기름 냄새가 풍겨왔다.

"더 크게 말해!"

눈을 크게 떠보니, 준이 라이터를 흔들고 있었다. 라이터에서 피어오른 불길이 치킨 기름을 가득 머금은 신문지 위를 이리저리 날뛰었다. 금방이라도 불이 붙어도 이상하지 않았다. 샤오는 두려움에 몸을 떨었고, 시게루의 목소리에는 울음이 가득했다.

준이 외쳤다.

"눈 뜨고!"

그 순간, 보타가 눈짓으로 준의 라이터를 가리키며 내게 사인을 보냈다. 우리는 셋을 세고서 그를 함께 덮치기로 했다. 하나. 그런데 샤오와 시게루의 소통이 진행될수록 이상한 일이 벌어졌다. 말을 넘어선 그 이상의 교감이 이미 진행되고 있었다. 둘. 샤오의 눈에서 눈물이 떨어지자 시게루가 와락 그를 안아버렸다.

준이 둘을 보며 말했다.

"아름다워."

셋. 바닥에 엉켜 있는 둘을 바라보느라 준을 덮치지 못했다. 갯지렁이들이 한데 엉겨붙은 모습이었다. 정상과 비정상을 나누는 기준은 이곳에서 무의미했다. 준은 헤어졌다가 다시 만난 가족처럼 서로를 부둥켜안은 둘을 보고는 라이터 불을 끄고 돌아섰다. 유감스럽게도 보타는 그대로 바닥에 다이빙했다.

준이 고꾸라진 보타를 보며 말했다.

"봐. 우리가 같은 언어를 쓴다고 해서 더 가까운 건 아니야."

"미친놈."

곳곳에서 탄내가 코를 찔렀다. 도저히 숨을 쉴 수가 없었다. 나는 보타를 일으켜 세우며 말했다.

"얼른 나가자."

보타는 한숨을 푹 쉬고는 샤오와 시게루를 향해 물었다.

"너희는?"

둘은 엉엉 울기 시작하더니 갑자기 한국말을 하기 시작했다. "미안해" "사랑해" 등 발음이 상당히 정확해서 놀랐으나, 술에 취해서 그런지 대화가 이뤄지지는 않았다. 그들은 같은 말을 반복하며 주절거릴 뿐이었다. 준은 그런 둘을 보면서 눈물을 흘렸다.

준이 말했다.

"영어마을에서 중국인과 일본인이 한국말을 하다니……."

나는 준을 향해 소리를 질렀다.

"Please(제발)!"

이때 '플리스'는 명백히 엄마의 '플리즈'와 같은 의미였다. 처음으로 평행선을 달리던 엄마와 나의 영어가 일치한 순간이었다. 갑자기 눈물이 터져 나왔다. 정수리부터 배꼽까지 찡한 느낌이 빠르게 왕복운동을 했다. 이제껏 엄마의 아들이 아닐지도 모른다는 생각을 했다. 엄마는 너바나를 그리워했지만, 내게 그들의 음악은 가사를 알지 못해 한없이 소음에 가까운 존재였으니까.

그러나 나는 비로소 엄마를 이해하게 되었다. 탯줄로 연결된 태초의 순간을 다시금 경험한 것 같았다. 물론 이 자리에 있는 그 누구도 내 말을 이해할 수 없을 것이다. 다리가 후들거리기 시작했다. 준이 다가오더니 갑자기 나를 안았다. 나는 당황해 어버버, 처음 영어를 배웠을 때처럼 행동했다.

준의 품에서 빠져나가려 먼저 문을 향해 달려간 보타에게 손을 뻗었으나, 그는 혼자 살아남기 위해 고개를 매정히 돌려버렸다. 그때 문이 저절로 열리더니, 누군가 들어왔다. 보타가 순식간에 쓰러졌다. 관자놀이가 움푹 파여 있었다.

선생이 소리를 질렀다.

"What the fuck are you doing(뭐 해, 이것들아)?"

변명의 여지가 없었다. 내 외침에 선생이 잠에서 깬 우리 방으로 왔고, 그대로 시게루와 샤오가 뒤엉켜 있는 것을 보았다. 시게루와 샤오는 보조 선생에 의해 어딘가로 끌려갔고, 개미로 득실거리는 구멍에는 살충제가 한가득 뿌려졌다. 선생은 구멍에 작업용 빨간 장갑을 쑤셔 넣고 그 위를 청테이프로 꼼꼼하게 막았다.

우리 셋은 선생 앞에 무릎을 꿇고서 처분을 기다렸다. 나는 준을 쏘아보았지만, 준은 포로가 된 위엄 있는 장군처럼 당당하게 눈을 치켜떴다.

마침내 선생이 말했다.

"Lay down(엎드려)."

나를 비롯해 보타와 준은 그 자리에 그대로 누웠다. 신종 훈육법인가 싶었다. 그러자 선생은 답답해하며 이리저리 바닥을 향해 손을 뻗었다. 우리는 도저히 선생이 무슨 말을 하는지 알아차리지 못하고 어정쩡하게 옆으로 눕듯이 엎드려 노예를 바라보는 로마인처럼 선생을 바라보았다. 선생은 이내 직접 엎드려뻗쳤고, 그제야 우리는 선생을 따라서 엎드려뻗쳤다.

선생이 말했다.

"This is Korean style(이건 한국 스타일이야)."

선생이 우리 뒤로 가더니 엉덩이에 단소를 휘둘렀다. 퍽. 나는 분명 충격파를 느꼈다. 중력파라는 아인슈타인의 이론이 또다시 검증된 순간이었다. 단소가 마하를 돌파하며 엉덩이에 닿을 때마다 눈이 번쩍거렸다. 이번에는 'E=MC²'이라는 공식이 또다시 증명됐다.

보타와 나는 몸을 꼬면서 살려달라 빌었다.

"Please(제발요)!"

선생은 단소를 들어 올리고 내 얼굴을 겨누며 말했다.

"Say full sentence(완벽한 문장으로 말해)!"

내가 주저하자 선생은 곧장 단소를 휘두르려 했다. 필사적으로 손을 뻗어 그를 말렸다.

"Wait! Wait(잠깐만요)!"

선생의 단소는 가까스로 내 눈앞에서 멈췄다. 종이 한 장 차이였다. 선생이 외쳤다.

"Say it(말해)!"

나는 빠르게 생각을 이어나갔다. 문장 요소를 하나씩 생각해서는 절대 제시간에 완벽한 문장을 말할 수가 없었다. 한국말을 하듯이 기계적으로 튀어나와야 했다. 그러나 대신 눈물이 함께 쏟아졌다.

"Please…… don't hit me(제발…… 때리지 마세요)……."

그러나 희생자는 내가 아니었다. 옆에 있던 보타였다. 선생은 단소로 보타의 몸 군데군데를 찜질하기 시작했다.

보타는 소리를 질렀다.

"Help me! Help(살려줘요)!"

정확한 발음, 정확한 피치. 옛날 게임에서 들은 적 있는 대사였다. 보타의 영어에서는 전혀 위화감이 느껴지지 않았다. 그러나 감탄에 젖어 있을 때가 아니었다. 보타 역시 나를 따라

"Don't hit me"라 말했지만, 선생은 단소 찜질을 멈추지 않았다. 선생은 다른 문장을 원하는 것 같았다.

보타가 다시 소리를 질렀다.

"Don't do that(그만해)!"

그렇게 보타는 살아남았다. 선생은 이번에는 준 앞에 섰다. 준은 묵묵히 눈을 감고 있었다. 선생은 기합을 한 번 지르더니 준의 엉덩이를 가격하기 시작했다. 우리가 맞을 때와는 다른 소리가 들렸다. '퍽'이 아니라 '빡'. 선생은 멈추지 않았다. 폭탄이 터지는 것 같은 충격파와 큰 소리에 나와 보타는 차마 그들에게 다가갈 생각조차 하지 못했다. 땀방울이 여기저기 흩날렸다. 둘은 적수를 찾은 무림 고수처럼 미소를 짓더니 단소가 부러지고 나서야 끝이 났다. 준이 바지를 치켜올리며 말했다.

"Thank you for your effort(수고하셨습니다)."

선생은 준을 향해 씩 웃고는 부러진 단소를 집어 들고 밖으로 나갔다.

빨리 이곳을 빠져나가야겠다는 생각이 들었다.

베이커리 숍

음주 사건은 교장에 의해 조용히 덮였다. 교장은 영어마을을 처분하기 전까지 그 어떤 사건도 공론화되길 원하지 않았다. 알고 보니 선생이 벌인 90년대식 한국 학교 체벌도 모두 교장이 사주한 것이었다. 엉덩이에서 뻗쳐오는 얼얼함에 억울함이 문득 솟구쳤다가도, 유년기 무의식에 기록된 선생들의 폭행에 대한 기억 때문인지 '좋은 것이 좋은 것이다'라 생각하며 속으로 사건을 뭉개버렸다.

다음 날 보조 선생의 조치를 받고서 방으로 돌아온 시게루와 샤오는 전날 사건을 하나도 기억하지 못했다. 보타가 둘이 서로 키스했다고 말해주자, 둘은 동시에 눈을 치켜뜨더니 몸서리를 치며 또다시 싸움을 이어갔다. 투닥거리는 둘 사이에서 보타는 준이 신경안정제나 ADHD 치료제 등 자신이 먹을 만한 정신과 약들을 술에 넣었을 것이라며 혼자만의 추측을 이어나갔다.

"생각해보니까, 어떻게 그렇게 짧은 시간에 그 많은 술을 만들어냈지? 친구들은 또 누구고?"

보타에게 차마 술개미가 만든 것이라는 사실을 말할 수가 없었다. 청테이프로 꽉 막힌 구멍을 뚫고서 술개미들이 금방이라도 침상으로 우글거리며 쏟아질 것 같았다. 속이 메스꺼웠다. 신물이 올라왔다. 보타에게 말했다.

"I don't know nothing(난 아무것도 몰라)."

보타가 준에게 삿대질을 했다.

"넌 악의 축이야."

준이 배를 긁으며 대답했다.

"그거 미국이 북한 말할 때 하는 말 아니야?"

"똑똑하네. 내 말도 잘 알아듣고."

준이 사람 좋은 미소를 씩 지어 보였다. 그러나 얼굴에 그려진 문신 때문에 주변 분위기를 더욱 험악하게 만들 뿐이었다.

비아냥거리는 보타에게 준은 꿋꿋하게 말했다.

"좋은 거고만."

"어떤 부분이?"

보타의 도끼눈에도 준은 아랑곳하지 않았다.

"몰라, 세계 최강에게 있는 그대로 엿을 날릴 수 있는 유일한 국가라서?"

보타가 준을 향해 소리를 질렀다.

"미친놈. 넌 싫어해야 한다고!"

준이 전혀 이해되지 않는다는 듯 얼굴을 구기며 되물었다.

"내가 왜? 악의 축이면, 악마라는 뜻 아니야?"

밀려오는 짜증에 보타의 얼굴이 터질 듯이 붉어졌다.

준은 보타의 반응은 신경 쓰지 않고 말을 이었다.

"네 머리에 뿔이 달려 있다고 생각해봐. 존나 멋있지 않냐?"

"그 뿔이 널 찌른다면?"

준은 어쩔 수 없다는 듯 어깨를 으쓱거렸다.

"그럼 죽어야지. 그렇게 태어났는데, 어떻게 해?"

둘의 대화를 들으며 나는 얼마 전 인터넷에서 본 한 특이한 동물을 떠올렸다. 이름은 바비루사로, 돼지와 비슷한 생김새에 코 부분에 자란 뿔이 눈길을 끌었다. 그들은 뿔의 크기와 길이로 이성을 유혹한다. 뿔이 크고 길수록 매력적으로 보이기에 자연선택에 따라 그들의 뿔은 계속해서 자라난다. 문제는 경쟁으로 과하게 자란 뿔이 중력을 이기지 못하고 자신을 향해 휘어 자라면서 끝내는 뇌를 뚫어 수컷을 사망에 이르게 한다는 것이다.

그들과 우리의 처지가 비슷해 보였다. 취직을 위해 '스펙'이라는 콩글리시를 쌓고 또 쌓다가 되레 부모님 돈을 모두 써버리고 끝내는 파산해버렸으니까. 현실에 도움 되지 않는 것들을 배우기 위해 제 살을 깎아내다니. 영어 공부도 마찬가지였다. 지금 내가 피를 토해내는 노력을 한다고 해도, 과연 남들보다 영어를 더 잘할 수 있을까? 결과를 뻔히 알면서도 '보통 국민'이 되기 위해서는 눈을 감고 앞으로 나아가야 했다. 나아가는 방향을 거스르는 자들은 항상 정을 맞아왔으니까.

보타가 혼잣말을 했다.

"지랄맞은 돼지군."

준은 보타의 말을 듣고는 얼굴을 구겼다. 자기를 향한 말인 줄은 알았나 보다. 보타는 한숨을 내쉬고 일어나서 창문을 향해 기지개를 켰다. 영어마을의 아침이 밝아오고 있었다.

모두 선생을 기다리며 1층에 쪼그려 앉아 있었다. 숙취와 더불어 떠오르는 아침 해를 보며 각자만의 사정으로 비참한 심정을 느끼고 있었다. 그런데 멀리서 익숙한 얼굴이 보였다. 처음에는 건물을 보수하는 인부 정도로 생각했는데, 가만 보니 교장이었다. 그는 하수구 뚜껑을 들어 올리더니 긴 막대를 넣어 여기저기 쑤시기 시작했다. 막대를 휘두르는 모양새가 한두 번 해본 솜씨가 아니었다. 적어도 공사장 십장 정도의 손놀림이었다.

갑자기 폭탄 터지는 듯한 소리와 함께 하수구에서 물티슈를 비롯한 이물질들이 쏟아져 나왔다. 아쉽게도 준 같은 놈들은 튀어나오지 않았다. 수백억짜리 건물과 땅을 소유한 건물주가 하는 일치고는 굉장히 어려워 보였다. 교장은 뚫린 하수구를 보고 환한 미소를 짓더니 허리를 힘껏 젖혀 스트레칭을 했다. 그러다 우리가 앉아 있는 것을 보고는 가까이 다가왔다. 뻗쳐 오는 오물 냄새에 어제 마신 술을 모두 게워낼 뻔했다.

교장이 우리에게 말했다.

"사고 쳤다며?"

보타가 시비조로 물었다.

"선생한테 영어로 들었어요?"

우리는 교장이 선생에게 우리를 때리라 명령한 것을 알고 있었다. 교장이 고개를 끄덕였다.

"당연하지. 배움에는 끝이 없다고. 이 나이 먹고 살아남으려면 더 열심히 공부해야 해."

보타는 아무렇지 않게 답하는 교장을 보며 한숨을 크게 내쉬었다.

대뜸 준이 교장에게 위로의 말을 건넸다.

"힘드시겠어요, 아빠."

교장도 난사람이었다. 준의 말에 이제 익숙한 듯 표정을 바로하고 고개를 저었다.

"뭐, 그렇게까지는……."

교장이 하수구 꼬챙이를 칼처럼 휘둘렀다. 그 탓에 꼬챙이에 묻어 있던 오물이 여기저기 튀었다. 절로 인상이 구겨졌다.

"사람이 일을 해야지. 이거 하나 뚫는 데 사람 부르면 적어도 20만 원이야. 꼬챙이로 쑤시기만 하면 되는데."

모든 일에 치밀한 동시에 지나치게 구두쇠인 사람이었다. 어떻게 그가 이 거대한 부지를 소유하게 된 것인지 조금이나마 그 과정을 이해할 수 있었다. 그를 믿어도 될까. 의문이 드는 찰나 교장은 잠시 우리 옆에 쪼그려 앉더니 하수구를 쑤시던 꼬챙이로 앞을 가리키며 말했다.

"첩보가 하나 들어왔어, 저기."

모두 교장이 가리키는 방향을 보았다. 이탤릭체로 "*Bakery Shop*"이라 적힌 간판과 함께 바게트가 담긴 빵 바구니 모양의 심볼이 가게 앞에 놓여 있었다.

교장이 속삭였다.

"일라이라는 러시아놈이 하는 빵 가게인데, 요즘 좀 이상해."

보타가 물었다.

"어떤 부분이요?"

"그게, 내가 가게에 갈 때마다 사람이 없어. 그런데 빵은 계속 만들어낸단 말이지."

"열심히 하는 거겠죠."

교장이 고개를 저었다.

"하나 더. 나는 걔 월급을 150만 원만 줘."

무슨 뚱딴지같은 말인가 싶었다. 점점 교장이라는 사람이 이상하게 보이기 시작했다.

내가 교장에게 물었다.

"Why(왜요)?"

교장은 '넌 왜 영어를 쓰냐'는 눈빛으로 나를 보았다. 나도 '왜 사람이 그렇게 옹졸하냐'는 눈빛을 그에게 보냈다. 눈싸움을 이어가던 중에 교장이 내게 시선을 고정한 채로 말했다.

"내가 오기 전부터 여기 있었던 사람인데, 20년 전에 줬던 시급 그대로 주고 있다고. 서로 불만이 없어. 불만이 있었으면 떠났겠지. 요즘 외국인 노동자들도 다 알아요. SNS가 발달해서 만약 자기가 봤을 때 조건이 별로면 바로 다른 곳으로 가버린다니까."

나도 교장의 시선을 피하지 않자, 교장이 슬쩍 웃더니 머리를 긁적이며 시선을 돌렸다.

"그런데 일라이, 쟤는 월급이 150만 원인데 보드카, 그것도 벨루가 골드를 막 수십 박스씩 쌓아놓고 마시고······."

딱 그 부분에서 감이 왔다. 벨루가 골드는 가격이 100만 원대인 러시아제 프리미엄 보드카다. 평균 일급이 300만 원인 힌국인이 수십만 원짜리 오마카세와 호캉스를 즐기러 다니는 마당에 보드카에 환장한 러시아인이 100만 원대 프리미엄 보드카를 마시는 것은 크게 문제가 아닌 것처럼 보였다. 문제는 벨루가 골드가 외교적 문제로 한국에 정식으로 수입되지 않은 지 오래라는 점이었다. 대체 어디서 가져오는 걸까? 문제를 삼기보다 구매 루트를 공유하고 싶었다. 사회에서는 도통 구할 수 없었으니까. 까치발을 들고서 베이커리 숍 주변을 살폈으나, 내부가 보이지 않았다.

준이 입맛을 다시며 말했다.

"마셔보고 싶다."

교장은 보타를 보고서 씩 미소를 짓더니 꼬챙이를 골프채처럼 휘둘렀다. 오물이 또다시 사방에 튀었다.

"한번 털어봐. 그럼 일리아가 가진 그 보드카, 실컷 마시게 해주지."

그런데 보타는 입을 툭 내밀고 있었다. 불만이 많은 모양이었다. 보타가 나와 준에게 말했다.

"야, 하지 말자. 힘든 일은 전부 우리가 하는데, 대우가 이게 뭐야."

"대우는 무슨."

교장은 핸드폰을 꺼내더니 동영상 하나를 틀었다. 뒤통수를 맞은 듯한 기분이었다. 얼마 전 교실 CCTV 영상이었다. 영상에서 나는 엑스재팬의 〈Tears〉를 열창하고 있는 시게루를 향해 열성팬처럼 손을 흐느적거리고 있었고, 준은 벽을 붙잡고 트월킹을 추고 있었으며, 보타는 말싸움을 벌였던 아일랜드계 백인과 상반신을 탈의한 채 보사노바풍 댄스를 추고 있었다.

교장이 핸드폰을 보며 말했다.

"말 안 들으면 인터넷에 공개할 거다."

그러자 보타가 교장에게 달려들려 핸드폰을 뺏으려 했다.

"이래서! 한국이 싫어! 사기꾼의 천국! 뒤통수칠 생각을 하지 말고 정당하게 보상을 해달라고!"

나는 가까스로 보타를 말린 뒤에 교장에게 말했다.

"You, die, too(혼자 안 죽어. 너도 같이 죽어)."

교장이 고개를 저었다.

"아니, 원어민 교사만 몇 자르면 돼. 너희는 세트로 묶이는 거고. 나야 몇 푼 손해 보면 되지만, 너희는? 취업도 못 하고, 해외여행도 못 갈 거다."

교장은 엉덩이를 털더니 자리에서 일어나며 말했다.

"내일까지 알아내. 안 그럼 바로 인터넷에 동영상 확 올려버릴 테니까."

증거는 명확했다. 순식간에 영상이 SNS에 퍼질 테고 그러면 우리는 사회에서 매장되겠지. 약물검사를 해보자며 경찰 조사를 받을지도 몰랐다. 그러면 모든 것이 물거품 되는 것이다. 내 경우에는 취직이었고, 보타의 경우에는 이민이었다. 우리 셋은 동시에 침을 삼켰다. 보타와 나는 불안한 눈빛을 서로 교환했지만 준만은 다른 의미로 침을 삼켰다.

"벨루가 골드, 맛있겠다."

준은 심각함 자체를 인식하지 못했다. 기숙사를 떠나기 직전 교장은 우리에게 봉투를 건넸다. 영어마을에 6개월 이상 체류할 수 있는 쿠폰이었다. 약관에는 준과 보타, 라이언, 이 셋만 해당된다고 적혀 있었다. 다소 떨떠름했으나 우선은 쿠폰을 받아 챙겼다.

교장이 우리를 내려다보며 말했다.

"See you soon(곧 보자고)."

교장은 다른 하수구를 뚫기 위해 콧노래를 부르며 사라졌다. 언제부터 우리가 교장의 부하, 아니 전문 스파이가 된 것인지는 알 수 없었다. 우리는 선생이 나오기 전에 베이커리 숍에 가보기로 했다.

일라이

거인.

그를 마주했을 때 처음 든 생각이었다. 히스토리 채널에서 본 음모론이 사실이었다. 창조론처럼 음모론 역시 믿기만 하면 모든 것이 단박에 해결되었다. 피라미드는 현생 인류가 아니라 거인이 쌓은 것이며, 아틀란티스는 대서양 한가운데 실존했지만 거인이 땅을 파먹어서 사라졌다는 식의 모든 의문이 해소되는 것이다. 아이들도 입을 쩍 벌리고서 거인의 움직임을 관찰했다. 그러나 거인은 시선을 신경조차 쓰지 않는 듯 바닥에 걸쭉한 침을 뱉고 베이커리 숍으로 성큼 들어섰다.

곧이어 쿵쿵- 땅을 울리는 소리와 진동이 느껴졌다. 피리 부는 소년처럼 아이들이 베이커리 숍으로 몰려들었다. 나도 정신을 차려보니 베이커리 숍 창문 앞에 서 있었다. 소리의 진원지는 숍의 주방이었다. 거구의 백인 사내가 자기 몸만 한 나무 방망이로 열심히 반죽을 짓이기고 있었다. 그가 팔을 한번 휘두를 때마다 노루가 DMZ에서 지뢰라도 밟은 것처럼 사방이 크게 울렸다.

보타가 준에게 물었다.

"어떻게 할……."

보타의 말이 끝나기도 전에 준의 발걸음은 베이커리 숍으로 직진했다. 영문을 알 수 없었지만 우리는 어쩔 수 없이 준의 뒤를 따라갔다. 문을 열려는 순간, 갑자기 문이 벌컥 열리더니 아이들이 튀어나왔다. 두 손 가득 빵이 들려 있었는데, 모두 눈가가 벌겠다.

아이 하나가 말했다.

"I'm scared(무서워)……."

긴장을 하기도 전에 문 너머로 그의 형상을 보았다. 본능적으로 욕이 튀어나왔다.

"Fuck(이런)……."

맹수를 마주했을 때의 느낌일 터였다. 보타가 내 입을 막았다. 입을 막지 않았더라면 한국말이 튀어나왔을 것이다.

도망가, 살아야 해.

교장이 말한 일라이라는 이름의 거인을 보며 웅얼거렸다.

다행히 그는 그 큰 몸집으로 우리를 가만히 보기만 했다. 나는 초등학교 영어 교과서 지문에 등장하는 손님처럼 행동했다. 빵을 고르는 척하며 미국인처럼 크게 리액션을 했다.

"Oh! Look so delicious(오! 맛있어 보여)!"

일라이는 무표정하게 내 옆을 지나쳤다. 나는 빠르게 내부를 살폈다. 그리 넓지 않아 교장이 말한 수상한 증거를 금방 찾을 수 있을 것 같았다. 그런데 갑작스레 준이 일라이를 향해 다가갔다. 그의 손목을 잡아챌 새도 없었다. 제발. 준을 데리고 오지 말 걸 그랬다. 지뢰밭을 향해 걸어가는 전우를 보는 것 같았다. 준은 말없이 주변을 살피다가 일라이 바로 앞에 섰다.

"네가 일라이냐?"

일라이는 손에 쥐고 있던 밀가루 포대를 바닥에 내려놓더니 준에게 물었다.

"Who are you? Say your name(누구냐? 이름을 말해라)."

나는 준이 벨루가 골드를 찾을 것이라 생각했다. 그러나 준은 전혀 다른 말을 했다.

"김녕 김씨 충이공파 27대손, 김준."

일라이의 표정이 굳었다. 무서움보다 그가 준의 자기소개를 알아듣는다는 것에 더 이상함을 느꼈다. 나는 준과 일라이, 둘을 번갈아 보았다. 험악한 분위기가 감돌았다. 무슨 상황인지 알 수 없었다. 준이 자기 가슴을 치며 말했다.

"나 기억하지? 파파한테 나 맡기고 갔잖아."

그 말을 듣자 준이 이곳 영어마을에 온 이유가 떠올랐다. 영어를 배워 파파의 유언을 알고 싶은 것이 첫 번째요, 두 번째 이유는 자신을 LA 길거리에 방치한 거구의 백인을 찾는 것이었다. 거구의 백인. 본능적으로 나는 준이 찾던 거구의 백인이 일라이라는 것을 알아차렸다.

일라이가 웃으며 말했다.

"Say it full sentence by English(영어로 완벽한 문장으로 말해)."

준은 대답하지 않았다. 자존심의 싸움이었다. 일라이는 코웃음을 치며 말했다.

"Papa, he didn't speak a word of English either like son.(파파, 그 녀석도 영어 한 마디 못했지. 그 아빠에 그 아들이군)."

"왜 그랬어?"

준의 이런 표정은 처음이었다. 사람이 지을 수 있는 표정 중 가장 분노에 찬 표정이었다. 일라이가 어깨를 으쓱거리자 덩달아 가슴근육도 들썩거렸다. 일라이의 팔뚝이 내 허벅지보다도 두꺼웠다.

일라이가 말했다.

"But the wording is weird. I didn't leave you with Papa, I just dumped you on the street and Papa picked you up(그런데 표현이 이상하네. 파파한테 맡긴 게 아니라 난 널 그냥 거리에 버렸고, 파파가

널 거둔 거야)."

준은 참지 못하고 주먹으로 일라이의 얼굴을 쳤다. 탄성이
절로 나왔다. 일라이는 코를 부여잡고 고꾸라졌다. 고질라와
울트라맨의 싸움을 두 눈으로 보는 것 같았다.

보타가 내게 속삭였다.

"정신 차려!"

그의 말에 교장의 협박이 떠올랐다. 나는 용수철처럼 튀어
올라 베이커리 숍을 이리저리 돌아다녔다. 일라이가 스파이라
는 증거를 찾으려 했으나 정작 눈에 밟히는 것은 밀가루 반죽
과 바게트빵뿐이었다. 그때 빵들이 바람에 흩날리는 장대비처
럼 허공을 갈랐다. 고개를 들어보니 준과 일라이가 난전을 벌
이고 있었다. 일라이는 준의 멱살을 잡고 그대로 던져버렸다.
가게는 그야말로 난장판이 되었다. 나무 매대가 부서지며 그
파편이 빵과 반죽에 튀었다. 준은 멈추지 않고 일라이에게 달
려들어 주먹질을 했다. 그러나 일라이에게는 그다지 타격이
가지 않았다. 일라이는 준의 멱살을 붙잡더니 목을 조르기 시
작했다. 상황을 살피던 보타가 일라이의 머리 위에 바게트를
던지자 그제야 머리를 잡고서 비틀거렸다.

그러나 일라이가 다시 던진 바게트에 보타가 머리를 맞고서
그대로 정신을 잃었다. 자리에서 일어난 준이 일라이와 한껏
대치하고 있을 때, 나는 필사적으로 바닥을 쓸면서 손에 걸리

는 것이 있나 살폈다. 그러다 카운터 아래 바닥이 텅 빈 것 같은 느낌을 받았다. 재빠르게 바닥을 열려는 순간.

"Freeze(멈춰)!"

경찰이었다. 그것도 미국 경찰이었다. 미국 경찰이 우리에게 총을 겨누고 있었다. 옷 위에 "LAPD"라 적혀 있었다. 일라이와 준이 반사적으로 손을 들어 올렸다. 나는 이왕 잡힐 거라면 배라도 채우고자 눈앞에 떨어진 바게트빵을 본능적으로 입에 넣고는 베어 물었다. 배가 고파 미칠 지경이었다. 와그작. 턱이 부서질 것처럼 아파왔다. 마치 시멘트로 반죽한 것 같았다. 바닥으로 뱉어낸 바게트빵 중심에는 초록빛의 무언가가 들어 있었다. 그게 무엇인지 살펴보려는 순간, 준이 외쳤다.

"멈춰!"

보타가 바게트빵을 야구 배트처럼 집어 들고 일라이에게 달려들려 하고 있었다.

"멈추긴 뭘 멈춰! 진짜 총……."

탕, 하는 소리와 함께 총이 발사됐다. 보타는 한 번 더 바닥에 쓰러졌다. 그가 다시는 일어나지 못하리란 생각이 들었다. 보타의 손에 들려 있던 바게트빵이 바닥에 나뒹굴었다. 총소리에 놀란 나는 바닥이 그대로 무너져 내리듯 납작 엎드려 외쳤다.

"lawyer, lawyer(변호사, 변호사)!"

폴리스 스테이션

경찰은 제 무릎으로 내 등을 누르고 내 두 손을 뒤로 젖혀 수 갑을 채웠다. 숨이 잘 쉬어지지 않았다. 보타는 기절해 몸이 축 늘어져 있었고, 준은 쌍코피를 흘리면서 자신의 패배를 인정 하고 있었다. 혼란스러운 와중에도 나는 경찰들에게 변호사를 불러달라 한국말로 외쳤으나, 그들은 여타 원어민 교사처럼 "잉글리시"라 말할 뿐이었다. 불현듯 머릿속에 '미란다의 원 칙'이 떠올랐다.

"Miranda(미란다)!"

백인 경찰이 콧방귀를 뀌며 말했다.

"Are you thirsty? Why did you find drinks(목말라? 왜 음료수 를 찾아)?"

어이가 없었다. 미린다 음료수라니. 내 발음이 그렇게 구린 가? 그러나 그 기름기 가득한 웃음으로 미뤄보건데, 분명 그들 은 알아들었다. 항의하려 했으나 가슴이 압박되어 말을 하기 는커녕 숨을 쉴 수도 없었다. 시야가 뿌옇게 변하면서 한여름 철 시레기처럼 몸이 축 처졌다.

우리는 갓길에 주차되어 있는 경찰차 뒷좌석에 던져졌다. 경찰차는 완전히 미국식으로, 앞좌석과 뒷좌석이 철창으로 구 분되어 있었다. 뒷좌석의 가죽 시트는 거의 벗겨졌고, 아찔한 페인트 냄새가 코를 후볐다.

끝이라고 생각했다. 절도와 폭행 혐의로 빨간 줄이 그이고 어디에도 취업하지 못하겠지. 대부분 기업에서는 '해외여행에 결격사유가 없는 사람'을 뽑으니까. 범죄경력조회를 마음대로 할 수 없는 기업 입장에서는 범죄자를 걸러낼 효과적인 방법 이었다. 비자 발급을 받아야 하는 미국은 꿈도 꾸지 못할 것이 었다. 준이 원망스러웠다. 도대체 그런 짓은 왜 해서는.

준은 엎드린 상태로 외쳤다.

"Fuck the poilice(엿 먹어, 짭새들아)!"

여기가 LA 거리인 줄 아는건가. 내가 준에게 한국말로 욕하 려는 찰나, 경찰이 입으로 차 움직이는 소리를 냈다. 어안이 벙 벙했으나, 그와 동시에 실감이 났다. 4DX 영화관에 온 것처럼 진동도 함께 느껴졌다. 그들이 자신들의 거대한 엉덩이를 흔들자 차가 심하게 흔들렸고, 방지턱을 넘는 시늉을 할 때는 제 자리에서 엉덩이를 뗐다가 다시 붙였다. 차가 요동쳐 머리가 차창에 부딪히면서 멀미가 났다.

그렇게 십여 분이 지나서야 엉덩이로 하는 비트박스가 끝이 났다. 기어를 P로 바꿀 때도 그들은 연기를 멈추지 않았다. 마임을 보는 것 같기도 했다. 주차까지 완벽하게 마무리한 그들은 차에서 내려 우리를 밖으로 끌어내렸다. 정신을 차려보니 아까 그 자리 그대로였다. 혼란스러웠다. 연극인가 싶었다. 가만 보니, 경찰차에는 바퀴도 제대로 달려 있지 않았다. 엔진도 없는 철골 모형일 뿐이었다. 우리는 "Police station(경찰서)"이라 적혀 있는 건물로 걸어서 끌려갔다.

그곳에는 경찰 제복을 입은 이들이 셋 있었다. 제복도 제각각. 우리를 잡으러 온 경찰은 'LAPD'였지만, 한 명은 'NYPD' 패치를 달고 있었고, 나머지 한 명은 서부 개척 시대 보안관 배지로 자랑스럽게 셔츠를 장식하고 있었다. 그들은 정식 경찰이 아니었다. 경찰 역할을 맡은 원어민 교사일 뿐이었다. 그러나 그들은 꼭 경찰처럼 행동했다.

우리는 감옥으로 내동댕이쳐졌다. 감옥은 영어마을 내에 있는 모조 경찰서 내부의 유치장이었다. 동시에 영어마을에서 구현한 것 중 현실감이 가장 넘쳐나는 곳이기도 했다. 백인 경찰들은 한국의 공깡깨 도넛을 맛보고 있었고, 언제 뒤따라왔는지 모를 릴리가 도끼눈을 뜨고서 우리를 향해 "Punish-ment(처벌해)!"를 외쳤다. 영화 〈글레디에이터〉에서 검투사의 처형을 바라는 대중을 보는 것만 같았다.

"물……."

보타는 낮은 목소리로 신음했다. 자세히 보니 보타 이마에 구멍이 나지는 않았다. 경찰이 사용한 총은 비살상용으로 에어건, 즉 비비탄총을 개조한 것에 지나지 않았다. 왜 영어마을에 그런 총이 필요한 것인지 알 수는 없었으나, 순간 북한과 마주한 P시의 위치가 떠올라 고개를 끄덕일 수밖에 없었다. 보타 이마에는 구릉처럼 혹이 살짝 나 있었다. 경찰은 보타의 신음을 듣고 유치장 안으로 들어와 보타의 얼굴을 살피더니 그를 일으켜 세웠다. 보타는 비틀거리며 유치장 밖으로 나갔다.

준이 말했다.

"아니, 우리는?"

"Be quiet(조용히 해)!"

경찰이 소리를 질렀다. 아니, 정확히는 경찰 역할을 맡은 백인 원어민 교사였다. 역할에 심취했는지 그들은 권위적이고 강압적으로 행동했다. 보타는 그렇게 유치장을 빠져나갔다. 한 명이라도 살아 나갔으니 다행이었다. 팔이 뒤로 묶여 있어 숨이 잘 쉬어지지 않았다. 빨대로 숨을 쉬는 듯했다. 준이 땀을 뻘뻘 흘리는 나를 향해 속삭였다.

"한 바퀴 굴러서 최대한 손을 허리에 붙여."

준은 익숙한 듯 수갑을 찬 상태로 한 바퀴 굴렀다. 준의 말대로 한 바퀴 굴러 손을 허리 쪽으로 밀착하자 어느 정도 숨이 쉬어졌다.

준은 미국 구치소에 대해서 설명했다.

"조심해. 원래는 일어나서 경계해야 하지만, 이렇게 누워서 두 발로 견제하는 것도 나쁘지 않아."

이유를 묻기 위해 입을 오므린 순간, 준이 바로 대답했다.

"감옥에선 모두 눈을 치켜뜨고서 널 노리거든. 사바나에 던져진 고라니를 생각해봐."

사바나에 고라니는 존재하지 않는다. 애초에 고라니는 세계적인 멸종위기종이었다. 한국에 몰려 있는 탓에 우리는 유해동물이라 생각하지만, 실상은 보호해야 할 종인 것이다. 그런데 어찌 보니 우리도 그런 처지가 된 게 아닌가? 한국에 몰려있는 동물은 보호받고, 한국에 몰려 있는 저 인간들은 눈을 치켜뜨고서 사냥하려 하다니. 인간적이지 못했다. 준이 내 엉덩이를 발로 찼다.

"방심하면 당한다고."

나는 몸을 비틀었다. 준은 내 모습을 보고는 껄껄 웃었다. 경찰이 유치장을 삼단봉으로 내리쳤다.

"Hey! Don't speak Korean(한국말 하지 마)!"

불만이 가득했다. 경찰이 있으면 변호사도 있어야 하는 게 아닌가? 생후 100일 된 아이에게도 소송을 남발하는 나라의 경찰서를 본떠 만들어놓고는, 왜 변호사는 영어마을에 없는가 싶었다. 불만을 토로하려는 그때 누가 경찰서 문을 박차고 들어왔다. 완벽한 타이밍이었다. 그는 슈트에 넥타이를 매고 있었다. 링컨 차를 타고 왔을지 궁금해질 정도였다. 그는 절도 있게 서류 가방을 바닥에 내려놓더니 경찰에게 말했다.

"I'm the lawyer(내가 변호사요)."

처음에는 누구인지 알아보지 못했다. 그러다 얼굴을 알아보고서 반가움에 나도 모르게 외쳤다.

"Oh, Teacher(오, 선생님)!"

영화 〈죽은 시인의 사회〉 속 학생처럼 말이다. 이런 상황에서 나타난 선생은 그야말로 구세주였다. 변호사 역할의 선생이 등장하자, 경찰들의 태도가 확실히 바뀌는 것이 느껴졌다. 선생의 고갯짓 한 번에 경찰은 유치장으로 들어오더니 우리를 친히 일으켜 세우기까지 했다. 동양 무술에 통달한 미국 변호사라니. 크립토나이트에 내성이 생긴 슈퍼맨같이 흠 없는 인간 그 자체였다.

선생은 경찰들과 사무실에 들어가서 이야기를 나누기 시작했다. 이야기가 잘 풀리는지 간헐적으로 웃음소리가 들렸다. 얼마 지나지 않아 사무실에서 나온 선생은 경찰들과 악수를 나눴다.

준이 그들을 향해 외쳤다.

"Fuck the police(엿 먹어, 짭새들아)!"

악수를 마친 선생은 느릿느릿하게 쓰리 버튼 정장을 여미고서 가죽 재질의 서류 가방을 집어 들었다. 준은 얼른 풀어달라며 더욱 악을 써댔다. 마침내 그가 유치장 문을 열고 들어섰을 때, 나는 선생을 향해 수갑 찬 손을 들이밀었다. 그런데 선생은 나와 준의 손을 동시에 들어 올렸다. 어깨뼈가 꺾이면서 가슴이 찢어질 것만 같았다. 마키아벨리가 당했다던 중세 고문 중 하나인 '날개꺾기'였다. 준과 나는 비명으로 화음을 쌓아 올렸다. 선생이 우리에게 말했다.

"Pay attention(집중해)."

그러고는 우리가 다음 날 당해야 할 끔찍한 벌에 관해 말했다. 거절은 없었다. 왜냐하면 둘 중 하나였으니까. 빵 가게를 부순 것에 책임을 지고 복구 비용을 내든지, 아니면 그 끔찍한 벌을 받든지. 우리에게 거절할 수 있는 선택권은 사실상 없었다. 돈이 있다면 영어마을이 아니라 저기 캐나다 어디로 갔을 것이다. 준을 바라보았다. 갱단의 보스지만 배달을 하며 살아온 준이었다. 마찬가지로 돈이 있을 리가 없었다. 선생은 말없이 고개를 끄덕이는 우리를 바닥에 내팽개치더니 넥타이를 고쳐 매고는 경찰관에게 말했다.

"Thank you for your effort(수고하십쇼)."

동시에 선생은 준을 향해 은근한 미소를 보냈다.

원치 않던 P시의 아침 해는 어김없이 떠올랐다. 우리는 부스스한 얼굴로 유치장에서 눈을 떴다. 눈에 붙은 눈곱이라도 떼고 싶었으나, 손에 수갑을 차고 있어 버둥거릴 뿐이었다. 어쩔 수 없이 준의 등에 얼굴을 비볐다. 그런데 준은 딱히 반응을 하지 않았다. 분명 몸서리칠 것이라 생각했다. 고개를 들어보니 준의 동공이 거침없이 떨리고 있었다. 그의 시선은 경찰서 문을 향했다.

"그, 그들이 와."

뭐라고 물어볼 새도 없이 경찰서 문이 열렸다. 준이 말했다.

"인생 최악의 순간이야."

준의 그런 모습을 처음 보았으나 신경 쓸 겨를이 없었다. 왜냐하면 나 역시도 마찬가지였기 때문이다. 열린 문으로 아이들이 쏟아져 들어왔다. 우리와 대결을 벌였던 아이들이었다. 아이들은 경찰서 내부를 정신없이 돌아다니면서 보이는 모든 것을 만졌다. 경찰 역할의 원어민 교사들도 당황한 눈치였다. 그들도 아이들에게는 강경하게 나서지 못했다. 그때 뒤에서 날카로운 목소리가 들려왔다.

"Attention(집중)!"

릴리였다. 릴리의 한 마디에 아이들은 모두 자리에서 차렷 자세를 했다. 역시 릴리의 혈관 속에 소련의 붉은 피가 남아 있는 모양이었다. 릴리가 앞으로 고고하게 걸어 나오더니 유치장에 갇혀 있는 우리를 가리키며 말했다.

"This is what happens if you live badly(여러분이 나쁘게 살면 이렇게 살게 돼요)."

릴리의 손끝은 우리를 가리키고 있었다. 동물원에 있는 동물들이 이런 심경일까? 아이들의 눈빛은 '절대 커서 저렇게 되지 말아야지'라고 말하고 있는 듯했다. 릴리가 손뼉을 마주치고는 말을 이었다.

"So let's see how the officers subdue criminals(그럼 경찰관들이 어떻게 범죄자를 제압하는지 봅시다)."

유치장 문이 열리고 우리는 경찰에 의해 밖으로 끌려 나왔다. 바닥에는 매트가 깔려 있었고, 그 옆 탁자에는 온갖 종류의 제압 도구들이 늘어져 있었다. 경찰은 먼저 내 수갑을 풀었다. 준은 낄낄거리면서 나를 비웃었다. 자기도 곧 당할 거면서. 우리는 경찰과 함께 아이들 앞에서 범인 제압 시범을 보이게 됐다. 어제 선생이 말한 끔찍한 벌의 정체였다. 폭력은 견뎌도 수치심은 견디기가 어려웠다. 자다가 이불에 오줌을 싸면 키를 쓰고 동네를 돌아다니며 소금을 받는 유서 깊은 우리네 문화가 그것을 잘 증명하고 있었다. 고개를 최대한 숙이고서 눈을 감았다.

릴리가 내 옆에 서더니 사회를 보기 시작했다.

"First. By hand(첫째. 손으로)."

경찰이 멀리서 달려와 나를 덮쳤다. 경차에 치이는 것만 같았다. 밀가루로 만들어진 압도적인 무게 차이에 숨이 쉬어지지 않았다. 경찰은 내게 암바를 시도하려 했으나, 산만한 배 때문에 팔이 내 손에 닿지 않아 실패했다. 맥도날드와 버거킹에 속으로 감사의 인사를 했다.

릴리가 설명을 이었다.

"Second. By spontoon(둘째. 경찰봉으로)."

경찰이 허리춤에서 경찰봉을 꺼내더니 내 배를 찔렀다. 나는 바로 억 소리를 내며 고꾸라졌고, 아이들은 그 모습을 보고 깔깔거리며 웃었다. 경찰은 경찰봉으로 나를 이리저리 굴렸다. 뼈 마디마디가 부러질 것만 같았다. 그래도 끝까지 '아이고, 살려주십쇼'라고 하지는 않았다. 이를 악물고서 버텼다. 마지막 자존심이었다. 릴리의 목소리에서도 웃음기가 느껴졌다.

"Last. By Gun(마지막. 총으로)."

총을 꺼내 들었다. 어제 일이 떠올라 몸이 움찔거렸으나, 총구가 뭔가 달랐다. 갑자기 총구에서 물이 뿜어져 나오더니 얼굴에 묻었다. 순간직으로 눈이 따갑고, 피부가 화끈거렸다. 경찰이 들고 있던 총은 캡사이신 분말을 뿜어내는 가스총이었다. 눈물이 줄줄 흘렀다. 눈물이 흐르는 것이 캡사이신 때문인지 동물처럼 취급되는 이 상황 때문인지 구별할 수 없었다. 앞이 보이지 않아 허우적거렸다. 손이 누군가에게 닿았고, 이어서 비명이 들려왔다.

"내 눈!"

준이었다. 나는 있는 힘껏 캡사이신 묻은 손을 준의 얼굴에 발랐다. 괘씸했다. 한 방 먹여주고 싶었는데 잘됐다. 아이들은 우리 모습을 보며 배꼽을 잡고 웃었다. 릴리의 말과 함께 아이들의 함성이 절정에 달했다.

"Who wants to do it(누가 해보고 싶나요)?"

아이들은 동시다발적으로 손을 들었다. 이번에는 준의 차례였다. 경찰이 준의 수갑을 풀자 준은 몸을 풀면서 앞으로 걸어 나왔다. 그런데 준의 인상을 마주한 아이들이 손을 하나둘 내렸다. 그럴 만도 한 것이 얼굴에 문신이 있는 LA 갱스터였으니, 원어민 교사들도 그를 무서워했다. 모두가 손을 내렸다고 생각할 무렵, 아이 하나가 가만히 손을 들고 있었다.

릴리가 발랄하게 발을 굴리며 아이를 가리키며 외쳤다.

"You! Come here! (여기로 오세요!)"

릴리는 그 아이를 앞으로 나오게 했다. 가만 보니 전에 준과 대결을 펼쳤던 아이였다. 목에 걸린 십자가 목걸이는 여전히 찔렁거리며 빛나고 있었고, 동시에 이이의 눈에서 붉 길이 느껴졌다. 화르르가 아니라 활활. 그래도 아이는 아이였다. 준과 체급 차이만 봐도 엄청났다. 손과 경찰봉을 휘두른다고 해도 아프지는 않을 것이다. 내심 준이 부러웠다. 나는 거구의 경찰에게 그대로 당했는데 말이다.

준이 아이에게 말했다.

"I'm evil(나는 악이다)."

준의 도발이었다. 아이의 얼굴이 더 굳어졌다.

릴리가 외쳤다.

"Let's start(시작하세요)!"

아이는 곧장 준의 급소를 발로 차더니 경찰봉을 집어 고꾸라진 준의 머리를 사정없이 내리쳤다. 준은 픽 하고 볼링 핀처럼 앞으로 넘어졌고, 아이는 쓰러진 준을 향해 가스총을 분사했다. 준은 성수에 닿은 악마가 녹아내리는 것 같은 소리를 내며 몸부림쳤다.

아이는 존 콘스탄틴처럼 준을 향해 가운뎃손가락을 올리고 말했다.

"Go to hell. Satan(지옥에나 가라. 이 악마야)."

아이의 모습은 작은 악마 그 자체였다. 준은 신음조차 내지 못한 채 널브러졌고, 나는 방방 뛰며 소리를 질렀다.

"Help! Help(도와주세요)!"

경찰이 경찰봉으로 철창을 쳤지만, 나는 외침을 멈추지 않왔다.

그때 아이가 내게 총을 겨누면서 외쳤다.

"Be quiet(조용히 해)!"

아이는 벌벌 떨고 있는 내 모습을 보며 승자의 미소를 보였다. 악마의 죽음을 눈으로 목도했으니 믿음이 더욱 깊어졌을 것이다. 나는 벌벌 떨며 아이에게 쏟아지는 햇빛을 피하고자 경찰의 그림자 속으로 몸을 숨겼다.

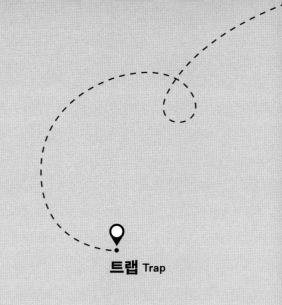

트랩 Trap

아이리버

국밥에 소주를 한잔 때리고 싶은 날씨였다. 경찰서에 갇혀 있어서 그런가 싶었다. 미국 경찰서에서는 취조 시간에 무얼 줄까? 햄버거나 파스타? 상상만 해도 속이 부대꼈다. 수갑을 찼던 손이 욱신거렸다. 숙소로 돌아가자 보타가 잠에서 막 깨서는 하품하고 있었다. 머리를 한 대 쥐어박고 싶었으나, 그의 머리에 난 시퍼런 멍을 보고 그 생각도 잦아들었다. 보타에게 경찰서에서 있었던 일을 말하려다 말았다. 괜히 신경 쓰이게 하고 싶지 않았다.

보타가 물었다.

"야, 증거는?"

나는 고개를 저었다. 우리는 베이커리 숍에서 증거를 찾지 못했다. 미국의 부유한 집에 홈스테이를 시켜준다며 사기를 치고는 길거리에 아이를 버려둔 전적이 있는 일라이였다. 의심 가는 점이 한둘이 아니었으나 명확한 증거를 발견하지는 못했다.

'내일까지 알아내. 안 그럼 바로 동영상 올려버릴테니까.'

교장의 협박이 떠올라 머릿속이 복잡했다. 모든 것이 이상한 이 영어마을에서 또 다른 이상한 점을 찾으라니. 절로 한숨이 나오는 상황이었다. 그럼에도 영어마을에서 수업은 계속되고 있었다.

우리를 공터로 데려간 선생은 실외 수업을 한다고 했다. 짝을 이루어 마을을 돌아다녀야 한다며 짝을 정하라고 했다. 우리는 랜덤으로 짝을 정하기로 했다. 다섯이었기에 세 명과 두 명으로 나누기로 했다. 방식은 옛날 대학 미팅 때처럼. 가위바위보에서 이긴 두 사람이 영어마을에 입소할 때 제출한 물건 중 하나를 골라 팀원을 정하기로 했다. 설렘보다는 긴장감이 느껴졌다. 우리에게는 생존의 문제였다.

준만이 입을 툭 내밀고서 말했다.

"I love everyone(나는 전부 좋은데)."

나는 아니었다. 준과 한 팀이 되는 것만은 피하고 싶었다.

선생은 준의 말을 무시하고 외쳤다.

"Rock, scissor, paper(가위, 바위, 보)!"

몇 번이고 판이 이어졌고, 결과는 바로바로 나왔다. 샤오와 보타 그리고 끝내 준이 탈락했다. 나는 참지 못하고 포효했다. 샤오와 보타 그리고 나까지, 셋 모두 준의 탈락과 동시에 환호성을 지른 것을 보니 같은 마음인 것 같았다. 마지막 상대는 시게루. 선생의 외침과 함께 우리는 서로를 향해 손을 뻗었고, 결과는 바로 정해졌다. 승리한 시게루는 잔뜩 신이 나서 공터를 한 바퀴 돌았다. 마리오처럼 발걸음을 뗄 때마다 감탄사를 연발했다. 반면에 나는 가슴을 쓸어내렸다. 시게루는 자리에서 멈춰 서더니 내 어깨를 두드리며 그윽한 눈빛을 보냈고, 나는 고개를 끄덕였다. 나는 준만은 피하기를 바랐고, 시게루는 샤오만을 피하기를 바랐다. 우리는 암묵적으로 시선을 교환했다. 굳이 말하지 않아도 우리는 전부 알았다.

선생은 보조 선생에게 명령해 물건들을 가져오게 했다. 물건들은 비닐 팩에 담겨 있었는데, 꼭 죄수들의 것 같았다. 비닐 팩은 시게루 것을 제외한 총 4팩으로, 물건이 하나씩 들어 있었다. 4팩을 왼쪽부터 번호를 매겨 순서대로 설명하자면, 1번에는 디지몬 스티커가 덕지덕지 붙은 구형 아이리버 MP4가, 2번에는 붉은색 바탕에 금박으로 한자가 적힌 '중화 담배'가, 3번에는 BMW 차 키가 들어 있었다. 내 것이 든 4번에는 경선식 영단어장이 있었다.

상식적으로 2번이 샤오의 물건이어야 했다. 진짜 중화 담배는 진짜 마오타이처럼 중국에서 뇌물로 많이 쓰이기에 한국에서는 구경조차 하기 어려웠으니까. 문제는 내 것을 제외한 나머지 둘이었다. 어느 하나도 준의 이미지와 연결되지가 않았다. 심지어 1번, 구형 아이리버 MP4는 대체 뭘까, 접는 스마트폰이 쓰이는 마당에. 만약 그게 보타의 것이라면 보타 녀석마저 이상하게 보일 지경이었다.

시게루는 오래 시간을 끌지 않았다. 2번을 제외한 나머지는 상관없는 모양이었다. 이왕이면 좋은 거라고, 시게루는 BMW 차 키가 든 3번 비닐팩을 뽑았다. 그러고는 "Done(완료)"이라 선생에게 말했다. 선생은 자기 기준으로 4번부터 1번까지 물건의 주인을 밝혔다.

선생이 경선식 영단어장을 들어 올리며 말했다.

"This thing belongs to Lion(이건 라이언 거)."

순조로웠다. 그런데 샤오의 표정이 좋지 못했다. 선생은 3번을 가리키며 말했다.

"This thing belongs to Chao(이건 샤오 거)."

그와 동시에 시게루가 주저앉더니 절규했다. 나도 마찬가지였다. 정확히 피하려던 것과 반대로 됐다. 이미 엎질러진 물이었다.

선생은 우리의 절규에도 계속해서 2번 비닐 팩을 가리키며 말을 이었다.

"This thing belongs to Jun(이건 준 거)."

준이라니. 그렇게 한국어와 한국 문화를 좋아한다는 종갓집 3대 독자 청년이. 아니, 그것보다. 그럼 보타는 왜? 아이리버 MP4라니. 누구보다 한국을 싫어한다면서? 이유를 묻고 싶었지만 부족한 영어 실력은 물론이요, 뒤따라올 말이 내 머리를 아프게 할 것만 같아 입을 다물었다.

모든 결과가 발표되었다. 시게루는 샤오와, 나는 준과 보타와 한 팀이 되었다. 시게루는 얼빠진 표정을 짓고 있었다. 샤오도 기분이 좋아 보이지는 않았다. 팀끼리 모여서 회의하는 시간이 되었다.

선생이 시게루 팀에 가서 루트를 짜주는 사이, 보타가 준에게 물었다.

"도대체 왜 중화 담배야? 그거 중국 고위층이 피우는 담배 아니야?"

준은 산을 향해, 아니 정확히는 산 너머를 가리키며 말했다.

"여기서 산 하나만 넘으면 바로 북한이라고. 만약에 북한군을 만나게 되면 이걸 보여주려고 했지."

"왜?"

"북한은 중국이랑 친하잖아."

이유 역시 그 주인처럼 애스트럴했다. 아마 준을 바라보는 보타와 내 표정은 비슷했을 것이다. 어이가 없었다. 지구는 평평하다고 외치는 음모론자를 직접 마주해도 그런 시선으로 보지는 않을 것이다.

준이 말을 이었다.

"미국에서 한국 간다고 하면 차이나타운에서 다들 이걸 사."

준의 말을 듣고 나니 고개를 끄덕일 수밖에 없었다. 미사일을 쐈다고 해도 심드렁한 한국인들과 달리 응급 피난 키트를 항상 구비하고 다니는 이들이 바로 미국인들이었다. 사실 그게 정상이었다. 우리가 너무나도 비정상인 사회에 살고 있다 보니 비정상이 정상이 되어버린 것이다. 마치 넘쳐나는 할리우드 영화와 영어 논문들에 영어를 못하면 인간 이하 취급을 받는 것처럼. 준은 어쩌면 중화 담배 덕분에 위기 상황에서 살아남을 기회를 잡을 수도 있다고 했다.

보타가 내게 말했다.

"외국인이 왜 경선식 영단어를 외워?"

그러면 너는? 아직도 아이리버 MP4를 쓴다고? 핸드폰이 접히고 펼쳐지고 늘어나는 마당에? 무슨 취향인 걸까? 한국이 싫다고 말하면서 누구보다 한국을 좋아하는 그런 부류인 건가?

나는 가슴을 친 뒤 보타를 가리켰다.

"You same(너도 같아)."

보타는 자신의 아이리버 MP4를 가리키며 말했다.

"야, 이게 얼마나 역작인데. 삼성 다음으로 전 세계에서 거의 유일하게 애플을 엿 먹였던 회사야. 그것도 한국이라는 가진 자원도 자본도 없는 땅에서 홀로 컸다니까. 어떤 부분은 최신 스마트폰도 못 따라가. 이렇게 저렇게 던져도……."

아이리버 세일즈맨이라도 된 것처럼 보타는 설명을 이어갔다. 아니, 세일즈맨이라기보다는 술에 취해 과거 영광을 읊조리는 퇴직한 아버지 같았다. 이상한 점이라면 과거 찬란했던 순간을 말하면 말할수록 보타의 표정은 굳어졌고, 이내 아이리버 MP3가 전 세계를 석권했던 순간을 말할 때는 울음을 삼키기까지 했다.

나는 보타에게 시간을 좀 주기로 했다. 주변을 둘러보았다. 시계루가 보였는데, 시계루의 표정도 보타와 마찬가지로 그다지 좋지 못했다. 하필 고른 것이 샤오 것이라니. 그런데 샤오가 달리 보이기도 했다. 중국의 유명한 부자 뭐, 그런 건가? 한국에 올 정도면 일반적인 중국인은 아닌 것 같았다. 영어마을 등록 비용만 해도 그렇고. 그러나 이곳에서는 영어를 못하면 말짱 꽝이었다. 밖에서 돈이 아무리 많아도 이곳에서는 그저 영어 못하는 등신일 뿐이니까. 어찌 보면 대한민국 어디보다도 지극히 평등한 장소였다.

선생은 우리에게 1인당 10달러씩, 총 30달러를 주었다. 30달러로 일주일을 살아야 했다. 햇빛에 비추어 이리저리 살펴봤는데, 실제 달러였다. 선생은 우리에게 자유롭게 영어마을을 돌아다니면서 30달러를 모두 쓰라고 했다. 우리는 각자 자기 몫으로 주어진 10달러를 주머니에 꼭 넣고서 영어마을을 돌아다니기 시작했다.

낮에 바라본 영어마을은 생각보다 거대했다. 식당과 카페, 우체국 등 정말 마을이라는 이름에 걸맞게 다양한 가게들이 있었다. 가게 주인들은 모두 우리가 전에 보았던 원어민들이었다. 그들은 한국화가 되어 무표정하게 손님 맞을 준비를 하고 있었다. 우리는 가장 먼저 피자 가게에 갔다. 가게 사장은 전에 실내 수업 당시 준의 뒷담을 하던 벨라루스 출신의 백인 남자였다.

준이 은박지에 쌓여 있는 조각 피자를 가리키며 말했다.

"This(이거)."

그러자 급식실에서 지겹게 들었던 말이 돌아왔다.

"Say full sentence(완전한 문장으로 말하세요)."

준은 묵묵하게 'this(이거)'를 남발했다. 담배를 원하는 아저씨나 개발이 덜된 인공지능 같았다. 외국 관광지에 가도 전부 한국말을 했다. 아니, 히디못해 적어도 눈치는 있었다. 이 망할 입시 때문에, 토익과 토플 점수 때문에 한국인들은 영어 그 자체와 멀어져버렸다. 완전한 문장이 도대체 뭐길래?

제대로 이야기하려면 피자가 무엇인지부터 정의해야 하는 것 아닌가? 미국 텍사스주 어디 마을에서 부농이 기계로 재배한 밀로 만든 반죽과 저기 영국 식민지로 지배당한 경험이 있는 정글 어디서 원주민 아이들을 착취해서 딴 토마토로 소스를 만들어…… 아무튼 더 깊이 들어가면 'this'가 가리키는 것이 정말로 피자는 맞는가? 칸트의 의문처럼 저 피자가 실재하는지 어떻게 아는가? 놈 촘스키가 말했듯이 우리는 언어의 틀 안에서만 사고하기에 거기에 갇혀 있다고 생각하면, 우리가 말하는 피자와 미국인이 말하는 피자가 과연 같은 것이라 보는 것은 물론이요, 대화가 통한다는 것조차 착각이 아닐까?

피자 가게 사장이 기분 나쁜 미소를 지으며 말했다.

"Bye(그럼 가세요)."

불만이 많아도 이 한 단어에 가로막힐 따름이었다. 나는 내 불만을 영어로 말할 수 없었고, 영어로 말할 수 없으면 그저 모르는 것이 되었다. 그런데 어쩌겠는가? 불평한다고 해서 달라질 것은 없었다. '영국이나 미국이 강대국이 아니었다면?' 이런 상상은 금방 중국이나 프랑스, 일본 등 다른 나라들로 대체되었다. 어찌 됐건 다른 나라 언어를 배워야 했겠지. 어쩔 수 없이 우리가 밖으로 나가려 하자, 피자 가게 사장이 우리를 불러 세우고는 밀했다.

"Hey, Just give me ten dollar(10달러만 줘)."

피자 한 조각에 10달러라니. 적혀 있는 가격은 1달러였다. 케이블카도 닿을 수 없는 어느 산 정상이 아니고서는 말이 안 되는 가격이었다.

어이없는 가격에 침팬지처럼 소리쳤으나, 피자 가게 사장은 가격표를 가리키며 단호하게 말했다.

"If you want to buy this price, you should speak full sentence by English(이 가격으로 먹고 싶으면 영어로 완벽한 문장을 말해)."

말이 통하지 않았다. 영어마을만 아니었더라면, 만약 이곳이 진정 외국이었다면, 손짓발짓만으로도 피자를 사 먹었을 것이다. 완벽한 문장이라니. 말이 나오지 않았다.

어쩔 수 없이 그대로 돌아 나오려 했는데, 그가 우리를 다시 붙잡고는 말했다.

"Wait. Twenty dollars for three pieces.(잠깐. 세 조각에 20달러로 줄게)."

거래는 쉽게 성사됐다. 영어마을 내에 다른 곳에 간다고 한들 다를 것 같지 않았다. 보타와 준이 돈을 냈고, 우리는 각자 피자 한 조각을 받아 그 자리에서 바로 먹어 치웠다. 20달러를 쓰는 데 채 1분이 걸리지 않았다. 우리가 아쉬운 표정을 짓자 피자 가게 사장이 메모지를 하나 꺼내더니 무언가를 그리기 시작했다. 메모지에는 가게 주변 약도가 간략하게 휘갈겨 있었다.

그는 우리에게 메모지를 건네더니 구석진 거리 안쪽의 'X'가 적힌 곳을 가리키며 말했다.

"Go there. And knock twice(거기 가. 그리고 노크 두 번 해)."

도통 무슨 말인지 알 수 없었다. 우리가 고개를 갸우뚱거리자, 사장은 갑자기 오븐에서 피자 한 판을 통째로 꺼내 우리에게 내밀며 말했다.

"Do you guys want eat this more(너희, 이거 더 먹고 싶어)?"

우리는 일제히 고개를 끄덕였다. 그러자 그는 피자를 두 번 접더니 보란듯이 입에 게걸스럽게 쑤셔 넣었다. 토마토소스가 바닥에 뚝뚝 떨어졌다. 핏자국 같았다.

"Then, get the money(그럼, 돈 가져와)."

이어서 그는 더는 우리에게 알려줄 것이 없다는 듯이 "Next(다음)!"라 외쳤다. 가게에서 나와 남은 돈을 셈하였다. 셋이 합쳐 10달러뿐이었다. 셋이서 10달러로 어떻게 남은 일주일을 살아갈지 막막해졌다.

준이 말했다.

"그래도 피자는 맛있었어."

보타가 고개를 끄덕였다.

"이게 본토의 맛인가."

아니었다. 나는 가게 한편에 놓여 있던 '피자스쿨' 박스들을 보았다. 손가락을 쪽쪽 빨고 있는 그들에게 불편한 사실을 굳이 말할 필요는 없어 보였다. 10달러를 만지작거렸다. 영어를 못해 물건도 정가로 사지 못하고, 돈이 없어 빌빌거리는 스스로의 모습에 치가 떨렸다.

사회에 나가면 더 그러겠지.

한계에서 버티지 못하면 절벽 아래로 떨어지고 만다. 그러나 피자 가게 사장에게 한 마디도 제대로 항의하지 못한, 도대체 'full sentence'가 뭔지 의문조차 품지 못하고 돈을 건넨 나였다. 눈물이 나올 것만 같았다. 준이 내 등을 두드렸다.

"라이언, 왜?"

준도 내 마음을 알까 싶었다. 보타도 말이 없었다. 패배감이 사방에 자욱하게 피어올랐다. 준은 보타와 나를 번갈아 보더니 자리에서 일어났다.

"알겠다."

그래, 그렇게 미치기만 하지는 않았을 것이다. 아무리 준이라고 해도…….

"돈이 없어서 그렇구나."

준 같은 놈이 하나만 있어서 다행이었다. 그것도 다른 사람과 제대로 말이 통하지 않는 이 언어 감옥에 있어서 말이다. 대화를 하면 할수록 내 정신세계는 무너져갔으나, 다른 세상 사람들이 고통받지 않는다고 생각하니 마음이 조금 진정됐다.

보타가 고개를 파묻었다.

"미친놈."

준은 내 손에 들린 10달러를 가리키며 말했다.

"돈이야 벌면 돼."

나는 준을 올려다보며 말했다.

"Fuck you(엿 먹어)."

그리 말하고는 피자 가게 사장이 건넨 메모지를 가만히 들여다보았다.

팁

그러다 문득 교장이 말한 '자신도 모르는 일들'이 이 메모지와 관련되었을지도 모른다는 생각이 스쳤다. 피자 가게 사장의 이상한 미소 때문이었다. 그의 미소는 마치 '돈을 벌 수 있어'라 말하는 것 같았다. 조금이 아니라 그것도 많이. 옥장판이나 게르마늄 팔찌를 강매하는 다단계 대표의 미소와 닮았으나, 이곳은 영어마을이었다. 그렇다면.

이곳에 있을 만한 시설은 하나였다. 확신이 들지는 않았으나 그곳에 가보기로 했다. 외국인들은 물론 사람이라면 사족을 쓰지 못하는 장소. 지금같이 깊은 물에 빠져 있는 상황에서는 움직이지 않으면 기리앉기 마련이었다. 엉덩이를 들어 올렸다.

보타가 내게 물었다.

"어디 가?"

대답하지 않았다. 부단히 길을 찾아나설 따름이었다. 헤매고 또 헤맸다. 아까 먹은 피자는 이미 모두 소화된 뒤였다. 발바닥이 쑤셔왔고, 땀이 목덜미를 적셨다. 대충 영어마을 내부 지리를 모두 파악할 정도였다.

보타가 중얼거렸다.

"그 양키 새끼, 우리 놀리는 거 아니야?"

메모를 다시 한번 보았다. 기숙사에 있던 영어마을 지도와는 사뭇 달랐다. 여기저기서 알아듣기 힘든 영어가 들려왔다. 누구인지 모를 웃음소리도 함께. 언젠가는 저들의 대화에 낄 수 있을까. 우선 그 근처라도 가기 위해서는 돈이 필요했다. 돈이 없으면 누구를 만나러 갈 수도, 누구를 만나서 이야기를 나눌 수도 없으니까.

다시 피자 가게에 도착했을 때 피자 가게 사장은 자리에 없었다. 피자 냄새를 맡은 보타는 씩씩대더니 피자 가게를 당장 털어버리자며 문을 박차고 들어갈 준비를 했다.

그때 준이 보타를 막아서고 내게 메모를 받아서 가만히 보더니 말했다.

"여기 주변이네."

준은 메모를 눈높이에 맞춰 들어 올리더니 거리와 겹쳐 보왔다. 그러더니 왼쪽으로 세 걸음, 뒤로 세 걸음 그리고 대각선으로 열 걸음을 걸었다. 멀지 않은 곳에 일라이의 베이커리 숍이 보였다. 반죽 치대는 소리는 들려오지 않았다.

준이 주변을 둘러보며 말했다.

"여기야."

이내 메모의 약도상으로 'X'가 그려진 곳에 도착했으나, 노크할 만한 문은 보이지 않았다. 상점가들이 쓰레기를 배출하는 뒷골목에 가까웠다. 그런데 준이 갑자기 쭈그려 앉아 바닥을 살피더니 하수구 뚜껑 위에 섰다.

준이 말했다.

"지상이라 한 적은 없잖아."

준은 하수구 뚜껑을 두 번 두드리고 뒤로 한 발자국 물러났다. 하지만 아무런 일도 일어나지 않았다.

보타는 콧방귀를 꼈다.

"007도 아니고, 무슨……."

그때 하수구 뚜껑이 미닫이문처럼 열리더니 누가 불쑥 올라왔다. 떡 벌어진 어깨와 터질 듯한 팔뚝, 대머리에 문신까지. 누가 봐도 깍두기, 아니 어딘가의 수문장, 즉 가드였다. 나는 속으로 쾌재를 불렀다.

가드는 보타와 나를 쓱 보더니 엄지와 검지를 마주 비비며 말했다.

"Tip(팁)."

나와 보타의 시선이 동시에 준에게로 향했다. 우리를 따라 고개를 돌린 가드는 준을 보더니 말이 없어졌다. 준은 아무 말도 하지 않았는데, 가드의 이마에서 식은땀이 흘렀다.

가드는 혼잣말로 "갱스터……"란 말과 함께 끙, 하는 소리를 내더니 우리에게 말했다.

"Come in(들어오쇼)."

가드는 하수구 어둠 속으로 사라졌다. 우리는 서로 눈빛을 주고받았다. 무슨 일이 벌어지고 있는 걸까? 이 영어마을 아래에 정말 그게 있는 걸까? 보타와 내가 주저하는 사이, 준이 먼저 아래로 내려갔다. 순간 맛있는 냄새가 풍겨왔다. 기네스 생맥주, 아니 스카치 위스키 냄새였다. 냄새가 우리의 발목을 강하게 잡아당겼다. 우리는 천천히 아래로 내려갔다.

하수구 아래로 내려가는 내내 인신매매나 마약 거래 등 범죄가 될 만한 모든 것을 떠올렸다. 과장을 보태자면 지구의 중심부로 가고 있는 것이 아닐까 생각이 들 정도로 깊이 내려갔다. 조명이 간간이 있었으나, 가드의 거대한 몸이 조명을 가리는 바람에 어둠 속으로 떨어지는 느낌을 받았다.

맥주와 위스키 냄새는 내려갈수록 강해졌으나 별다른 소리는 들리지 않았다. 침이 절로 입안에 고였다. 미끼가 아닐까 싶었다. 영어마을에 터를 둔 비밀 범죄 조직이 방문객들에게 낚싯대를 드리우고, 우리는 그걸 물어버린 것이지. 급히 위를 올려다보았지만 하수구 뚜껑은 이미 닫혀버린 후였다.

얼마나 갔을까? 바닥에 도착한 우리는 거대한 문을 하나 마주했다. 가드는 우리 손목에 입장권을 묶어주었다. 기분 탓일지도 모르지만 가드는 보타와 내 손목은 강하게 잡아챘으나, 준과는 살짝 거리를 두고서 슬쩍 묶은 것 같았다.

문을 열고 안으로 들어가려는데, 준이 가드 등을 두들기며 말했다.

"고마워요, 여기까지 안내해줘서."

가드는 씩 미소를 지었지만 몸집 때문인지 자연스럽게 뿜어내는 위압감은 전혀 줄어들지 않았다.

가드가 말했다.

"한국말, 잘 못해요."

가드의 어눌한 한국말에 준은 가드에게 엄지를 치켜들면서 답했다.

"그 정도면 잘해, 진짜."

갑자기 준의 엄지가 나를 향했다.

"이 친구도 외국인인데, 한국말 빨리 배웠어. 너도 할 수 있어."

나는 얼굴을 보이지 않으려 손바닥으로 얼굴을 가렸다. 준은 내 주머니에 마음대로 손을 넣더니 10달러를 꺼내 가드에게 건넸다.

가드가 고개를 꾸벅 숙였다.

"감사합니다, 형님."

한국인이라 믿어도 될 정도로 정확한 발음이었다. 그러나 그의 험악한 인상에 의심의 눈초리를 보낼 수는 없었다. 내가 문고리를 잡고 당기려고 하자, 가드가 황급히 나를 말렸다. 그제야 손잡이 옆에 달린 주의사항이 눈에 띄었다. 주의 사항은 대문짝만했는데, "PUSH" 옆에 "미시오"를 병기해놓은 것이 인상적이었다.

가드는 문을 미는 척하며 두 손을 교차해 알파벳 엑스를 그렸다.

"죽어요, 진짜."

코웃음을 쳤다. 당겨서 안 되면 밀면 되지 않느냐고 말하려 했는데, 가드가 몸을 뒤로 젖히고서 문을 당기려 하자 갑자기 천장이 열리더니 그대로 해머가 문을 향해 수직 낙하했다. 해머는 정확히 머리 바로 위에서 멈췄다.

가드가 조심스럽게 해머를 천장으로 밀어 올리면서 말했다.

"사장님이 문, 많이 망가져서, 짜증, 그래서 너무너무 싫어, 이거 설치했어요. 한국인들 많이 많이 대가리 깨졌다."

가드는 데미리를 매만지며 말했다. 팁을 주지 않았더라면 죽었겠지. 아찔함과 동시에 이런 함정까지 만들어놓은 것에는 이유가 있을 것이라 생각했다. 밀려오는 두려움에 머뭇거리고 있는 사이 가드가 심호흡을 하고서 문을 열어젖혔다. 눈앞에서 섬광탄이 터진 것처럼 빛이 쏟아져 들어와 순간 앞이 보이지 않았다.

카지노

눈이 차츰 빛에 적응해가고 있음에도 내가 무얼 보고 있는 것인지 알아차릴 수 없었다. 첫인상은 라스베이거스 그 자체였다. 수십 대의 슬롯머신이 경쾌한 소리를 내며 정신없이 돌아갔고, 사람들은 룰렛 테이블을 둘러싸고서 쇠구슬의 향방에 따라 순식간에 천국과 지옥을 오가고 있었다. "Card open"이라는 딜러의 말과 함께 여기저기서 비명과 환호가 뒤섞였다.

한국인에게는 익숙하지 않은 풍경이었다. 법적으로 한국인은 '강원랜드'를 제외하고는 카지노에서 도박할 수 없다. 특히나 한국에 있는 대다수의 '외국인' 카지노에 한국인은 출입조차 할 수가 없었으니, 관광 목적으로 외국의 카지노를 둘러보는 것이 아닌 이상 카지노에 방문해본 한국인은 다른 나라와 비교해서 그 수가 무척이나 적었다.

이것도 영어마을 프로그램인가?

식당과 카페, 경찰서, 지하철역까지 거의 모든 외국 시설을 옮겨놓은 마을이었다. 종업원들이 영어로 된 메뉴판을 내밀며 영어를 쓰지 않으면 무시하는 곳이었는데, 서양 놀이 문화, 아니 도박 문화의 핵심인 카지노가 없는 게 오히려 더 이상했다.

이 찬란한 광경을 멍하니 보고 있었다. 바 선반에는 온갖 종류의 술병들이 가득했으며, 몸 좋은 바텐더들이 웃통을 벗고 화려하게 셰이킹을 하며 시선을 끌었다. 도박하는 사람들 앞에 술과 음식이 마구 날아들었다.

이 사람들은 어디서 들어온 것일까? 인천공항에서 내린 관광객이 버스를 타고 오는 걸까? 그러나 관광객치고 내부 사람들의 인상착의가 퍽 불량스러웠다. 문신은 기본이었고, 얼굴이나 팔다리에 흉터도 하나쯤 크게 나 있었다. 그때 멀지 않은 곳에서 비명에 가까운 환호 소리가 터져 나왔다.

슬롯머신에서 코인이 쏟아져 나왔다. 당첨자는 소리를 질렀다. 국적 없는 원초적인 언어였다. 그 어떤 말로도 이런 감정을 모두 담을 수 없다는 듯 그는 코인을 두 손 가득 쥐고는 몸을 비틀었다. 얼마 지나지 않아 가드들이 등장하여 슬롯머신에서 쏟아져 나온 코인을 정리하기 시작했다. 나도 모르게 발걸음이 슬롯머신 쪽으로 향했다. 그런데 쥬이 내 손목을 잡아챘다.

"슬롯머신은 안 돼."

슬롯머신 앞에 앉은 다른 사람들은 당첨자에게 부러운 눈길을 보내고는 더 열정적으로 레버를 당기기 시작했다. 자신이 당첨자가 되기 위해서, 그 코인을 모조리 가져가기 위해서. 그들은 그 돈이 자기 돈이 아니라는 것을 알지 못했다.

준이 그들을 보며 말했다.

"절대 슬롯머신으로는 돈을 딸 수 없어. 무조건 잃도록 설계되어 있거든."

보타가 콧방귀를 꼈다.

"카지노가 다 그런 거 아니야?"

준이 고개를 저었다.

"맞아, 그래도 확실하게 잃는 것과 조금이라도 딸 가능성이 있는 것은 천지 차이야. 우리는 시스템과 붙으면 안 돼. 시스템과 싸워서 이길 수 있는 사람은 없어."

준이 어딘가 달라 보였다. 카지노의 녹진한 공기가 준의 뇌 속 스위치를 올린 것 같았다. 이전까지는 꺼놓았던 '이성'이라는 이름의 스위치를 말이다. 준의 눈빛은 날카로웠고 표정은 차가웠다. 준의 말을 곱씹어보았다.

보통은 시스템과 붙어 이길 수 없다면 시스템을 따르거나 우회하기 마련이다. 그것도 아니라면 빈틈을 파고들어 시스템을 전복시키려 한다. 그러나 시스템도 가만있지 않는다. 그 역시도 유기체에 가깝기에 환경을 통제하고 규율을 벗어난 자들을 처벌하고 끝내 시스템 밖으로 쫓아낸다. 미국이 중동에서 오일 결제를 할 때 달러를 받지 않을 경우 선보이는 경제 제재와 미사일 폭격이 그 예시였다.

언어도 마찬가지였다. 세계를 지배하고 있는 이 영어라는 하나의 언어를 배우지 않고는 무엇도 제대로 할 수가 없다. 여권도 영어로, 학명도 영어로, 결제도 달러로. 코딩 언어를 한자로 바꾸겠다는 중국도 표면적으로는 그 방대한 한자의 절대적인 양 때문에 실패했다고는 하지만 기존 언어 시스템의 견제도 주요한 원인이었을 것이다. 무엇보다 우리에게는 시스템에 맞설 용기도 우회할 배짱도 없었다.

보타가 준에게 물었다.

"그럼 어떻게 하려고?"

준은 턱으로 테이블을 가리키며 말했다.

"사람과 붙어야지."

얼마 지나지 않아 잭팟 정산을 마친 당첨자도 다시 슬롯머신에 앉아 정신없이 레버를 돌리기 시작했다. 뇌에 스스로 전기 충격을 가하는 생쥐를 보는 것만 같았다.

우리는 한창 판이 벌어지고 있는 테이블 근처로 갔다. 포커와 비슷해 보였으나 어딘가 다른 그 게임은 베팅 시간을 포함해 1분 내외로 무척이나 템포가 빨랐다. 테이블 위를 오가는 칩의 수는 적었으나, 색이 우리 것과는 달랐다. 칩이라 그런지 테이블 위로 얼마의 돈이 오가는지 좀체 가늠이 되지 않았다.

우리는 좀비처럼 슬롯머신 레버를 당기는 사람들을 지나쳐 카운터로 갔다. 돈을 칩으로 바꾸기 위해서였다. 카운터에는 교환기가 놓여 있었다. 지폐를 넣으면 자동으로 칩으로 바꿔주고, 칩을 넣으면 자동으로 지폐로 바꿔주는 모양이었다.

보타가 준에게 물었다.

"할 거야?"

준이 고개를 끄덕였다. 나는 빈 주머니를 그에게 보이며 말했다.

"Nothing(우린 가진 게 없어)."

준은 가만히 카지노 내부를 둘러보더니 벽에 기대어 있는 한 남자에게 다가갔다. 남자의 얼굴은 우리와 비슷한 듯하면서도 무언가 어긋난 듯한 느낌을 풍기고 있었다. 벽에 기댄 상태에서도 몸에 각이 진 것이 군인처럼 보이기도 했다.

준이 남자에게 말했다.

"돈 빌리러 왔는데요."

영어마을에서 다짜고짜 한국말이라니. LA에서의 준의 모습이 어렴풋이 그려졌다. 누가 뭐라 해도 꿋꿋하게 한국말만 하는 LA 갱스터. 소문은 사실이었다. 싸움이 벌어질 수도 있겠다는 생각에 나는 얼른 어정쩡한 영어로 물었다.

"We need mo(우리는 돈이)……."

"말 알아듣습니다."

미묘한 한국말이었다. 교포의 어눌한 발음이 아니라, 사투리 하나 섞이지 않은 완벽한 표준어였다. 그래서 더 이질적으로 들렸다.

남자는 우리를 위아래로 훑어보더니 물었다.

"담보는?"

준이 자기 가슴을 주먹으로 쳤다. 무슨 뜻인지 알지 못했으나, 남자는 곧바로 서류 하나를 내밀었다. '차용증'이었다. 이런 문서에는 또 어떻게 이리 배려심이 높은지 법률용어가 하나하나 한국말로 쓰여 있었다. 어지러운 법률용어를 읽어 내리던 준이 금액을 확인하고는 손가락 세 개를 펴 보였다. 남자는 나와 보타를 보더니 두 장을 더 꺼내 준에게 내밀었다. 준은 제대로 내용을 읽지도 않고서 서명하려 했다.

보타가 준의 손목을 잡아챘다.

"어쩌려고?"

"이겨야지."

준은 아주 빠른 속도로 모든 서류에 서명을 마쳤다. 그런데 가만 보니 맨 아래에 "신체 포기 각서"가 작은 글씨로 적혀 있었다. 각막부터 신장, 간 등을 포함해 심장까지. 부산 국밥집에서나 볼 법한 단어였다. 문제는 다른 두 장에 보타와 내 이름까지 적혀 있었다는 것이다. 아니, 이게 무슨. 차용증을 빼앗으려했으나 남자는 빠르게 준에게 차용증을 받더니 문 뒤로 사라져버렸다.

나는 머리에 대고 손가락으로 원을 그리며 소리쳤다.

"You! Crazy(너! 미쳤어)?"

준이 무표정하게 대답했다.

"총알이 많아야 전쟁에서 이기는 법이야."

보타가 준의 멱살을 잡아챘다. 준은 가만히 웃기만 했다. 보타가 외쳤다.

"지면?"

준은 단호하게 고개를 저었다.

"그럴 일은 없어."

테이블에는 딜러와 우리를 제외하고 총 세 사람이 앉아 있었다. 인상들이 꽤 험악해서 준이 순한 양처럼 보일 정도였다. 그들의 국적은 각각 중국과 이탈리아, 러시아였다. 중국인은 배를 드러낸 베이징 비키니와 얼굴에 그려진 한자 문신으로, 이탈리아인은 말할 때마다 손가락을 모아 내미는 만두 같은 손 모양으로, 러시아인은 크리스털 컵을 옆에 두고도 벨루가 골드를 병째로 마시는 모습으로 그들의 국적을 나타냈다.

러시아인이 우리 셋을 보더니 비아냥거렸다.

"Beggars(거지들)."

테이블에 앉은 나머지 둘이 따라 웃었다. 보타가 욱해서 그들에게 뭐라 하려는 순간 준이 조심스럽게 테이블 아래로 손을 뻗어 막았다.

이탈리아인이 중국인에게 말했다.

"Why are you laughing(넌 왜 웃어)?"

어색한 침묵이 잠시 이어졌다가 중국인의 호탕한 웃음과 함께 분위기가 풀렸다. 마피아들에게도 저들끼리 보이지 않는 상하 관계가 있는 것 같았다. 준이 그들을 향해 고개를 꾸벅 숙였다.

러시아인은 잠시 침묵하다가 준을 보더니 껄껄 웃었다.

"They can't speak english(쟤들 영어 못 하나 봐)!"

그렇게 말하는 자기들 영어도 문법에 맞지 않을뿐더러, 번역기로 돌린 듯한 용어를 남발했다. 이탈리아인이 우리를 보며 작게 욕설을 뱉었는데도 준이 반응하지 않고 생글생글 웃기만 하자, 아예 상스러운 욕을 남발하며 웃었다.

분명 알아들을 텐데 웃고 있는 준이 이해되지 않았다. 내 주먹에 힘이 들어갔으나 오래된 나무뿌리처럼 테이블 아래로 뻗친 준의 손짓에 못 들은 척 웃을 뿐이었다. 철창에 갇힌 동물이 된 것만 같았다. 그들은 우리가 욕을 칭찬으로 알아듣는 것 같다며 비웃었다. 러시아인이 딜러에게 우리를 가리키며 게임에 참여시키라 말했다.

그때 우리 셋의 신체 포기 각서를 받아 간 남자가 딜러 한 뭉치를 가져왔다. 종이가 빳빳한 것이 전부 새것이었다. 전부 100달러짜리로 손에 쥐고 있기만 해도 부자가 된 것 같았지만, 기분이 좋지는 않았다. 만약 잃게 된다면, 잃은 양만큼 우리 몸으로 채워 넣어야 했으니까. 그렇다고 딜러에게 돈뭉치를 건네고 받은 칩의 양이 다른 셋보다 많지도 않았다.

남은 자리는 한 자리뿐이었다. 준은 내게 먼저 앉으라고 했다. 이유는 알 수 없었다. 어떤 전략이 있을까 싶었다. 나는 자리에 앉아 사람들을 향해 고개를 숙였다. 그들은 내 인사를 받아주지 않았다. 그래도 나는 그동안 넷플릭스에서 본 도박 영화들을 떠올리며 어떻게든 승기를 잡으려 했다.

딜러의 박수와 함께 패가 돌기 시작했다. 처음에는 탐색전이었다. "확실하지 않으면 승부를 걸지 마라." 영화 〈타짜〉의 명대사가 나를 움직였다. 게임 룰은 일반적인 포커와 달랐다. 한 번에 카드 다섯 장을 받은 다음, 카드 숫자 합이 남들보다 높으면 이기는 지극히 단순한 게임이었다. 섯다를 본떠 만든 게임인 듯했다.

물론 자기 패가 높지 않을 경우에도 이길 수 있었다. 블러핑, 즉 자기 패가 상대 것보다 높다고 믿게 하여 상대가 베팅을 포기하게 만들면 됐다. 성공적인 블러핑을 위해서는 베팅금 조절은 물론 표정 관리도 잘해야 했다. 아주 사소해 보이는 자신의 작은 습관이 인생을 망칠 수도 있었다. 낮은 패를 받을 때마다 자기도 모르게 배를 긁는 저 중국인처럼 말이다. 다른 둘은 중국인의 습관을 벌써 알아챘는지 테이블에 놓인 칩이 그득그득했다.

자본금이 상대적으로 적기 때문에 나는 보수적으로 행동할 수밖에 없었다. 확실히 높은 카드를 받기 전까지는 베팅을 하지 않기로 했다.

러시아인은 베팅하지 않고 카드를 던지기만 하는 나를 보더니 팔을 툭툭 건드렸다.

"Why you act like bitch(왜 이리 쫄보처럼 행동해)?"

나는 사람 좋게 웃어 보였다. 참으려고 참은 것은 아니었다. 갑자기 삼합회와 마피아, 레드 마피아 사이에 놓이게 된다면 어느 누구도 화내지 못할 것이다. 나 같은 범인은 이들과 룰이 있는 테이블 위에서 승부를 벌여야 했다.

"Let's bet(베팅하시죠)."

딜러의 손짓에도 선뜻 칩을 던질 수가 없었다. 턴을 넘기기만 하다 보니 앤티(ante)로 가랑비에 옷이 젖듯 테이블 위의 칩이 차츰 사라졌다. 더불어 견제도 상당했다. 이탈리아인은 부담스럽다시피 내게 얼굴을 들이밀고 눈빛을 살피려 했고, 러시아인은 테이블을 쳐가며 〈Soviet March〉를 부르면서 내 판단력을 흩트렸다. 이래서 국제 포커 선수들이 헤드셋과 선글라스를 쓴 채 게임에 참여하는구나. 백문이 불여일견이라고 이해가 쏙쏙 되었다. 영어도 그랬으면 좋으련만. 불안감에 준을 곁눈질했지만 준은 줄어든 우리 칩보다도 상대에게 시선을 두고 있었다.

그러다 마침내 내 손에 상당히 높은 패가 왔다. 기회다 싶었다. 칩을 집어 들고 베팅을 했다. 그때 이탈리아인이 훤히 드러난 중국인의 배를 가리키며 화를 냈다. 알아듣지 못하는 것을 보니 이탈리아 욕인 것 같았다. 중국인은 눈치를 보다가 카드를 던졌고, 러시아인은 나를 따라 베팅하기 시작했다. 러시아인은 지그시 맹수가 사냥감을 노리듯 나를 보았다.

러시아인이 차례를 넘기려던 이탈리아인에게 말했다.

"Raise the stacks(판돈 올려)."

이탈리아인은 불만을 토해냈다.

"If I lose it, are you gonna make it up(잃으면 보상해줄 거야)?"

러시아인이 고개를 끄덕였다. 이탈리아인은 그에 맞춰 판돈을 올리고는 자기 카드를 구겨서 딜러를 향해 던져버렸다. 딜러는 아무렇지 않게 구겨진 카드를 내버려두고서 러시아인의 차례라며 그를 향해 손짓했다. 내 눈을 바라보던 러시아인은 이내 결심한 듯 베팅액을 두 배나 올리고 칩을 던졌다. 헤아려 보니, 게임을 이어 하려면 우리가 가진 칩 중에 1달러짜리 칩 하나를 제외한 전부를 걸어야 했다.

이것에 모든 것을 거는 게 맞을까? 준에게 판단을 유보하고 싶었으나 준은 여전히 상대들, 특히나 러시아인을 뚫어져라 바라봤다. 아직 베팅 기회가 각자에게 한 번씩 남은 상황이었다. 나는 러시아인을 살피기 시작했다. 그간 앤티로 차례를 넘기며 키워왔던 눈썰미를 극대화해야 했다.

이번 턴에 러시아인은 벨루가 골드를 병째로 들고는 두 번에 걸쳐 나눠 마셨다. 이렇게 마셨을 때의 러시아인 패를 떠올렸다. 그다지 좋지 않은 패였다. 칩을 들고 베팅하려던 순간, 함정일지도 모르겠다는 생각이 들었다. 주저하는 사이 준이 작은 목소리로 말했다.

"걸어."

준에게 위험하다고 대꾸하기도 전에, 러시아인이 이번에는 나를 향해 가운뎃손가락을 올렸다. 도발이라는 걸 알았으나 짜증이 솟구치는 걸 막을 수는 없었다. 준의 명령도 있었겠다, 나는 충동적으로 칩을 베팅했다. 그 모습에 이탈리아인이 호들갑을 떨었고, 중국인은 손을 들어 누군가를 불렀다. 가드들이었다. 금방이라도 무슨 일이 일어날 것만 같았다.

"Raise(올려)."

러시아인은 당연히 우리 베팅을 받은 데다, 판돈을 더 올렸다. 이탈리아인이 음흉한 미소를 띤 채 러시아인에게 물었다.

"What do you have(뭘 가졌길래)?"

러시아인이 씩 웃으며 말했다.

"Forty one(41)."

그 말을 들은 중국인이 안타까워하며 테이블을 쳤고, 이탈리아인이 따지듯이 답했다.

"Too low(너무 낮아)."

이탈리아인이 우리 쪽을 곁눈질하며 말했다.

"But can you say it? If they hear it(근데 말해도 돼? 쟤들이 들으면)?"

그러나 러시아인의 표정은 평온했다. 그가 고개를 끄덕였다.

"Fine. They can't listen english(괜찮아. 쟤들 영어 하나도 몰라)."

그 말을 듣고서 나는 당연히 따라 베팅하려 했다. 내 패는 51로 러시아인보다 10이나 높았으니까. 이미 지난 베팅 때 우리 팀의 운명은 정해진 것이나 다름없었다.

베팅하려는 순간 갑자기 준이 내게 속삭였다.

"죽어."

도대체 왜? 지금 죽으면 손해가 막심했다. 더군다나 상대방 패를 알고 있으니 이긴 거나 마찬가지였다. 남은 돈은 1달러가 아니었다. 전부 빚이었다. 지금 게임을 포기하면 빚만 수만 달러가 생기는 것이었다. 그러나 준은 내 어깨에 손을 올리고는 힘을 줄 뿐이었다. 확신에 가득 차 있었다.

"죽을 때 테이블 위에 패 보이면서 죽어."

딜러가 어눌한 발음으로 나를 재촉했다.

"선생님 차례입니다."

그제야 러시아인이 벨루가 골드를 한 번에 비우는 것을 보았다. 그는 여유롭게 나를 향해 새끼손가락을 들어 올렸다. 달랑거리는 새끼손가락에 나는 완전히 무너져 내렸다. 영어도 못하는 데다 눈썰미까지 부족하다니. 패배감을 느꼈다. 내 판단을 믿지 않기로 했다.

준의 말대로 패를 보이게 테이블로 던지면서 말했다.

"Die(죽어)."

포커페이스

　　테이블 위에는 1달러짜리 칩만 덩그러니 놓여 있었다. 삶이 구렁텅이 속으로 내쳐지는 느낌이었다. 운이 좋으면 도박 및 사기 혐의로 구속되어 감옥에 갇힐 것이다. 그러나 분위기를 보니 그럴 것 같지는 않았다. 가드들이 우리를 매서운 눈길로 바라보고 있었다.

　　운이 나쁘다면 쥐도 새도 모르게 장기만 팔리고 죽임을 당하거나 혹은 만화 〈카이지〉 속 인물들처럼 지하 갱도에서 평생을 노역해야 할지도 몰랐다. 나는 영어를 배우기 위해 영어마을에 온 것이지, 도박을 하기 위해 온 것이 아니었다. 상황을 어떻게 수습해야 할지 도저히 감이 잡히지 않았다. 러시아인은 내가 던진 카드를 주워 들더니 주위 사람들에게 보였다.

"Who dies with this card(누가 이 카드로 죽어)?"

내가 가지고 있던 카드는 51, 러시아인이 가지고 있던 카드는 41로 그의 말은 사실이었다. 러시아인은 카드를 내게도 굳이 보이며 미친 사람처럼 웃기 시작했다.

그가 우리에게 말했다.

"All you can say is 'die'(너는 '죽어'라는 말밖에 못 하나)?"

테이블에서 자기 몫을 충분히 챙긴 이탈리아인이 맞장구를 쳤다.

"But it's okay they know that word. Because it's their future(그래도 하나라도 알아서 다행이지. 자기들 미래인데)."

테이블은 우리에 대한 조롱으로 시끌시끌했다. 갱스터들의 시답지 않은 인생 조언이 날아들었다. 우리는 초상집 분위기가 아니라, 초상집 그 자체였다. 죽은 사람은 우리 셋. 장기를 꺼낼 때 부디 마취는 해주기만을 바랐다. 가드가 서서히 우리를 향해 다가왔다. 보타는 패닉이 온 듯 바닥에 주저앉았다. 눈물조차 나오지 않았다. 가드들의 몸집을 보니 캔에 든 공장제 스팸처럼 틈이 없었다. 그런데 준은 심호흡을 하더니 자리에 앉았다. 러시아인과 이탈리아인이 웃음을 멈췄다.

준이 1달러짜리 칩을 들어 올리며 말했다.

"아직 남았어."

필리핀계 딜러가 우리에게 물었다.

"참가하시겠습니까?"

준이 1달러짜리 코인을 들어 보였다.

"이거밖에 없어서요."

러시아인이 중국인에게 말했다.

"Eat them up(재네들 털어먹자고)."

중국인이 우리 코인을 보고서 껄껄 웃더니, 어딘가에 손짓했다. 아까 우리에게 돈을 빌려주었던 남자였다. 그는 우리를 보고 한숨을 내쉬더니 준에게 물었다.

"담보는?"

준은 팔을 모아 원을 만들었다.

"영어마을 전체."

무슨 뚱딴지같은 소리인가 싶었다. 마음 같아서는 준을 팔꿈치로 찌르고 싶었으나, 그러기엔 남자의 눈빛에서 살기가 느껴졌다. 다부진 체격에 깡패나 마피아, 킬러 등이 떠올랐지만 그들과는 다르게 불량해 보이지는 않았다.

그가 준에게 물었다.

"당신 거요?"

준이 가슴에 손을 올리더니 나지막하게 말했다.

"우리 아빠 겁니다."

아직도 연기에서 벗어나지 못한 걸까. 메소드연기도 저 정도까지는 아닐 것이다. 기껏해야 우울증에 걸리고, 반사회적인 행동을 몇 번 할 뿐. 죽음의 공포 앞에서도 연기를 유지하다니. 준을 보니 연기보다는 빙의에 가까운 것 같았다.

남자가 물었다.

"증거는? 가족관계증명서 있소?"

남자의 목소리에 불신이 한가득 담겨 있었다. 나라도 그럴 것 같았다. 남자가 가드들에게 눈짓을 하려는 순간, 준이 불쑥 팬티 속에 손을 넣었다. 무슨 짓인가 싶었다. 러시아인이 보드카를 뿜었고, 이탈리아인은 "맘마미아"를 외쳤다. 중국인만이 흥미롭다는 듯이 준을 뚫어져라 보았다.

그때 갑자기 뜻밖의 목소리가 들렸다.

"그래, 맞아! 네 아빠야!"

교장이 준에게 했던 말이었다. 교장 목소리가 그대로 녹음되어 있었다. 그런데 내 기억 속의 준은 녹음기를 들고 있지 않았다. 잠깐만. 그럼 소리는 도대체 어디서……. 눈이 휘둥그레졌다.

보타가 준에게 물었다.

"너 뭐 하는 새끼야?"

준이 어깨를 으쓱했다.

"맨날 외국 애들한테 작다고 놀림받았거든. 그래서 보형물 시술을 받을 때 의사가 시비스로……."

구역질이 나왔다. 스마트폰도 아니고, 굳이 왜? 왜 녹음 기능을 그곳에 추가한 것일까? 무슨 차라도 뽑는 줄 알았던 걸까? 준이 말을 이었다.

"미국에서는 법정에 가면 모든 게 증거라고. 대기업 상대로 한 건만 제대로 잡으면 대대손손 먹고살 수 있어. 내 자식을 위해서야, 전부."

동시에 준의 팬티 속에서 교장 목소리가 반복해서 들려왔다.

"그래, 맞아! 네 아빠야!"

이상야릇한 기분이 들었다. 아빠와 아이가 한데 뭉쳐서 말하고 있는 세대 간의 화합이 이런 것일까?

준이 우리처럼 당황한 표정을 짓는 남자에게 물었다.

"교장 목소리 아시죠?"

남자는 고개를 끄덕이고는 준을 말렸다.

"예, 교장 목소리 압네다. 아니까……."

남자의 말투가 다소 변했다. 완벽한 표준어는 온데간데없고, 이북 사투리가 슬쩍 묻어 나왔다.

준이 남자의 말을 잘랐다.

"전, 준. 똑같지 않습니까? 나만 그렇게 느낍니까?"

남자가 고개를 돌리면서 소리쳤다.

"아니까, 거 빨리 끄시오."

이제 남자의 말투는 온통 이북 사투리 일색이었다. 준은 다시 팬티 속에 손을 넣어 녹음기의 전원을 껐다. 그 광경을 보던 외국인 셋이 미친 듯이 웃기 시작했다. 중국인은 준이 마음에 드는지, 엄지를 치켜세우더니 맥주 한 잔을 따라 건넸다. 소란스러운 와중에도 남자는 계산기를 꺼내 우리가 보는 앞에서 두들기더니 차용증에 금액을 적고 우리에게 내밀었다. 약 200만 달러에 가까운 금액이었다.

남자가 말했다.

"한 게임당 이자율 35프로. 즉시 달러로 지급. 못 갚으면 각오들 하쇼."

준이 차용증에 사인을 하자 남자는 차용증을 받아 들고 뒤편을 향해 손짓했다. 말릴 수도 없었다. 마지막 기회였다. 살고 싶었다. 마피아들에 의해 산 채로 내 장기가 꺼내지는 장면을 보고 싶지는 않았다. 교장에게 죄책감을 느끼지는 않았다. 그는 우리를 협박해서 되지도 않는 일들을 시키고 있었으니까. 만약 우리가 패배하여 영어마을이 저들에게 넘어간다면 교장이 우리를 찾아 해코지하는 게 빠를까, 아니면 이 남자가 가드들을 불러 우리를 어딘가로 팔아버리는 게 빠를까? 어쨌든 패배할 경우 우리의 끝은 죽음이었다. 그로 향하는 과정이 다를 뿐이었다. 얼마 지나지 않아 가드 하나가 빨간 코스트코 쇼핑백 하나를 우리에게 내밀었다. 쇼핑백 안에는 빳빳한 현금이 다발로 들어 있었다. 남자가 쇼핑백을 가리키며 말했다.

"혁명적인 플레이 하시오."

확신에 차 있던 이전과 달리 준은 한동안 이기지 못했다. 나처럼 죽기만 반복했다. 반전 없이 줄어가는 우리 쪽 칩들을 보며 러시아인은 더는 우리를 놀려먹기도 지루한듯 하품했다. 패가 한 번 더 돌았고, 선을 잡은 이탈리아인이 패를 받아 들고는 상한선으로 베팅했다. 그걸 본 중국인은 배를 긁으며 고민하다가 이어서 베팅했다. 이탈리아인은 우리를 보더니 실실 웃었다. 그러나 행동과 말은 달랐다.

"Boring(지겹군)."

이탈리아인은 벨루가 골드를 글라스에 따라 마시는 러시아인에게 말했다.

"Raise the stacks(판돈 올려)."

러시아인은 준을 슬쩍 보더니 고개를 저었다. 이탈리아인이 얼굴을 구겼다.

"What? I did what you want(뭐? 나는 아까 해줬잖아)!"

러시아인이 어깨를 으쓱거리고 이탈리아인의 패를 향해 고개를 숙였다. 이탈리아인은 손으로 카드를 가렸다. 둘은 서로에게 눈으로 욕을 주고받았다.

러시아인이 낮은 목소리로 물었다.

"What do you have(무슨 패길래)?"

카드 게임에서는 서로의 패에 관해 묻지 않는 것이 불문율이었으나, 이탈리아인은 더는 못 참겠다는 듯이 손가락에다

물을 찍어 냅킨에다가 뭔가를 적더니 러시아인에게 건넸다. 러시아인은 냅킨을 냉큼 가리려 했으나 이탈리아인이 손사래를 쳤다.

"They can't read it(쟤들 이거 못 읽어)."

냅킨에는 로마 숫자가 적혀 있었다. 러시아인은 냅킨을 뚫어져라 쳐다보다가 이탈리아인에게 말했다.

"I can't read it(나도 이거 못 읽어)."

이탈리아인이 이마를 손으로 쳤다.

"And yet you call your president Tsar(그러고도 너희 나라는 대통령을 차르라고 부르냐)?"

러시아인은 기분이 나쁜지 냅킨을 바닥에 던져버렸다. 이탈리아인은 "맘마미아"를 남발하며 불같이 화내다가 한숨을 내쉬고는 러시아인에게 말했다.

"Quinquaginta(쉰)."

그 말을 들은 뒤에야 러시아인이 씩 웃더니 베팅 금액을 올렸다.

"Eat them up(끝내버리자고)."

그들은 우리가 영어를 전혀 하지 못할 것이라 생각했다. 그도 그럴 것이 신체 포기 각서를 쓰고 빌린 돈으로 베팅하는 놈들 면전에서 당당히 영어로 카드 숫자를 말했는데도 자기들이 이겼으니까. 심지어 이 멍청한 놈들이 더 높은 패를 들고 있었음에도 말이다. 그러나 그들은 알지 못했다. 우리는 영어를 말하지 못할 뿐, 듣는 것에는 기가 막히다는 사실을. 영어 듣기평가 때 비행기도 띄우지 못하게 막는 나라의 국민이었다.

"Die(죽어)."

중국인은 사람들의 눈치를 보다가 베팅을 받지 않고 죽었다. 마침내 준의 차례가 되었다. 준은 심사숙고하는 척 한동안 말없이 있었다.

자동으로 베팅 포기로 처리될 무렵 준이 딜러에게 말했다.

"받겠습니다."

준이 칩을 던졌다. 이탈리아인은 얼굴을 구겼으나 입에서 튀어나온 말은 또 달랐다.

"Oh, They take the bait(미끼를 물었구먼)."

러시아인은 카드를 던지면서 베팅을 포기했다. 이제 이탈리아인과 준, 둘만 남았다. 이탈리아인은 여유 있는 표정을 지어 보였다. 진검승부가 아니라, 일방적인 구타라 생각하겠지. 그러나 그들은 우리를 지나치게 과소평가한 것이다. 이탈리아인은 준을 가만히 바라보며 우리 칩을 헤아리더니 그에 맞춰 베팅했다.

어깨를 으쓱이는 이탈리아인에게 준은 바로 받아쳤다.

"All in(올인)."

이탈리아인의 얼굴이 하얗게 질렸다. 한눈에 봐도 어마어마한 금액의 칩이 테이블 위에 쌓였다. 우리의 목숨을 베팅한 셈이었다. 반대로 생각하면 단 한 판만 이기면 엄청난 돈을 벌 수 있었다.

딜러가 이탈리아인에게 말했다.

"Players, please open your card(카드 공개해주세요)."

이어서 딜러가 준에게 한국어로 말하기 전에 준이 먼저 카드를 공개했다. 이탈리아인의 손이 떨렸다. 이탈리아인의 카드는 50이었고, 준은 51이었다. '1' 차이로 우리는 승리했다. 순간 소리를 내지를 뻔했으나, 이탈리아인의 험악한 인상에 가까스로 참아야 했다.

얼굴이 벌게진 준에게 이탈리아인이 소리쳤다.

"Fuck! Fuck(젠장)!"

준이 알아듣지 못하겠다는 듯 어깨를 으쓱거리자, 이탈리아인이 우리를 향해 위협적으로 카드를 던지며 말했다.

"You can speak english! Motherfuckers(너 영어 할 줄 알잖아! 새끼야)!"

준은 칩을 한가득 쓸어 담으며 말했다.

"한국어로 말해."

이탈리아인이 테이블을 내려쳤다. 칩이 활어처럼 솟구쳐 올랐다. 가드들이 테이블을 향해 달려왔다. 이탈리아인을 붙잡을 수는 없었다. 마피아를 함부로 건드렸다간 무슨 일이 벌어질지 몰랐다.

이탈리아인은 우리에게 손가락질하며 명확한 발음으로 외쳤다.

"씨발! 개새끼!"

한국말이 트인 것 같았다. 이것이 돈의 힘인가 싶었다. 우리가 미치도록 영어를 배우는 이유도 전부 돈 때문이 아니었나? 전 세계 모든 사람이 한국말을 쓴다면 우리가 굳이 영어 배울 이유는 없을 것이다. 이어서 이탈리아인은 이탈리아어로 우리에게 뭐라 말했으나, 하나도 알아들을 수가 없어 반응조차 할 수 없었다. 중국인이 그를 가까스로 말리는 사이에, 우리는 사람 좋게 웃으면서 그들에게 고개를 숙이고 이렇게 말했다.

"申し訳ございません. 本当に申し訳ありません. (미안합니다. 정말로 미안합니다.)"

우리는 남자에게 빌린 돈을 이자까지 쳐서 테이블 위에 두고 곧장 달아났다.

머니

군이 영어를 배울 필요가 있을까? 처음으로 이런 생각이 들었다. 준은 급식실에서 혼자 받은 빵을 사람들에게 나눠 줬던 것처럼 정확히 돈을 셋으로 나눴다. 돈뭉치가 제법 묵직했다. 이 정도 돈이면 통역관을 고용해서 평생 한국말만 하며 살 수 있었다. 여행도 패키지로 에어컨이 빵빵하게 나오는 버스를 타고서 가이드가 해주는 멋들어진 한국어 설명을 들으며 할 수 있겠지. 영어를 배우지 않아도 된다고 생각하니 갑자기 밝은 미래가 눈앞에 펼쳐졌다.

보타는 돈뭉치를 손에 쥐고서 말했다.

"캐나다에 세차장을 차릴 거야. 거기서 강아지도 한 마리 기르고……"

준은 무얼 할까? 그러나 준의 얼굴은 그다지 기뻐 보이지 않았다. 준은 무표정하게 돈뭉치를 마치 돌덩이처럼 들고 있었다. 만약 준이 돈에 욕심 있는 사람이었다면 진작 라스베이거스에서 부자가 되었을 것이다. 그러나 준에게는 돈보다도 중요한 것이 세상에 많았다.

준이 보타에게 물었다.

"나중에 나, 너네 집에 놀러 가도 돼?"

보타는 준의 어깨를 두드리다가 와락 안으면서 말했다.

"당연하지. 넌 이제 내 평생 친구야."

그제야 준의 표정이 풀렸다. 준은 보타에게 안긴 채 내게 말했다.

"라이언, 언젠가 네 나라에도 가보고 싶어."

나는 고개를 끄덕였다. 돈을 받은 마당에 지금껏 외국인 행세를 했다고 말할 수는 없었다. 준은 감동을 받았는지 울먹거렸다. 그러면서 자기 몫을 또 이등분해 우리에게 나눠주었다. 받지 않으려고 하지는 않았다. 주는 대로 받아 챙기고는 준을 한 번 꼭 안아주었다. 나도 준에게 말했다.

"Now, we are gonna die together(이제 우린 죽어도 같이 죽어)."

준이 코맹맹이 소리를 내며 물었다.

"삼국지 유비, 관우, 장비처럼?"

LA 갱스터 입에서 나올 만한 인물들은 아니었으나, 나는 고개를 끄덕였다. 오늘날에는 돈을 주는 사람이 친구이자 가족이니까.

영어마을에서 막대한 양의 현금을 래퍼처럼 가지고 다닐 수는 없었다. 무게도 무게인 데다, 무엇보다 사람들의 눈길이 문제였다. 우리는 영어마을의 유일한 은행에 찾아갔다. 은행으로 향하는 길에 여전히 하수구를 뚫고 있는 교장이 보였다. 우리는 필사적으로 몸을 피하려 풀숲에 뛰어들었으나, 노련한 오십대 중년 남성의 눈빛을 피할 수는 없었다.

"거기 뱀 나온다. 여기 휴전선 근처야."

뱀은 풀숲이 아니라 바로 우리 앞에 있었다.

끝까지 나가지 않고 버티자 교장이 말했다.

"어이, 아들."

준은 곧바로 손을 들고 교장을 향해 걸어 나갔다. 우리는 어쩔 수 없이 교장에게 다가갔다. 교장은 우리와 우리 손에 들린 돈뭉치를 확인하더니 준을 꽉 껴안았다.

"보고 싶었다, 아들."

준도 교장을 안았다. 남들이 보면 감동적인 부자 상봉의 순간처럼 보일 것이다. 그러나 교장의 시선은 우리 손에 들린 돈뭉치에 닿아 있었다. 교장은 준을 위아래로 훑어보더니 그에게는 돈이 없는 것을 확인하고는 아이스크림을 사 오라며 돈을 쥐여주었다. 준은 아이처럼 가게로 달려갔다.

교장이 우리에게 물었다.

"돈은 어디서 났어?"

시큰둥했다. 묻는 말투부터 거만했다. 마치 당연히 자기에게 돈을 내놓으라는 것처럼 느껴졌다. 보타가 귓구멍을 후벼파며 말했다.

"남이사."

교장이 핸드폰을 꺼내 CCTV 영상을 우리에게 보였다.

"이거 인터넷에 올린다."

나는 재빠르게 핸드폰을 빼앗아 하수구에 던져버렸다. 눈을 치켜뜨고 교장에게 말했다.

"Do it(해봐)."

당연히 백업파일이 있겠지만 상관하지 않았다. 우리에게는 돈이 있으니까. 교장의 얼굴이 붉어졌다. 교장은 우리를 향해 삿대질하더니 나지막하게 말했다.

"너흰 이제 끝이야."

그러나 우리는 예전의 우리가 아니었다. 이 정도 돈이라면 나는 취직을 하지 않아도 먹고살 수 있으며, 보타는 투자이민으로 어느 나라든 선택해서 갈 수 있었다. 기업이든 나라든 오히려 우리에게 PPT를 들고서 제발 와달라 사정할 정도였다. 나와 보타는 동시에 교장을 향해 가운뎃손가락을 올렸다. 마치 〈펄프픽션〉 속 킬러들처럼.

아이스크림을 네 개나 사서 돌아온 준이 우리에게 물었다.

"아빠는."

내가 준에게 교장은 네가 생각한 아빠가 아니며, 우리를 협박한 나쁜 놈이라고 진실을 말하려 하자, 보타가 나를 막아서고는 말했다.

"너, 부모가 아이를 제일 많이 버리는 곳이 어딘지 알아?"

준이 고개를 저었다.

"놀이동산이야. 아이스크림 하나 사 오라 시키고는 그대로 사라져버리지."

보타는 준이 들고 있는 아이스크림을 가리켰다.

"네 아빠도 그렇게 갔어. 우리한테 준을 잘 부탁한다고 말하고는."

준의 손에 든 아이스크림이 녹아 한 방울씩 아래로 떨어졌다. 준의 눈에서도 눈물이 흘렀다. 우리는 그를 안아주었다. 준은 우리 품속에서 흐느껴 울었다. 우리는 준의 등을 다독여주었다. 카지노에서 보았던 냉철한 준도 그렇게 녹아 사라진 것만 같았다.

내가 준에게 말했다.

"Now. We are family(이제 우린 가족이야)."

돌이켜보면 모두 고아나 다름없었다. 보타는 피부와 머리카락 색깔 때문에, 준은 기대에 부응하지 못해서, 나는 영어를 하지 못해서 버려진 사람이었다. 우리에게는 우리뿐이었다.

영어마을의 'E은행'은 처음 보는 은행이었다. 그래도 외부에 송금 정도는 할 수 있을 것이라 생각했다. 우리가 출입문에 가까이 다가가자 청원경찰이 문을 열어주었다. 손에 쥔 돈뭉치가 땀으로 눅눅해졌다.

창구에서 명랑한 목소리가 들렸다.

"Hi(안녕하세요)!"

릴리가 창구에 앉아 있었다. 아이들이 떠나고 나서 릴리는 은행원, 정확히는 은행원 역할의 원어민 교사가 되어 있었다. 우리는 잠시 멈칫거렸으나, 돈뭉치를 쥔 손을 보자 힘이 솟아났다. 준은 우리에게 화장실에 다녀오겠다고 말했다. 우리는 영국 신사처럼 표정을 풀고서 그녀에게 고개를 숙였다.

릴리가 물었다.

"What do you want(무엇을 원하시나요)?"

우리는 창구에 돈뭉치를 올려놓았다. 릴리의 반응을 살폈으나, 그녀는 사무적으로 돈뭉치를 받아 챙길 뿐이었다. 우리 같은 사람들이 많이 있는 건가 싶었다. 하긴 카지노 근처 은행이니 많을 수밖에.

릴리가 물었다.

"Do you want to send money(송금을 원하시나요)?"

내가 고개를 끄덕이자, 릴리는 돈뭉치를 지폐 계수기에 각각 넣었다.

"Umm(음)……."

릴리의 표정이 이상했다. 그녀는 지폐 한 장을 꺼내 들더니 형광등에 이리저리 비추었다. 그러다 커터 칼로 끝부분을 잘라 핀셋으로 집어 들었다.

보타가 외쳤다.

"What(뭐야)?"

릴리는 조용히 하라는 듯 우리를 향해 손바닥을 내밀고는 잘라낸 부분에 라이터로 불을 붙였다. 그러자 초록빛 불꽃이 일면서 타올랐다. 지폐 조각은 순식간에 재가 되어버렸다.

"Wait(기다려)."

릴리는 창구 뒤편 사무실로 들어가더니 오랫동안 나오지 않았다. 불안해지기 시작했다. 보타와 나는 불안정한 시선을 주고받았다. 혹시나 현금을 빼앗길까 싶어 강도처럼 창구를 뛰어 넘고 다시 돈을 챙겨 돌아갈까 싶었다. 그런데 청원경찰의 눈빛이 매서운 바람에 감히 시도하지는 못했다. 갈팡질팡하던 사이 마침내 사무실에서 나온 릴리는 창구에 있던 돈뭉치 전체를 철제 쓰레기통에 넣더니 책상 위에 놓인 라이터 기름을 뿌렸다.

보타가 소리쳤다.

"미쳤어?"

미처 말릴 새도 없이 릴리는 그 위에 라이터를 던졌다. 초록색 불꽃이 솟아올랐다. 순식간에 벌어진 일이었다. 그 누구도 릴리를 말리지 못했다. 우리가 창구를 넘어 릴리에게 달려들려고 하자 청원경찰이 막아섰다. 영어는커녕 한국말도 나오지 않았다. 어이가 없어 타오르는 불꽃만 바라보았다. 내 꿈이 타들어가는 것만 같았다.

망연자실한 표정으로 앉아 있는 우리에게 릴리가 말했다.

"It's counterfeit money(위조지폐야)."

처음에 알아듣지 못했다. 릴리는 초록 불꽃이 이는 철제 쓰레기통을 가리키며 말했다.

"If you burn counterfeit money, you'll see a green flame. Like this(위조지폐를 태우면 초록 불꽃이 일어나. 이것처럼)."

우리는 그대로 은행에서 쫓겨났다. 천국에서 지옥으로 순식간에 떨어진 느낌이었다. 한순간에 돈을 잃은 우리는 벤치에 멍하니 앉았다. 언뜻 보면 산책 나온 연금 수급자처럼 보일 수도 있겠지만 그보다는 파산한 노숙자에 가까웠다. 손에 달러를 쥐고 영어마을을 발랄하게 돌아다니는 아이들을 보았다.

준은 파파를 처음 만난 당시를 회상하며 말했다.

"그땐 던킨 쓰레기통을 뒤지면 사흘은 버틸 수 있었지. 그런데 그것도 거리 노숙자 전체가 모여드는 바람에 때를 잘 맞춰서 가야 했어. 나중에는 구역 다툼으로 번져 칼부림까지 났지. 모여든 노숙자 때문에 매출에 타격을 입자, 던킨 매니저는 우리 모두가 먹지 못하도록 음식에 쥐약을 뿌렸고, 그제야 구역 다툼이 종료됐어."

언제나 준의 이야기는 놀라웠다. 도대체 미국이란 나라는 어떤 나라일까? 그 사람들은 태어날 때부터 영어를 할 수 있는 사람들이었다. 그런데 그렇게 노숙자들이 많다고? 도대체 우린 어떤 나라의 언어를 배우고 있는 걸까?

보타가 풀린 눈으로 허망하게 뇌까렸다.

"입 닥쳐, 제발 좀."

평생을 함께하자며 맹세했던 우정은 온데간데없었다. 오늘날 사라진 반딧불이처럼 우정도 순식간에 초록빛으로 타버렸다. 애초에 위조지폐처럼 준과의 우정도 가짜가 아니었을까 싶었다. 준은 울먹거리며 고개를 숙였다. 보타도 그런 준의 모습이 안쓰러운지 가만히 준을 보다가 자리를 박차고 일어났다.

어딘가로 빠르게 발걸음을 옮겼다. 나는 보타에게 물었다.

"Where(어디 가)?"

보타는 하수구 위에 쭈그려 앉더니 낑낑거리며 뚜껑을 들어 올렸다.

"우리한테 돈 빌려준 개새끼한테."

천국에서 지옥으로 내쳐진 루시퍼는 그렇게 최악의 악마가
되었다. 우리도 마찬가지였다. 우리를 속박하던 모든 것에서
한순간에 벗어날 수 있었으나, 곧이어 한순간에 구렁텅이에
처박히고 말았다. 나 역시 보타와 마찬가지로 머리끝까지 화
가 나 하수구를 두드렸고, 준을 알아본 가드가 다시 우리를 카
지노로 안내했다. 잔뜩 흥분해서 미는 문을 당기려다 또다시
해머에 머리가 깨질 뻔했다.

우리에게 돈을 빌려준 남자는 그 자리에 그대로 있었다. 대
신, 남자 주변은 사람들로 가득했다. 자세히 보니 원어민 교사
들이었다. 그들은 남자에게 돈을 빌리고자 연신 고개를 조아
리고 있었다.

남자는 그들을 어렵게 진정시키고는 한마디만 했다.

"Only korean(오직 한국말로만)."

그러자 순식간에 원어민 교사들은 한국말을 했다. 사장님,
선생님, 빨리빨리 등 여기가 영어마을인지, 모란시장인지 알
수 없을 정도였다. 카지노를 알려준 피자 가게 사장도 보였다.
그는 문가에 서 있는 우리를 보더니 "친구 소개했다"라며 남자
에게 돈을 받아 챙겼다. 그리고는 남자의 어마무시한 조건 속
에서도 연신 "좋아, 좋아"를 외치면서 서류에 있는 모든 서명
란에 이름을 휘갈겨 썼다. 다른 원어민 교사들도 미친가지였

다. 그들은 남자에게서 달러를 뭉치로 받아 갔다.

남자는 우리를 보더니 두 팔 벌리며 환영했다.

"아이고, 동무들. 아까 이야기도 제대로 못 하고 보내고."

그러나 우리의 표정은 풀리지 않았다. 남자는 우리의 기분 따위는 신경도 쓰지 않는지, 능청스럽게 우리에게 어깨동무하며 말을 이었다.

"이런 동무들만 세상에 있음 얼마나 좋겠어. 그럼 통일도 혁명적으로 진행될 텐데."

그는 특히나 준을 가리키며 입이 마르도록 칭찬을 했다.

"끝까지 저 자본주의의 암적인 면을 보여주는 범죄자들 앞에서 우리말을 하다니. 눈물이 날 것만 같았네. 특히나 툭하면 미제 앞잡이 놈들 말만 쓰는 여기에서 이렇게 민족을 생각하는 남조선 인민이라니."

이 이북 사투리를 섞어 쓰는 남자에게 묻고 싶은 게 많았다. 그는 테이블 끝에 앉은 중국인을 가리키며 말했다. 중국인은 그때까지도 화를 삭이지 못한 이탈리아인을 달래고 있었다.

"그래도 왕 사장님께 고마워하시오. 저분이 그쪽에게 돈을 빌려주라 하셨소."

보타가 중국인을 힐끔 보고서는 남자에게 물었다.

"저분은 왜……."

남자는 간첩처럼 우리에게 속삭였다.

238

"같은 민족이니까 말하는 건데, 서양 놈들이 원체 우리를 업신여기지 않소? 왕 사장님도 쌓인 게 많은 거지."

생각해보니 중국인, 즉 왕 사장은 베팅에 거의 참여하지 않았다는 것을 깨달았다. 남자의 현란한 화술에 화가 누그러지는 것만 같았다.

가까스로 정신을 차린 보타가 그에게 물었다.

"근데 위조지폐는 뭐야?"

남자의 표정이 삽시간에 굳어졌다. 상황이 심상치 않게 돌아가는 것이 느껴졌다. 위조지폐라는 단어에 사람들의 시선이 갑자기 우리를 향해 몰려들었다.

남자가 어깨동무를 풀더니 굳은 표정으로 말했다.

"무슨 위조지폐?"

보타는 피자를 사 먹기 위해 미리 빼두었던 100달러짜리 지폐를 꺼내 남자가 보는 앞에서 태우려 했다. 그러자 당황한 남자는 보타에게서 100달러를 빼앗으려 했다. 보타가 100달러를 빼앗기지 않으려 높게 팔을 치켜들었다. 남자는 키가 작아서 보타에게서 100달러를 빼앗을 수 없었다.

"왜? 찔리는 게 있어?"

남자는 보타를 설득하려 했다. 낮은 목소리로 눈치를 보며 말했다.

"조국 통일과 우리 공화국에 위협이 되는 미제 놈들 지폐를 복사한 게 죄야?"

남자의 국적이 명확하게 밝혀졌다. 우리 공화국과 미제라는 단어와 함께 나온 남자의 말투는 북한식 억양 그 자체였다. 순간 보타의 얼굴에 핏기가 가셨다. 남자가 발로 보타의 고환을 찼다. 화전양면전술의 정석이었다. 고통에 일그러진 표정을 지으면서도 보타는 끝까지 100달러 지폐를 놓지 않았다.

남자는 지폐를 빼앗으려 몸부림치다가 소리쳤다.

"나오라우!"

갑자기 저 멀리서 거대한 실루엣이 보였다. 일라이였다. 모든 퍼즐이 자연스럽게 맞춰졌다. 준이 LA로 유학을 갔던 당시는 북한에 고난의 행군 여파가 남아 있던 때였고, 굶주린 그들은 외화를 벌기 위해 별의별 짓을 다했다. 마약을 만들어내고 사람을 납치해 몸값을 받았으며, 심지어는 위조지폐까지 만들어냈다.

거대한 역사적 흐름 속에 뛰어든 것만 같았다. 다이빙 포인트가 하필이면 영어마을이라니. 영어만 써야 하는 곳에서 영어와 가장 먼 것만 같은 존재와 마주치다니. 수십 년 전 벌어진 비극은 끝나지 않고 오늘날까지 이어졌다.

준은 일라이를 보자마자 표정이 굳었다. 말릴 틈도 없이 준은 일라이를 향해 돌진했다. 또다시 싸움이 벌어졌다.

남자가 준을 포함한 우리를 가리키며 외쳤다.

"Kill them all(저 새끼들 죽여)!"

일라이 역시 먼저 준을 향해 달려갔다. 저렇게 거대한 몸이 어떻게 그리 빠르게 달려올 수 있는지 알 수 없었다. 전에 경찰서에서 나에게 태클을 건 백인 경찰이 경차였다면, 일라이는 화물차였다. 준은 가볍게 스텝을 밟아 일라이를 피했으나, 멱살을 잡혀 그대로 바를 향해 내던져졌다. 선반을 장식하고 있던 최고급 위스키들이 바닥을 향해 와르르 떨어지며 부서졌다. 가까스로 정신을 차린 준은 손에 잡히는 대로 일라이를 향해 위스키병을 던졌다. 일라이는 피하지도 않고 손으로 병을 쳐냈다. 퍽 소리와 함께 병이 깨지면서 위스키가 바닥에 흩뿌려졌다. 일라이는 팔뚝에 묻은 위스키를 맛보며 저벅저벅 준을 향해 걸어갔다. 인간이 아닌 것 같았다.

"No(안 돼)!"

우리나 마피아 쪽에서 낸 소리가 아니었다. 소리의 주인은 바텐더였다. 바텐더는 소리를 지르며 천장에 아슬아슬하게 걸쳐진 맥켈란 1966년산을 구하려 했다. 그러나 그는 일라이 허벅지에 치여 허무하게 날아가서는 고꾸라졌다. 준은 일라이에게 주먹을 날렸다. 물론 일라이에게는 통하지 않았다. 일라이는 준을 붙잡고 얼굴에 주먹질을 했다. 한 대, 두 대. 준은 제대로 반항조차 하지 못했다. 입술이 터졌고, 코피가 흘러나왔다.

준의 얼굴은 그야말로 피투성이가 됐다.

일라이가 준의 멱살을 잡아 들고 말했다.

"The end(끝이다)."

가망이 없어 보였다. 준에게는 미안했지만 살 사람은 살아야 했다. 카지노의 모든 사람이 둘에게 신경 팔린 사이에 나는 준을 남겨두고 카지노를 빠져나가려 했다. 최대한 주의를 끌지 않으려 발끝을 들고서 걸었다.

그때 남자가 내 쪽을 가리키며 말했다.

"Motherfuckers, kill him first(재 먼저 죽여)!"

일라이는 준을 바닥에 던지고는 나를 향해 달려왔다. 깜짝 놀라 입구를 향해 달려갔으나 문 앞에서 다리 힘이 풀려버렸다. 도저히 저 짐승을 이길 수 있을 것 같지 않았다. 나는 눈을 감고서 죽음을 받아들이기로 했다. 그 순간, 수박 터지는 소리가 들리더니 커다란 물체가 바닥에 떨어졌다. 눈을 떠보니 안에서는 당겨야 열리는 문을 일라이가 몸으로 밀었다가 천장에서 떨어진 해머에 머리가 깨진 것이었다. 입구에는 반대편과 마찬가지로 "PULL(당기시오)"이라 적힌 주의 사항이 큼지막하게 새겨져 있었다.

나는 상황을 파악하자마자 자리에서 일어나 악을 쓰며 쓰러진 일라이를 걷어찼다.

"이게 한국인이다!"

얼굴이 피 범벅이 된 준이 쓰러진 일라이를 보며 말했다.

"우리도 그건 구분 잘 못 해."

우리는 환호성을 질렀다. 〈와호장룡〉을 보고 나온 관객처럼 난리법석을 떨었다. 일라이가 힘겹게 뭔가를 중얼거리자, 준은 쓰러진 일라이에게 소리쳤다.

"한국말로 해! 여긴 한국이야!"

그런데 일라이가 쓰러진 것을 본 러시아인이 멀리서 소리 질렀다. 역시 일라이와 러시아 마피아 간에 어떤 연결 고리가 있는 게 분명했다.

"Fuck! My friend(씨발! 내 친구)!"

러시아인이 허리춤에서 뭔가를 뽑았다. 그것의 외관이 멀끔한 게 진짜 총처럼 생겨 놀랄 만도 했으나, 이미 우리는 경찰관들의 가짜 총에 익숙해진 상태였다. 그래봤자 가스총이거나 캡사이신 물을 뿜어내는 물총에 불과하겠지. 북한 남자와의 싸움에서 가까스로 이긴 보타는 전혀 두려워하는 기색 없이 러시아인에게 손가락질했다.

"너희가 위조지폐로 줘놓고 무슨 짓이야!"

러시아인은 고개를 갸웃거렸다. 부하로 보이는 자가 나타나 러시아인에게 뭐라 말했고, 러시아인의 눈이 휘둥그레졌다. 보타는 테이블에 놓인 지폐 뭉치와 함께 라이터를 동시에 집어 들었다. 러시아인이 보타를 향해 총을 겨누었으나, 그는 묵묵하게 지폐 뭉치에 불을 붙였다. 지폐 뭉치는 초록빛이 돌면서 타올랐다.

"봐! 이게 정상이냐고!"

러시아인은 부하에게 총을 건네고는 주머니에 손을 넣어서 1달러짜리 지폐를 꺼냈다. 거기에 라이터로 불을 붙이자, 붉은 빛을 내며 타올랐다. 확연히 다른 불꽃색이었다.

순간 총구에서 불꽃이 일었다. 러시아인의 총구에서 발생한 불꽃은 아니었다. 러시아인의 부하가 바닥에 풀썩 쓰러졌고, 이어서 웨이터에게 아메리카노라는 커피의 존재에 대해 항의하고 있던 다른 이탈리아의 머리를 중국인이 총으로 쏘았다.

"It's asian anger(이게 아시아인의 분노다)!"

이탈리아인의 머리에 큰 구멍이 뚫렸고, 중국인은 놀란 표정을 짓는 러시아인을 향해 총을 겨누었다.

"Your pronunciation is fucking weird too(너희 발음도 존나 이상하게 들려)!"

그때 러시아인도 고개 숙이며 중국인을 향해 총을 겨누었고, 둘은 동시에 총을 쏘았다. 둘이 피를 토해내며 바닥에 쓰러지자마자 그 자리에 있던 마피아들이 한 명도 빠짐없이 총을 뽑아 들고는 서로를 향해 총을 난사하기 시작했다. 피가 사방에 튀었고, 유리잔 부서지는 소리가 들렸다. 우리는 바닥에 납작 엎드려서는 몸을 떨 따름이었다.

웨스턴 스파게티

쿠엔틴 타란티노의 영화 마지막 장면들을 모아놓은 것만 같았다. 마피아들은 죽어가는 끝까지 적을 향해 총을 겨누고는 쐈다. 이곳이 정말 한국인가 싶었다. 영어는 들리지 않았다. 자기들 언어로 서로에게 욕하다가 총을 맞고는 쓰러졌다. 가까스로 정신을 차린 나는 보타와 함께 납작 기어서 하수구 입구 쪽으로 향했다. 머리가 깨진 채 바닥에 쓰러져 있는 일라이를 밀쳐내고는 해머를 피해 입구로 갔다. 그런데 가드들이 하수구 입구 문을 막아섰다. 누군가 카지노 안으로 들어오려 했다.

하수구 안쪽에서 목소리가 들렸다.

"경찰입니다! 나오세요!"

발음이나 목소리로 보아 진짜 한국 경찰이 틀림없었다. 뚜껑으로 난 작은 구멍 너머로 정복 차림의 그들이 우리를 에워싸고 있는 것이 보였다.

경찰이 확성기를 들고 외쳤다.

"신고받고 왔습니다! 나오세요!"

바로 하수구 뚜껑을 열고 그들에게 살려달라 말하고 싶었다. 그런데 보타가 나를 말렸다.

"안 돼! 그럼, 진짜 끝이야."

"No die(죽기 싫어)!"

보타가 고개를 저었다.

"잡히면 우린 이제 끝이야. 나는 이민 자체를 못 간다고! 제발!"

보타의 눈에는 진심이 담겨 있었다. 그 순간, 뚜껑이 열리더니 총소리가 들렸다. 도대체 무슨 일인가 싶었다. 가드 하나가 위에서 아래로 떨어졌다. 우리가 팁을 건넨 가드였다.

가드 중 하나가 외쳤다.

"They are not korean cop(한국 경찰이 아니야)!"

가드들도 총을 꺼내 위를 향해 반격하기 시작했으나, 하수구 위에 있는 이들은 훈련된 군인들처럼 침착하게 한발 한발 가드들을 명중시켰다. 하수구를 밟고 선 이들의 얼굴이 구멍 틈으로 보였다. 어딘가 익숙했다.

보타가 내게 말했다.

"샤오랑 시게루 아니야?"

그러나 확인할 방법이 없었다. 총탄이 날아들고 있었다. 우리는 다시 시작된 총격전에 입구 쪽에서 빠르게 벗어나야만 했다. 카지노로 돌아간 우리는 가까스로 테이블 아래 몸을 피하고서 기회를 엿보았다. 여러 군데에서 총알이 날아들었다. 이제는 피할 곳이 없었다.

어쩌다 인생이 이렇게 꼬인 것일까? 나는 단지 영어를 배우러 왔을 뿐인데. 도대체 왜? 카지노에 위조지폐에 몸싸움에 총격전까지. 사실 영어마을이 아니라 고도의 기술로 만들어진 할리우드식 몰래카메라 세트장이 아닐까 싶었다. 모두가 날 속이고 있는 거지. 보타도, 샤오도, 시게루도. 준은 말할 것도 없고. 저런 인간이 진짜 현실에 존재한다면 천국은 모르겠고, 지옥은 확실히 있을 것이라는 생각이 들었다.

어디로 가야 할까 싶었는데, 저 멀리서 우리에게 돈을 빌려준 북한 남자가 어딘가로 달려가는 것이 보였다. 보타에게 흠씬 맞아서인지 그의 얼굴은 벌겋게 부어 있었다. 그는 우왕좌왕거리는 다른 사람과는 달리 목적지가 있는 듯 발걸음이 빨랐다. 우리는 본능적으로 남자의 뒤를 따라갔다. 총알 세례가 날아들었다. 우리가 몸을 피하자마자 어딘가에서 중장비 소리가 들리더니 마피아들 머리 위 천장이 무너졌다.

북한 남자는 하나, 둘 세더니 다섯 번째에 이르러 슬롯머신 레버를 박자에 맞춰 몇 번 돌렸다. 그러자 슬롯머신이 앞으로 튀어나왔고 뒤편에 개구멍 같은 공간이 나타났다. 그는 개구멍 안으로 기어 들어갔다. 개구멍이 어디로 향하는지는 알 수 없었다. 온통 어둠뿐이었다.

하수구 입구 쪽에서 총소리와 함께 비명이 들렸다. 경찰들이 내부로 진입하는 모양이었다. 몸싸움이 벌어졌다. 가드들과 마피아들은 격렬하게 저항했으나, 수적으로 그들이 너무나 불리했다.

보타가 발을 동동 굴렀다.

"어떡해!"

나는 곧바로 개구멍을 가리켰다.

"Run(달려)!"

"그러다 무너지면?"

나는 보타의 뺨을 후려쳤다. 보타의 눈빛이 변했다.

"I don't know! Just fuck yourself(나도 몰라! 좆 까)!"

극한의 상황이었다. 영어가 끊기지 않고 술술 나왔다. 보타도 상황을 파악한 듯 함께 나아갔다. 경찰과 가드, 마피아, 우리는 그들 모두를 피해 개구멍을 향해 일렬로 기어가기 시작했다. 포복 자세로 계속 나아갔다.

우리는 바닥을 헤엄치듯 손으로 흙을 파내며 나아갔다. 손톱이 부러지고 피가 났으나 멈추지 않았다. 어느덧 뒤따라오던 이의 실루엣이 보이기 시작했다. 순간, 그가 얼굴을 들이밀었을 때 나는 경찰을 보았을 때보다도 더 놀라고 말았다.

"죽어도 우린 같이 죽어."

준이었다. 준은 얼굴에 피칠갑을 한 채로 우리를 따라오고 있었다. 귀신을 보는 것 같았다. 죽은 줄 알았건만, 어떻게 살아 돌아왔을까 싶었다. 거머리 같았다. 보타는 준을 보더니 패닉에 빠져 비명을 지르며 앞으로 빠르게 기어가려 했다.

앞에서 남자가 우리를 향해 플래시를 비추더니 말했다.

"오지 말라우!"

물러날 수 없었다. 뒤는 그야말로 지옥 그 자체였다. 준의 얼굴만 봐도 그랬다. 보타는 준과 남자를 번갈아 보다가 졸도하고 말았고, 나는 남자의 말을 무시하고서 보타를 넘어 앞으로 나아갔다. 이윽고 남자의 구두를 잡아챘다. 오래된 신발인지 굽이 떨어졌다. 다시 손을 뻗어 남자의 발을 잡았다. 남자는 다른 발로 내 얼굴을 걷어차면서 어떻게든 벗어나려 했다.

남자가 외쳤다.

"간나 새끼들!"

남자의 구두가 벗겨지는 동시에 벽을 지지하고 있던 목책을 걷어찼다. 그 순간, 벽이 무너져 내리더니 물이 쏟아졌다. 짠맛이 강하게 느껴졌다. 그것이 영어마을에서의 마지막 기억이었다.

DPR 코리아

눈을 떴다는 것 자체에 감사함을 먼저 느꼈다. 눈썹에서 하얀 소금 결정이 눈곱같이 떨어져 나왔다. 소금 결정을 통과해 산란한 무지개색의 햇빛을 보며 이곳이 바로 천국인가 싶었다. 영어를 열심히 배우는 모습에 미국에 자리 잡고 있는 신이 감명을 받았으리라. 감탄사를 내뱉으려 했다.

"Oh(오)······."

그러나 입을 벌린 순간, 비린내가 코를 무참히 범하면서 소금기에 갈라진 혀가 물을 찾기 위해 뱀처럼 입안을 훑었고, 파도처럼 밀려오는 갈증과 함께 빈속의 허기에 허덕이기 시작했다. 왼뺨에서 질척한 뻘이 느껴졌다. 고개를 돌려보니 넓게 펼쳐진 갯벌이 보였다. 멀리 보이는 섬들을 보니 서해인 것 같았다. 몸을 움직이려 했으나 움직일 수가 없었다.

몸의 반 이상이 갯벌에 묻혀 있었다. 매년 많은 사람들이 갯벌에서 익사를 한다고 들었다. 갯벌에서 조개를 캐며 정신없이 놀다 보면 어느덧 바다 한가운데 있다지. 밀물은 아주 빠르게 몰아쳤다. 게다가 서해 갯벌은 세계에서도 알아주는 엄청난 규모로, 정신을 똑바로 차리지 않으면 금방 밀려오는 바닷물에 익사하고 말 것이다. 약간 기울어진 해를 보니 시간이 얼마 남지 않았다.

"살았다!"

4미터 정도 거리에서 보타의 목소리가 들렸다. 보타는 미친 사람처럼 웃기 시작했다.

"라이언, 준! 살았어! 우리 살았다고!"

이번에는 그의 왼편 대각선 3미터 정도의 거리에서 준의 목소리가 들렸다.

"그래, 해냈어!"

담이 올 정도로 고개를 들어 올려야 간신히 보타와 준을 볼 수 있었다. 뻘이 몸을 포함해 얼굴에도 묻어 있어 처음에는 둘을 구별하기가 어려웠다. 자세히 보니 보타는 하반신의 절반 정도가 뻘에 박혀 있었고, 준은 얼굴의 절반이 갯벌에 묻혀 있었다. 그는 마치 조커에 의해 타락한 검사 '하프 페이스' 같았다. 흥분한 둘이 몸부림칠수록 더 깊이 빠져들었다. 살았다며 환희를 쏟아낸 지 불과 1분도 채 걸리지 않아 죽음의 공포가 주변에 도사렸다. 보타가 울부짖었다.

"살려줘요!"

패닉에 빠진 보타가 몸을 흐느적거리는 바람에 내 몸도 함께 뻘에 가라앉는 것 같았다. 보타에게 외쳤다.

"Don't move(움직이지 마)!"

그러나 보타는 내 말을 들을 생각조차 하지 않았다. 그는 점점 더 소리를 크게 지르면서 몸을 격렬하게 움직였다.

준은 달관한 듯이 눈을 감은 채로 혼잣말을 말했다.

"이렇게 셋이서 한날한시에 죽다니."

준은 노래를 부르기 시작했다.

"복숭아나무 아래에서 형제가 되기로 약속했네……."

〈삼국지〉 만화 오프닝 곡이었다. 한 명은 살려달라 소리를 지르며 주변인들까지 뻘 아래로 끌어당기고 있고, 다른 한 명은 뜬금없이 노래를 부르고 있었다. 뻘을 뚫고 나온 준의 코밑까지 물이 차올랐다.

준이 말할 때마다 공기 방울이 솟아났다.

"우린 함께 죽는 거야."

준은 혼잣말을 하기 시작했다.

"유비, 관우, 장비도 못 한 걸 우리 셋은 하는 거야. 얼마나 아름다워? 그야말로 의리의 사나이들인 거지."

그 말에 짜증이 솟구치다 못해 폭발했다. 나는 둘을 향해 외쳤다.

"그만해, 제발!"

도저히 참을 수가 없었다. 영어로 말해서는 안 될 것 같았다. 어찌 보면 지금껏 참은 게 용했다. 내 한국말에 보타는 어이없다는 듯 나를 바라보았다. 반면 준은 나를 향해 한쪽 눈을 반짝였다.

"라이언, 드디어 말문이 터졌구나!"

나는 뻘을 크게 한 움큼 집어 준에게 던졌다. 뻘은 준의 턱을 강타했다. 그럴 의도는 아니었지만 준의 고개가 그대로 젖혀졌다. 나는 둘을 향해 외쳤다.

"개 같은 새끼들, 너희 때문에 이게 뭐야!"

준은 한동안 움직이지 않았다. 충격을 받은 모양이었다. 보타가 중얼거렸다.

"늪에서 죽다니……."

짜증이 치밀어 올랐다. 보타에게 화를 냈다.

"늪이라니? 뭔 개소리야! 여긴 뻘이야!"

한국말을 갓 배운 세 살짜리 아기가 와도 뻘이라고 할 것이었다. 늪이라니. 일부러 웃기려고 그러는가 싶었는데, 보타의 진지한 표정을 보니 어이가 없었다.

갑자기 보타가 뇌까렸다.

"왜 욕을 해?"

"뭐?"

"네가 퍽이라며?"

"뻘이라고 뻘."

"또 욕을 하네."

엄마의 발음 훈련이 빛을 발하는 것일까? 보타에게 내 '뻘' 발음은 정확하게 'Fuck'으로 들렸다.

준이 다시 정신을 차리고는 내게 말했다.

"라이언! 역시……."

나는 가만히 준을 바라보았다. 이번에는 무슨 소리를 할까 싶었다. 준의 헛소리를 기대하는 나 자신이 싫었다. 준이 말을 이었다.

"환국 시대 때부터 우린 하나의……."

다시 준의 얼굴을 향해 뻘을 던졌고, 뻘은 준의 입을 막아버 렸다. 얼굴의 절반 이상이 뻘로 뒤덮인 상황에서도 준은 나를 향해 씩 미소를 지어 보였다. 준에게 소리쳤다.

"닥쳐, 제발!"

준은 내 욕에 더욱 환하게 웃으며 입술에 묻은 뻘을 혀로 걸 어내며 외쳤다.

"잘한다! 더 해!"

난장판이었다. 나는 진심으로 이 상황에 환멸을 느껴 소리

치고 있는데, 준은 외국인인 내가 한국어를 드디어 잘할 줄 알게 되었다면서 신이 나 있었고, 보타는 살려달라고 울면서 낙지처럼 몸을 뻘에 비벼대고 있었다.

준이 소리쳤다.

"하고 싶은 말 다 해!"

준의 말에 더욱 화가 치솟았다. 나는 준에게 삿대질을 하며 지껄였다.

"너 때문에 내 인생이 망했어!"

보타는 나를 한번 흘겨보더니 이제야 생각의 퍼즐이 맞춰진 듯 인상을 찌푸리며 말했다.

"라이언, 뭐야? 너 원래 한국말 할 줄 알았어?"

나는 왼쪽 가슴 위에 손을 올리고는 말했다.

"나, 토종 한국인이야. 김치볶음밥에 밑반찬으로 김치를 먹을 정도라고."

준이 고개를 끄덕였다.

"그건 한국인만이 할 수 있는 식사법이지."

보타가 날카로운 눈빛으로 나를 흘겨보고는 준에게 말했다.

"아니야, 준. 라이언은 우릴 속였어. 라이언은 한국인 그 자체야."

나는 도끼눈을 한 보타에게 나지막하게 말했다.

"어쩌라고."

보타가 나를 향해 뻘을 던졌다. 나는 얼굴에 뻘을 맞고 균형을 잃으며 쓰러졌다. 보타는 다시 한번 있는 힘껏 나를 향해 소리쳤다.

"나쁜 새끼. 지금껏 우릴 속여?"

뻘이 코와 입 주변에 달라붙어 숨이 쉬어지지 않았다. 준은 싸움이 벌어진 가운데 대수롭지 않게 눈을 감은 채로 말했다.

"그렇지? 어떻게 그 짧은 시간에 한국인처럼 말할 수 있을까? 아무리 생각해도 환국은 실재했어."

나는 얼굴에 묻은 뻘을 간신히 떼어내고 보타에게 삿대질을 했다.

"속여? 속이다니? 내가 언제 스스로 외국인이라 했어? 너희 마음대로 나를 외국인이라 생각했잖아. 널 외모로 외국인이라 생각하는 사람들이랑 네가 뭐가 달라?"

마지막 말에 머리끝까지 화가 난 듯 보타가 한 번 더 내 얼굴을 향해 뻘을 던졌으나, 나는 가볍게 몸을 숙여 피했다.

보타가 물었다.

"왜 우릴 속인 거야?"

순간 '영어가 짧아서 대답하지 못했다'고 말하려다 말았다. 아무리 영어마을에서 벌어진 마피아들의 총싸움을 피하려다 땅굴이 무너져 시해 뻘에 몸이 반쯤 박힌 상태로 깨이나 목숨을 위협받고 있다고 해도, 그것만은 말할 수 없었다. 자존심이 걸린 문제였다. 나는 대답 대신 보타를 향해 뼐을 던졌다. 뼐은 정확히 보타의 이마를 쳤고, 보타는 하반신이 뼐에 고정된 상태로 그대로 상체가 뒤로 넘어갔다. 몸을 일으켜 세우려 버둥거리는 보타를 향해 말했다.

"난 영어마을에 영어를 배우러 온 거지, 너희처럼 놀러 온 게 아니라고. 나는 꼭 영어를 배워야 했어. 꼭……."

"그만해!"

준은 눈물을 글썽였다. 거구에 문신까지 많은 녀석이 그러니 소름이 돋았다. 준이 외쳤다.

"우린 친구잖아."

애니메이션에서 나올 법한 대사였다. 보타가 나를 쏘아보며 외쳤다.

"저 새끼가 친구라고? 정신 차려. 저 새끼는 우릴 속였어. 외국인도 아니면서 외국인인 척 행동했다고."

상체를 일으켜 세운 보타가 내게 비아냥거렸다.

"야, 매국노. 지껄여봐."

나는 보타를 죽일 기세로 몸을 움직였으나, 워낙 뼐에 깊게 박혀 꼼짝도 할 수 없었다. 대신 보타를 향해 뼐을 던지고 또 던졌다. 내가 던진 뼐은 보타에게 닿지 못했고, 보타가 던진 뼐은 내게 닿지 못했다. 대신 그 중간에 있던 준이 우리가 던진 뼐을 한가득 맞았다. 힘이 빠져 뼐을 던지는 것을 멈추었을 때,

보타와 나 사이에는 뻘로 만든 사람 형태의 조각상이 하나 서 있었다.

뻘에 묻힌 지도 오랜 시간이 흘렀다. 해는 뉘엿뉘엿 수평선에 가까워졌지만, 지나다니는 사람은 없었다. 붉은 노을 아래 파도가 밀려드는 낭만적인 풍경과 달리 우리는 처절했다.

"살려주세요…….."

온몸을 비틀며 소리치던 구조 요청도 체력이 빠져 간헐적으로 외쳤다.

"보타……. 소리 질러……."

그러나 우리가 내는 모든 소리는 파도 소리에 묻힐 뿐이었다. 보타의 목소리도 들려오지 않았다. 서로를 죽일 듯이 싸우기는 했지만 내심 마음에 걸렸다. 저체온증 때문에 정신을 잃은 것인지, 아니면 토라져서 말을 하지 않는 것인지 알 수 없었다. 끝이라고 생각하니 뻘에 파묻힌 준의 알아듣지 못할 신음이라도 듣고 싶었다. 그런데 저 멀리서 사람의 것으로 보이는 실루엣이 보였다. 나는 악을 썼다.

"여깁니다! 여기!"

군인인 것 같았다. 파도 소리가 얼마나 크든 나는 혼자서 열심히 팔을 흔들며 실루엣을 향해 소리쳤다. 그런데 그것이 시서히 우리 쪽으로 다가올수록 내가 알고 있던 국방색 규복이 아니라, 소여물을 밤새 졸인 듯한 걸쭉한 갈색 군복이 보였다.

"살려……".

실루엣의 정체는 인민군이었다. 군복 군데군데 구멍이 나 있었다. 나는 기겁하여 고개를 숙였다. 인민군 둘이 우리를 향해 다가왔다. 키 작은 인민군 하나가 내 앞에 섰다. 나는 뻘에 얼굴을 처박고는 움직이지 않았다.

"동무. 이거, 죽은 몸……입니까?"

철 막대기 같은 것이 내 등을 쿡쿡 찔렀다. 순간 소리를 낼 뻔했으나, 입을 막고 있는 뻘 덕분에 가까스로 위기를 넘길 수 있었다. 찰박거리며 나를 향해 다가오는 소리가 들렸다. 곧이어 더 나이가 있어 보이는 인민군이 다가와 말했다.

"고저 남조선에서 떠내려온 것 같구만, 기래."

"혹시 어제 남쪽에서 난 총소리가……. 전쟁이라도 나는 거 아닙니까?"

나이 많은 인민군이 내 앞에 철푸덕 주저앉더니 내 주머니를 뒤적이기 시작했다.

"뭘 상관이네? 남조선 아새끼들이 좀 죽어야 우리가 살지."

키 작은 인민군은 보타가 있는 방향으로 찰박찰박 발소리를 내며 다가갔다. 나이 많은 인민군이 말했다.

"꼬부랑 국수가 있음 싶은데."

그런데 보라와 나 사이에 있던 사림 형대의 뻘 그 각상에서 손이 튀어나오더니 키 작은 인민군의 멱살을 잡아챘다. 인민군은 소리를 지르며 총을 쏘았으나, 총알은 모두 뻘에 박혀 버리고 말았다. 손은 키가 작은 인민군의 머리채를 잡더니 그대로 뻘에 쑤셔 넣었다. 몸이 빠져나오려 발버둥을 쳤다. 싱크로나이즈드다이빙을 하는 것만 같았다. 나도 타이밍을 놓치지 않았다. 나이 많은 인민군의 발목을 잡고 깨물었다. 그러나 소리 지르고 뻘을 던지느라 힘을 뺏던 바람에 완전히 쓰러뜨리지 못했다.

인민군이 내게 총을 겨누었다.

"이, 간나 새끼가……."

순간, 멀리서 뻘이 날아와 총열을 감쌌다. 보타가 던진 뻘이었다. 그러자 총이 발사되지 않았다. 나는 그 틈에 나이 많은 인민군을 완전히 넘어뜨리고는 그의 입에 뻘을 밀어 넣었다. 처절한 싸움이 계속됐다. 이소룡이나 톰 크루즈처럼 화려한 킥을 선보일 수는 없었다. 우리가 하는 싸움은 복싱보다는 레슬링에 가까웠다. 잡을 수 있는 곳이라면 뭐든 잡아당겼다. 머리카락을 잡아챘고 팔을 당겼다. 이윽고 나는 나이 많은 인민군의 고환을 잡아당겼다. 그러자 그는 짤막한 비명을 내지르며 뻘에 머리를 박았다. 카메라가 있었다면 충무로역의 한 벽면을 가득 채울 만한 명장면이 탄생했을 것이다.

탕—

그때 멀리서 들려온 총소리에 우리는 일제히 모든 행동을 멈추었다. 육지 쪽에서 날카로운 목소리가 여럿 들려왔다.

"종간나 새끼들!"

이제야 눈앞에 펼쳐진 모든 상황이 한눈에 들어왔다. 준은 뻘 산에서 몸을 버둥거리다가 그대로 체포됐고, 보타는 자기 혼자서 바다로 헤엄쳐서 남쪽으로 도망치려 했으나, 파도 때문에 계속해서 자기 자리로 계속해서 되돌아왔다. 끝이었다.

나는 총 든 사람들을 향해 두 손을 들고 외쳤다.

"Don't shoot(쏘지 마세요)!"

혹시나 알아듣지 못 할까 봐, 연달아 외치려 했다.

"쏘지 마세요! 나 조선……."

그러나 그들에게 돌아온 대답은 의외의 것이었다.

"Fuck you(꺼져)!"

개머리판에 정통으로 맞고 정신을 잃었다.

옥토퍼스

이곳의 생활은 영어마을과 정반대였다. 영어를 쓰면 맞았고, 한국말을 쓰라고 강요받았다. 불과 수 킬로미터 차이인데 이렇게 다르다니. 준과 나는 한 방에 수감되었고, 보타만 따로 어딘가로 데려갔다. 병사가 보타는 교육을 더 받아야 한다고 했다. '그 누구보다도 한국을 싫어하는 사람이 보타인데?'라는 생각이 들었으나, 입 밖으로 말을 꺼내지는 않았다.

준과 나는 가건물에 남아 함께 생활했다. 전통 방식도 아니고, 밀림에 떨어진 조난자의 임시 거처처럼 나무로 얼기설기 지어놓은 건물이었다. 바람이 불 때마다 금방이라도 무너질 것같이 삐걱삐걱 소리를 냈다. 방 내부도 단출했다. 칠이 다 벗겨진 철제 책상 하나와 앉으면 힘없이 부서질 듯한 의자가 서로를 마주 보게 놓여 있었다. 병사는 갱지보다 못한 종이로 된 교재를 가져오더니 내게 들이밀었다. 표지는 붉었고 검은 글씨로 "위대한 령도자, 김일성 위원장님 전기"라 적혀 있었다.

"찌르면 나올 때까지 달달 외우도록."

그는 눈앞에서 대검을 한 바퀴 휘둘렀다. 대검 끝이 녹슬어 있었다. 조금만 스쳐도 파상풍에 걸릴 것만 같았다. 과거에는 인분을 적에게 던졌다는데, 그런 용도인가 싶었다. 어쩔 수 없이 책을 폈다. 고난의 행군 시대 때부터 내려온 것인지, 조금만 힘을 주어도 누런 종이가 찢어질 것만 같았다. 실수로 김일성 일러스트라도 구긴다면 내 얼굴도 함께 구겨지겠지.

손끝으로 조심스럽게 종이를 넘겨가며 글을 읽었다. 검증되지 않은 김일성 일대기를 집약해놓은 내용이었는데, 한국말로 적혀 있음에도 무슨 말인지 도통 알 수 없었다. 사람이 어떻게 허공을 날아다니고 물 위를 걸어다닐까? 그리고 솔방울을 던져서 수류탄으로 사용했다는데, 그럼 마이다스의 손처럼 만지는 모든 게 폭탄으로 변하는 저주를 받았다는 게 아닌가? C급 슈퍼 히어로물이라 생각하니 그나마 읽어 내릴 수는 있었다.

가만 보니 인민군들도 김일성 전기 외우기가 고문인 것을 분명 알고 있는 모양새였다. 만약 좋은 것이었다면 굳이 외우라고 강요할 필요도 없었겠지. 치킨집이 잘된다는 소문이 들리면 ㅇㅋㄱ 치킨집을 치리고, 기폐기 곧된디는 소문이 들리면 우르르 카페를 차리는 것이 사람 심리니까.

그런데 그 순간, 한국의 영어 교육이 떠올랐다. 왜 그랬을까? 어렸을 적 혀 수술을 받고, 영어 단어를 외우지 못하면 집에 가지 못하고, 영어 점수가 낮으면 회초리를 맞는, 이 일련의 고문에 가까운 경험과의 연관성 때문이었을까? 병사가 자리를 비웠을 때, 나는 준에게 불만을 토해냈다.

"어떻게 다 외워, 이걸."

"방법이 있지."

준은 갑자기 발을 구르기 시작하더니, 입으로 박자를 만들어냈다. 화려했다. 킥, 스네어 드럼, 808 베이스 소리. 온몸이 신시사이저 같았다. 준은 비트에 맞춰 랩을 하기 시작했다.

"장군님 솔방울 던지니 수류탄 터진다. 네 머릿속 내 랩으로 적화통일. 상해서 온 이들에 인민들 속상해."

절로 환호성이 나왔다. 누가 듣든 말든 몸이 먼저 반응했다. 입으로 트럼펫 소리를 냈다. 북한에서 음반으로 내면 멜론 차트, 아니 향참외 차트 1등은 따놓은 당상일 듯했다.

"뭐 하니?"

병사가 발로 문을 차고 들어왔다. 나는 바로 책을 집어 들고는 읽는 척 자세를 잡았다. 완벽한 자세, 완벽한 시선 처리. 부모님 몰래 한국 드라마를 보다가 들켰을 때 『드와일라잇』을 재빠르게 꺼내 들던 경험이 큰 도움이 되었다. 아, 어머니, 모두

이 순간을 위해서였군요.

그러나 빠르게 책을 집는 바람에 책 일부가 찢어졌다. 손으로 급히 찢어진 부분을 가렸다. 게다가 준은 흥을 참지 못하고 비트박스를 이어갔다. 일렉기타 리프 하나만 더 들어갔다면 병사도 춤을 추었을 것이다. 그러나 병사는 준의 모습을 보고는 어이가 없는지 실소를 내뱉었다. 피날레.

"장군님. 축지법 쓰신다. 물 위를……."

병사는 천으로 준의 입을 막았다. 준은 재갈이 물린 상태로도 소리를 내며 리듬을 탔다. 완벽한 엇박이었다. 병사는 준을 책상에다 두어 바퀴 묶어버리고는 한숨을 크게 내쉬었다. 더 조치를 취하지 않는 것을 보니 다행히 우리를 해칠 생각은 없는 것 같았다.

나는 용기 내어 조심스럽게 책을 내린 뒤 병사에게 물었다.

"혹시 보타는……."

병사의 날카로운 눈빛에 눈을 책으로 내리깔았다. 자칫하면 군홧발에 걷어차일 듯했다. 병사는 잠시 고민하더니 말했다.

"보타? 아, 그 백인 놈?"

내가 고개를 끄덕이자 병사가 말했다.

"떠났지, 기래."

떠났다니. 다리에 힘이 풀렸다. 총살을 당한 것일까? 그것도 아니면 어디에 생체 실험체로 팔려간 것일까? 이렇게나 빨리?

병사는 내 아연실색한 표정을 보더니 고개를 저었다.

"니도 준비해라, 곧 떠날 테니."

두려움이 엄습했다. 보타가 죽었다니. 보타는 자신이 원하던 대로 싫어하는 한국을 떠났으나, 하필 도착한 곳이 다소 다른 방향으로 뒤틀린 한국이었다. 보타의 죽음을 듣고 나니 서서히 북한에 온 것이 실감나기 시작했다. 죽은 보타의 혼령이 한반도를 돌아다니며 한국인이라면 물불 가리지 않고 괴롭힐 것만 같았다. 한국말 하는 백인 귀신을 마주하면 과연 한국인들은 어떻게 반응할까? 다른 인종의 귀신을 마주한 것에 비해 다들 호의적으로 접근할까? 쓸데없는 생각은 거기까지였다.

"장군님. 축지법……."

준은 재갈을 문 상태에서도 노래를 불렀다. 저놈 때문에 꼭 북한 테마파크라도 온 것만 같았다. 죽을 수도 있다고 생각하니 책이 눈에 더 들어오지 않았다. 병사는 꾸물대는 나를 보더니 질문에 대답하지 못하면 또 개머리판으로 맞을 것이라 했다. 그러나 그냥 맞기로 했다. 선생에게 맞으면서도 영어 공부에 실패했는데, 김일성 전기 외우기는 더 했으면 더 했다. 문밖에서 웅얼거리는 소리가 들렸다. 누가 화를 내고 있는 듯했다.

"간나 새끼 반동분자……."

나는 준의 입을 막고는 조심스럽게 열쇠 구멍을 들여다보았다. 병사는 어디 갔는지 자리에 없었고, 두 사람이 복도를 서성이고 있었다. 한 사람은 인민군 장교인 듯했고, 다른 한 사람은 김정은과 비슷한 인민복을 입고 있어 당 간부 같아 보였다.

당 간부가 말했다.

"일처리를 왜 아새끼들처럼 해서는……."

인민군 장교가 당 간부에게 말했다.

"동무, 당에는 언제……."

당 간부는 뒷짐을 지고 대답했다.

"내 알아서 하니, 강 동무는 간나 새끼들 사상 교육이나 잘 시키시오."

인민군 장교가 불안한듯 손을 떨었다.

"고조, 죽여야 하는 거 아님둥? 가짜 딸라 땅굴로 빼돌린 게 들키면……."

그러자 당 간부가 소리를 빽 질렀다.

"당의 명령은 절대적이야! 간나 새끼, 죽고 싶어?"

간부의 호통에 인민군 상교가 차렷 자세로 꼿꼿하게 섰다. 식은땀이 뺨 아래로 뚝뚝 흘렀다.

당 간부가 인민군 장교에게 삿대질을 하며 말했다.

"저 아새끼들이 어디서 온 줄 알고? 함부로 죽였다가 우리가 다 죽어."

당 간부가 문을 가리켰다. 놀라서 열쇠 구멍에서 눈을 뗐다.

"한 놈 빼면 전부 조선인도 아닌 것 같고만. 그 한 놈도 양놈 말을 줄곧 하는데, 멋모르고 죽이면 일이 더 커질 수 있으니, 저 아새끼들 어디서 온지 파악하고 나서 처리해도 늦지 않아."

희망이 보였다. 우리를 여태껏 어떻게 하지 못한 것으로 보아 저들 또한 곤란한 상황에 처해 있는 것 같았다. 머릿속에 시나리오가 쓰였다. 윗선 몰래 저들이 위조지폐를 빼돌려 P시 영어마을을 통해 자금 세탁을 한 거지. 그러니 우리 존재를 아직 상부에 알리지 못했겠지. 우리 존재를 아는 이는 간부와 인민군 장교 그리고 우리와 싸운 휘하 인민군 병사 둘뿐이었다. 이대로 도망 갈 수만 있다면 누구도 우리를 쫓아오지 못할 것이다. 속으로 쾌재를 외쳤다.

그런데 어떻게 도망가야 한단 말인가?

몸은 꽁꽁 묶여 있는 데다, 남쪽으로 내려갈 배 같은 수단도 없었다. 우리를 도와주러 올 사람도 없었다. 아무리 머리를 굴려봐도 도저히 답이 나오지 않았다.

늦은 밤 문이 열리고 인민군 장교가 방으로 들어섰다. 그의 키는 160센티미터가 채 안 되는 것처럼 보였으나, 허리가 무척이나 꼿꼿해서 아래서 올려다보니 키가 꽤 커 보였다.

그는 나를 발로 차더니 손가락질을 하며 외쳤다.

"뭐야, 저 간나는?"

겁에 질려 고개를 숙였는데, 그의 손가락은 내 뒤를 향하고 있었다. 준이었다. 준은 펜을 문 아나운서처럼 재갈을 물고서도 똑바른 발음으로 노래를 부르고 있었다. 대신 준의 얼굴은 침과 뻘이 섞여 축축했다. 인민군 장교가 준의 얼굴을 이리저리 살피더니 그의 재갈을 풀고는 문 쪽을 향해 외쳤다.

"이 간나 새끼 씻겨서 오라. 무슨 오징어도 아니고."

준이 고개를 갸우뚱하며 말했다.

"오징어? 낙지가 아니고?"

이런 상황에서 질문을 던지다니. 간도 컸다. 인민군 장교는 어이가 없다는 듯이 실소를 터뜨렸다.

"뭔 말이니? 낙지는 저 바다 밑에 사는 거고, 오징어는 저기 뻘에 사는 거지."

"아니지, 반대지. 오징어가 바다에 살고, 낙지가……."

인민군 장교가 짜증 섞인 목소리로 문밖을 향해 소리쳤다.

"뭐, 단고기라도 해 먹니? 안 오고 뭐 해!"

인민군 병사 둘이 방 안으로 헐레벌떡 뛰어 들어와 준을 끌고 나갔다. 바깥에서 철썩철썩 파도 소리 같은 물 뿌리는 소리가 들려왔다. 준이 문밖으로 사라지고 나서 인민군 장교의 시선이 나를 위아래로 훑었다. 두려움에 몸을 벌벌 떨었다. 갑자기 그가 권총집에서 권총을 뽑더니 내 이마에 겨눴다. 이마에 느껴지는 서늘한 총구에 소름이 돋았다.

나는 눈을 감은 채 몸을 벌벌 떨며 외쳤다.

"Sorry! Sorry! I'm octopus(죄송합니다! 나는 낙지입니다)!"

순간, 나도 모르게 튀어나온 영어에 입을 오므렸다. 군홧발이 날아들 것만 같았다. 아니면 보타처럼 어딘가로 끌려갈지도 몰랐다. 그런데 인민군 장교가 고개를 갸우뚱했다.

"옥토퍼스는 문어지. 나도 그 정도는 안다."

인민군 장교는 다소 놀란 내 표정을 보더니 코웃음을 쳤다.

"공화국에서도 영어는 필수 덕목 중 하나야."

그러더니 'Water(물)'를 "워어-타"로 발음했다. 전형적인 영국식 발음이었다. 인민군 장교가 말했다.

"정직한 발음이지. 네들이 추종하는 미제 놈들처럼 묵음 같은 그런 종간나는 없어. 명백히 있는 걸 없다고 하는 건, 공산주의를 따르는 우리 공화국 근간과도 맞지 않아."

나는 고개를 강하게 끄덕였다.

"암요, 암 그렇고말고요."

유일하게 내가 그에게 동의하는 지점을 하나 찾았다. 단어에 'T'나 'H'가 있는데, 왜 발음하지 않는 걸까? 소리가 나지 않으면 적지를 말든가. 내가 그를 향해 고개를 조아리자, 인민군 장교는 나를 보고 씩 웃더니 오른쪽 허리춤에 매단 권총집에 권총을 집어넣었다.

"남조선에서는 오징어를 닉지라 한다지. 참으로 이상하구만 기래."

　마침 뻘을 모두 씻겨낸 준이 낙지, 아니 오징어처럼 우리 앞에 내동댕이쳐졌다. 인민군 장교가 우리를 번갈아 보았다.

　"그런데 조선인 아닌 놈은 조선어를 하고, 조선인 같은 놈은 조선어를 안 하고, 이게 뭐니?"

　그러자 갑자기 준이 벌떡 일어나서는 겁에 질린 나를 향해 속삭였다.

　"나 넷플릭스 다큐멘터리에서 봤는데, 북한이 먼 옛날 한국 같다고 하더라고. 로마에 가면 로마법을 따라야지."

　그러고는 나 대신 준이 말을 이었다.

　"그런 말 마시오. 우리말이 우리에게 소중하듯, 내 친구도 내 친구의 언어가 소중하오."

　하오체라니. 독립투사 같았다. 얼굴에 영어 문신이 가득한 LA 갱스터가 저리 말하니 다소 괴리감이 느껴졌다. 나는 준을 뚫어져라 바라보며 그만하라는 눈빛을 보냈지만, 준은 계속 말을 이었다.

　"크흠, 1864년 동문관이 한역하여 출판한 만국공법에 의하면……."

　퍽 소리와 함께 준의 턱이 돌아갔다. 준은 그대로 바닥에 고꾸라졌다. 인민군 장교가 뇌까렸다.

　"간나 새끼가. 장난하니?"

주체 아이디어

고문은 계속됐다. 김일성 전기를 암송할 때 한 글자라도 하나라도 틀리면 바로 고문이 시작됐다. 고문은 주로 잠을 재우지 않거나, 거꾸로 매달아놓고 코에 물을 붓는 것이었다. 북한은 아직 물이 맑아서인지 덕분에 비염이 치료되었다. 외우는 것에 재능이 없어 준보다 내가 더 많이 고문당했으나, 준은 김일성 전기를 읊으면서 래퍼처럼 라임과 플로를 넣는 바람에 고문의 세기는 더욱 심했다. 고문을 담당하던 병사마저 땀을 뻘뻘 흘리며 주저앉을 정도였다. 병사가 물었다.

"이렇게 돌대가리인데, 영어는 어케 배웠어?"

제대로 배우지도 못했다고 말하고 싶었으나, 코에 물이 들어차는 바람에 말할 수가 없었다. 모진 고문이 이어지는 와중에 인민군 장교가 문을 열고 들어오더니 우리에게 말했다.

"간나 새끼들. 네들을 위해 특별 선생을 데려왔다."

새로운 고문 기술자인가 싶었다. 아니면 북한 아나운서? 선전물에 나오게 하려면 제대로 가르쳐야 할 테니까. 전보다 조금은 우리를 유하게 대하지 않을까 싶었다. 그런데 문을 열고 들어온 이는 분명 병사가 떠났다고 말한 사람이었다.

"위대한 수령 동지께서는, 인민들을 절대 내버려두시지 않는다!"

……보타였다. 알고 보니 북한말로 '떠났다'는 '출발했다'는 의미였고, 보타는 우리와 다른 시설에서 철저히 세뇌 교육을 받았던 것이다. 인민군복을 입고서 절도 있게 걷는 보타의 모습에 이질감이 들었다. 눈빛이 살아 있어 진심으로 느껴질 정도였다. 분명 누군가 보타 머리에 총구를 겨누고 우리를 위협하라 했을 것이다. 그렇지 않고서는 사람이 한순간에 저렇게 바뀔 수는 없었다. 준은 미소를 지으며 보타를 맞이했다. 물론 LA 스타일로 주먹을 맞부딪치지는 못했다.

준은 거꾸로 매달린 채 콧구멍에서 물을 뿜어내며 말했다.

"보타! 살아 있었구나!"

그러나 보타는 준에게 눈길조차 주지 않았다. 준이 말을 이었다.

"너한테도 김일성……."

보타가 권총집에서 권총을 뽑아 준의 이마를 겨누었다.

"그 더러운 입에 수령님 존함 담지 마라!"

수만 광년을 달려온 외계인이 지구에 불시착하여 우주선 밖으로 나왔을 때 영어를 하면 이런 느낌일까? 보타의 억양은 완벽히 현지의 것이었다. 두려움보다는 당혹감이 더욱 밀려왔다.

나는 화가 치밀어 올라 보타에게 외쳤다.

"미친놈 아니야? 무슨."

이번에는 보타가 내 이마에 권총을 겨누었다.

"닥쳐라! 미제 앞잡이 새끼들. 모가지를 전부 따버리갔어!"

나는 곁눈질하며 권총을 살폈다. 권총 탄창에는 구릿빛 실탄이 장전되어 있는 데다 보타는 방아쇠에 손가락을 올려놓고 있었다. 놀라서 뭐라 말을 할 수가 없었다. 일촉즉발의 상황이었다. 그때 문 쪽에서 중후한 목소리가 들려왔다.

"에이, 동무. 과거 동무들끼리 그라면 되나."

인민복을 입은 당 간부가 문을 열고 안으로 들어왔다. 전에 열쇠 구멍을 통해 보았던 간부였다. 그는 부드러운 손짓으로 보타를 말렸다. 보타는 매서운 눈빛으로 나를 노려보다가 권총을 거두고 권총집에 밀어 넣었다.

"이 동무들이, 남조선 괴뢰 정부에 세뇌를 당해서 아직 우리 공화국이 어떤 곳인지를 몰라서 기래."

당 간부가 불쑥 고개를 숙여 보타의 얼굴을 살폈다.

"영 얼굴이 못쓰게 됐는데, 어째. 그래, 조선 밥이 입에 안 맞나?"

그러더니 인민군 장교와 병사를 날카로운 눈초리로 바라보았다. 엄중한 경고의 뜻이 담긴 눈빛이었다. 보타는 첫사랑이라도 마주한 소년처럼 수줍게 고개를 저었다. 퍽 감동받은 표정이었다.

"일없습니다. 령도자 동지의 은혜로 이렇게 살아갈 수 있는 것 자체가……."

분명 한국말인데, 도통 알아들을 수가 없었다. 일이 없다니. 얼굴을 붉힌 것과는 다르게 자신에게 상관하지 말라는 말투였다. 당 간부는 보타의 등을 두들기며 말했다.

"동무 같은 혁명 영웅이 있어 공화국의 미래가 밝소. 앞으로도 민족을 위해 혁명적으로 행동하시오. 그 전에 이 동무들도 혁명의 길로 이끌어주고."

보타가 당 간부를 향해 공산당식 경례를 했다. 절도 있는 움직임이었다. 당 간부는 그 모습을 보고서 껄껄 웃더니 인민군 장교는 물론, 병사에게도 밖으로 나가자는 신호를 보냈다. 인민군 장교는 보타를 향해 떨떠름한 표정을 지어 보였지만, 하는 수 없이 당 간부 뒤를 따랐다. 보타는 그들이 시야에서 완전히 사라질 때까지 손을 내리지 않았다.

이윽고 방 안에 우리 셋만 남게 되자, 준이 보타에게 말했다.

"우릴 구해주러 왔구나. 역시 우린 친구, 아니 가족이야. 보타."

그런데 갑자기 보타가 구둣발로 준의 얼굴을 걷어찼다.

"내 가족은 조선 인민과 위대하신 위원장님뿐이다!"

보타는 인민군 병사보다 더욱 가혹하게 우리를 다루었다. 침묵조차 용인하지 않았고, 조금이라도 반항하려는 낌새가 보이면 가차 없이 군홧발로 엉덩이를 걷어찼다. 그는 우리에게 김일성 전기를 외우게 할 뿐만 아니라 주체사상을 전파하려 애썼는데, 눈을 뒤집고서 침을 튀겨가며 말하는 모습이 꼭 사이비종교에 깊이 빠진 사람 같았다.

"인민이 주인임을 자각하게끔 하는 것이 바로 주체사상의 핵심이다."

입에 발린 말이었다. 넷플릭스에 심취해 있던 나는 다큐멘터리를 통해 주인은커녕 노예처럼 생활하고 있는 북한 주민들의 실태를 알고 있었다.

비아냥거리는 말투로 보타에게 물었다.

"그럼 북한 주민들은 왜 그렇게 굶고 있는 거야?"

이 정도는 건물 밖으로 나가지 않아도 알 수 있었다. 한국은 시골이라 해도 먹을 만한 무언가를 튀기고, 볶고, 찌고, 삶고 있는 냄새가 가득해서 그런지 밥 짓는 냄새가 두드러지지 않았다. 그러나 이곳에서는 유독 밥 짓는 냄새가 강하게 느껴졌다. 그 냄새도 이곳에 온 지 사흘 동안 고작 한 번 맡았을 뿐이었다.

보타는 눈을 부릅뜨고서 말했다.

"간악한 미제 놈들 때문에 그런 거지. 조선 인민들을 자기들 발아래에 두기 위해서 무엇이든 하는 놈들이야. 그러나 우리 조선민주주의인민공화국은 절대 굴하지 않아!"

그러더니 노래를 부르기 시작했다. 대충 수령님의 은혜로 배불리 살고 있다는, 현실과는 전혀 다른 가사였다. 어이가 없었다.

"그럼 위대한 수령 동지께서는 왜 애플 제품을 쓰는 거야? 미제 놈들의 술수에 주체성을 상실한 거야?"

보타가 내 배를 찼다. 억 소리가 절로 나오며 몸에서 힘이 쭉 빠졌다.

"고건 미제 놈들의 간악한 선전물이지. 이런 주체성을 상실한 남조선 간나 새끼들 때문에 인민들의 고통이······."

보타는 고개를 치켜들고는 눈물을 훔쳤다. 도저히 눈 뜨고 볼 수가 없어 눈을 감으려 했는데, 보타가 내 이마를 권총 총구로 쿡쿡 찌르는 바람에 억지로 뜨고 있어야 했다. 그는 잠긴 목을 가다듬더니 주체사상에 대해 말을 이었다.

"주체사상에 따르면 정신력과 노력으로 세상 모든 것을 변

하게 할 수 있지. 우리 인민들은 스스로 이 세계를 개척해나가
며 정신력으로 끝내 미제를……."

준이 다리를 번쩍 들어 올렸다. 손이 묶여 있어서 대신 다리
를 든 것 같았다. 준이 물었다.

"질문 있소이다."

여태 인민군을 대하는 준의 말투는 하오체에 머물러 있었
다. 이제 병사는 물론 장교까지 준을 이상한 사람이라면서 그
러려니 했다. 보타가 미소를 지으며 준에게 말했다.

"동무는 학구열이 엄청나고만. 그래, 궁금한 게 뭐야?"

준의 눈이 반짝거렸다. 또 무슨 미친 짓을 할까 다소 불안했
다. 준이 물었다.

"동무의 말씀에 따르면 뭐든 의지와 노력으로 이겨낼 수 있
는 거 아니요?"

보타가 고개를 끄덕였다.

"맞지. 제대로 들었고만."

준이 해맑게 눈을 껌뻑거리며 말했다.

"지금 당장 동무의 노력으로 프라이드치킨도 만들어 낼 수
있소? 기왕이면 버드와이저도 같이 부탁드리오."

준의 얼굴에는 장난기라고는 찾아볼 수가 없었다. 비꼬는
말투도 아니었다. 그가 말하는 모든 말은 모두 진심이었다. 보
타는 악 소리를 지르며 곧바로 준의 가슴을 발로 찼고, 준은 바

닥에 널브러져 외쳤다.

"아니, 미국을 정신력으로 없앨 정도면! 치킨에 맥주 정도는!"

보타의 발길질에도 진심이 담겨 있었다. 마음 같아서는 나도 보타와 함께 준을 발로 차고 싶었다. 이런 상황에서 어떻게 그런 농담이 나올 수 있는 건가 싶었다. 준의 얼굴이 축축했다.

나는 보타에게 물었다.

"도대체 너 왜 그래? 고문이라도 심하게 받은 거야?"

보타는 발차기를 멈추더니 왼쪽 가슴 위에 손을 올렸다.

"우리 조선민주주의인민공화국은 나를 가감 없이 받아줬지. 외모가 문제가 아니었어. 주체사상 아래, 공화국은 나를 인민들과 같은 동지로, 동무로 받아들여줬다는 말이다."

할 말이 없었다. 오히려 얼마나 외로웠으면, 하고 동정심이 솟구쳐 올랐다. 사이비종교에 빠진 사람도 마찬가지겠지. 그들은 사상이나 구원을 진정으로 쫓기보다는 단순히 자기 옆에 있어줄 사람이 필요했을 것이다. 사이비종교나 비열한 탈을 쓴 이념이 그 외로운 틈을 파고든 것이고.

보타, 우리가 있잖아.

이 말을 하고 싶었으나, 여차하면 날아올 군홧발이 두려워 입을 다물었다. 그런데 바닥에 널브러져 있던 준이 고개를 떨구고서 신음에 가까운 목소리로 말했다.

"우리도 그랬잖아. 가족이잖아, 보타."

보타는 오래도록 침묵했다. 잠시 시간이 멈춘 것만 같았다. 문 쪽에서 헛기침 소리가 들렸다. 우리에게서 아무 소리도 들리지 않는 것을 의식한 병사가 낸 소리일 것이다. 나도 준과 같은 마음임을 처절한 눈빛으로 보타에게 보냈다. 보타의 눈빛이 흔들렸다. 준은 천천히 고개를 들어 보타를 보았다.

"그러니까, 치킨에 맥주……."

힘들게 쌓아 올린 침묵이 속절없이 무너져 내렸다. 준의 얼굴 아래 축축한 액체의 정체는 눈물이 아니라 침이었다.

보타는 준과 나를 보면서 한숨을 내쉬더니 말했다.

"종간나들. 같은 민족이라는 게 부끄럽고만."

프리즌 브레이크

밤이 되어 가건물 안에는 준과 나, 또 둘만 남게 됐다. 보타는 방을 나서면서 우리에게 내일 있을 사상 교육을 준비하라고 말하며 권총을 만지작거렸다. 탈출이나 자살이라는 애먼 생각은 하지 말라는 일종의 경고였다. 자살을 타살로 협박해서 막다니. 아이러니했지만 죽음 역시도 스스로의 선택이 아니라, 엄중한 당의 심판을 통하라는 전체주의식 프로파간다의 한 부분이라 생각하니 이해가 되었다. 이곳에서는 죽음 역시 개인의 것이 아니었다. 그러나 종일 말도 안 되는 사상 교육과 함께 고문을 받다 보니 나도 모르게 책을 펴놓고 꾸벅꾸벅 졸았다. 준이 침묵하고 있는 것도 한몫했다.

보타는 준의 입에 재갈을 물린 것은 물론, 머리에 양동이를 씌워놓았다. 보타의 조치가 처음에는 야속하다가도, 시간이 갈수록 수긍이 되었다. 준과 함께 보타에게 고문받는 입장이었지만, 시도 때도 없이 노래를 불러대는 바람에 준에게도 정신적으로 고문받는 것만 같았다. 그런데도 노래를 못 불러 죽은 귀신이라도 들린 것인지, 양동이 속에서까지 희미한 노랫소리가 들려왔다.

새벽녘, 다급한 발소리가 소음 하나 없는 북한의 밤공기를 갈랐다. 아직 문도 열리지 않았는데도 눈이 번뜩 뜨일 정도로 사방은 고요했다. 역시 얼마 지나지 않아 문이 벌컥 열리더니 누군가 방으로 들어섰다. 인민군 장교였다. 문 칸에서는 늙은 병사가 졸고 있었다. 그는 졸고 있던 병사를 무시한 채 바로 우리 앞에 섰다. 고개를 들어 보니 겁에 질려 있었다. 얼굴에는 핏기가 없었고, 카바이드 램프를 든 손을 벌벌 떨었다.

장교가 우리에게 물었다.

"혹시 이분 아시니?"

그는 자기 뒤편을 두 손으로 가리켰다. 눈을 가늘게 떠서 어둠 속을 보았다. 어둠 속에서 유창한 중국말이 들려왔다.

"你好(안녕)."

어둠 속에서 모습을 드러낸 이는 샤오였다. 이곳에서 보게 될 줄은 몰랐다. 영어마을에서 벗어난 직후 그동안 잊고 있었다. 반가움과 걱정이 섞여 들었다. 어버버. 처음 영어를 배웠을 때처럼 말을 더듬었다. 팔꿈치에 흙이 묻어 있기는 했으나 전반적으로 달라진 점은 보이지 않았다. 양동이에서도 소리가 들려왔다. 샤오 목소리에 준이 반응한 모양이었다.

장교가 소리 나는 양동이를 보고는 놀라더니 준임을 알아채고는 내 답을 보챘다.

"아느냐고!"

나는 떨리는 목소리로 그에게 말했다.

"그, 영어마을에서 만난 중국인입니다."

그러자 장교는 눈을 감고 한숨을 크게 푹 쉬더니 샤오가 갑자기 이곳에 찾아왔다면서 "라이언, 보타, 준"을 자기에게 반복해서 물었다고 했다. 샤오는 우리를 향해 손가락질하며 뭐라 말했다.

장교가 내게 물었다.

"뭐라니?"

나는 고개를 저었다. 영어도 제대로 못하는데, 중국어를 알 리가 없었다. 그러자 장교는 샤오를 향해 또박또박 말했다.

"당, 신, 누, 구, 요?"

천천히 입 모양을 크게 해서 말하면 알아들을 것이라 생각하는 모양이었다. 갑자기 샤오가 삼국지 장비가 환생한 것 같이 중국어로 크게 소리치더니 장교를 몰아붙이기 시작했다.

샤오의 당당한 모습에 이상함을 느낀 장교는 샤오가 손에 들고 있던 가방을 빼앗아 내부를 살폈다. 가방에서 무언가를 발견한 장교의 입술이 떨려왔다. 장교는 샤오의 가방을 바닥에 떨어뜨리고는 샤오를 향해 경례했다.

"죄, 죄송합니다!"

가방이 바닥에 떨어지며 물건 하나가 튀어나왔다. 붉은 수첩이었다. 카바이드의 옅은 불빛 아래에서 붉은색 수첩이 더 붉게 보였다. 가만 보니 수첩 앞면에는 한자로 "중국 공산당 당원증"이라 적혀 있었다. 자고 있느라 한 박자 늦게 장교를 뒤따라온 눈치 없는 늙은 병사가 뚱한 표정을 짓더니 한 박자 늦게 샤오를 향해 경례하고는 장교에게 물었다.

"누구……."

장교는 대답하지 않고 허우적거리며 샤오의 가방을 챙겨 들고는 기합이 들어간 자세로 다시 빳빳하게 섰다. 샤오는 그 모습을 보더니 제 손을 들어 올렸다. 샤오의 손이 묶여 있었다. 장교는 화들짝 놀라 손수 샤오의 손을 묶은 밧줄을 풀어주더니 늙은 병사에게 명령했다.

"저기, 중국어 잘하는, 그, 박 동지, 불러오라우."

늙은 병사가 느릿느릿하게 말했다.

"밤이 이렇게나 깊은……."

"얼른!"

그제야 겁에 질린 장교의 얼굴을 보고 상황을 파악한 늙은 병사가 자리를 박차고 밖으로 나갔다. 장교는 계속해서 샤오를 향해 미안하다는 말을 반복했다.

"이리 귀중한 분을 몰라뵙고……."

샤오는 팔짱을 끼고서 한숨을 푹 내쉬더니 우리를 향해 손가락을 까딱거렸다. 문제는 장교가 샤오의 말을 하나도 알아듣지 못했다는 것이다. 장교는 샤오가 도통 무슨 말을 하는지 몰라 울상을 지었다. 미안하다는 뜻으로 손을 내젓고, 고개를 숙일수록 샤오의 목소리는 커져갈 따름이었다. 이윽고 그는 울음 가득한 목소리로 말했다.

"진작 중국어를 배웠다면……. 그러면 애들에게 매일 이팝은 못 먹여도 굶기지는 않았을 텐데……. 텔레비죤도 사줄 수 있었을 텐데……."

사람 사는 곳은 다 비슷한 모양이었다. 측은한 마음마저 들었다. 우리는 영어, 여기는 중국어라니. 살아남기 위해, 자식을 굶기지 않기 위해 다른 나라 언어에 목을 매는 상황이었다. 장교 뺨에 흐르는 눈물을 보더니 샤오는 참다못해 직접 우리 몸을 묶어놓은 밧줄을 풀기 시작했다. 장교가 샤오에게 우리를 손바닥으로 가리키며 조심스럽게 물었다.

"혹시, 아시는 분……."

샤오가 노려보자 인민군 장교는 말을 삼켰다. 목이 날아갈지도 모른다고 생각했는지 얼굴이 허옇게 질려 있었다. 샤오는 준과 나를 일으켜 세우더니 밖으로 데리고 나가려 했다.

그때 누군가 우리를 막아섰다.

"무슨 일입니까?"

당 간부가 도착했다. 장교는 미칠 지경이었다. 중국어 잘하는 사람을 불러오라고 했는데, 하필이면 당 간부를 불러오다니. 나는 무슨 일이 벌어질 것 같은 긴장된 분위기에 샤오를 향해 곁눈질했다. 그러나 샤오는 오히려 당당한 표정으로 당 간부에게 다가가서는 다짜고짜 준을 가리키더니 자기 바지를 펄럭거리며 뭐라 말했다. 그 말을 들은 당 간부의 얼굴도 장교와 마찬가지로 순식간에 질려버렸다. 당 간부가 늙은 병사에게 말했다.

"저분들 옷 어딨어?"

늙은 병사가 부리나케 어디론가 달려가더니 우리 짐을 가져왔다. 뻘이 묻은 채로 옷이 굳어버려 도저히 입을 수가 없어 보였다. 당 간부는 맨손으로 준의 옷을 구별해내어 여기저기 뒤적이더니 뒷주머니에서 무언가를 꺼냈다. 놀란 당 간부가 크게 허리를 숙였다.

"对不起(죄송합니다)!"

당 간부의 손에는 준의 소지품인 '중화 담배'가 들려 있었다. 붉은 바탕에 금빛 글씨가 강렬한 인상을 남겼다. 이렇게 정말로 쓰일 줄은 몰랐다. 준이 내게 승리의 눈짓을 보냈다. 장교가 중화 담배를 보더니 당 간부에게 물었다.

"그게…… 뭡니까? 동무."

당 간부는 고개를 숙인 채로 말했다.

"중국 공산당 간부들만 피우는 담배요. 이걸 가지고 있다는 건……."

장교의 얼굴이 이번에는 파랗게 질렸다. 미안하다는 말로 간청해서 끝날 수준이 아니었다. 그들에겐 중국 공산당 간부를 건드린 상황이었다. 장교와 당 간부는 저들끼리 속닥거리면서 긴급회의를 이어갔다. 도대체 상황이 어떻게 돌아가고 있는지 알 수 없었다. 샤오가 우리에게 따라오라 손짓하더니 당 간부에게 밖을 가리키며 '담배를 피우고 오겠다'는 의사를 표시했다. 당 간부가 고개를 끄덕이며 물었다.

"암요, 그런데 왜 귀하신 분들이 누추한 여기까지……."

샤오가 방을 나가려 하는데, 당 간부가 샤오를 막아섰다. 문제가 생긴 것 같았다. 샤오의 표정에서도 긴장감을 느낄 수 있었다. 그런데 당 간부가 샤오에게 어둠 속에서 무언가를 건넸다. 준의 중화 담배였다.

"이건 왜 안 가져가시는지……."

준은 자연스럽게 당 간부의 손에서 담배를 받아 챙겼다. 샤오는 대답하지 않고 있다가 당 간부의 따귀를 날렸다. 당 간부는 고개를 숙이며 "저不起(죄송합니다)!"를 연발했다. 장교도 마찬가지였다. 어눌한 발음이었으나, 따라서 열창했다.

샤오는 나갔다 오겠다며 다시 한번 강하게 힘주어 말한 뒤 자연스럽게 방을 나섰고, 우리는 그 뒤를 따랐다. 일단 밖으로 나오기는 했는데, 목적지가 어디인지는 알 수 없었다. 샤오에게 물어보려 했는데, 그의 발걸음이 어딘가 이상했다. 비정상적으로 빨랐다. 달아나는 모양새였다.

준이 샤오에게 이유를 물었다.

"왜 그래?"

그러자 샤오가 갑자기 유창한 한국말로 외쳤다.

"뛰어! 자세한 설명은 이따 한다!"

순간, 카지노에서 총을 쏘던 샤오의 얼굴이 떠올랐다. 도대체 정체가 뭔가 싶었다. 그 순간 우당탕 소리와 함께 우리가 있던 건물에서 포효에 가까운 외침이 들렸다. 뒤돌아보니 당 간부가 샤오의 공산당증을 찢고 있었다. 위조된 서류였다. 샤오는 뒤편을 향해 라이터를 던졌다. 그러자 멀지 않은 곳에서 순식간에 불길이 크게 일더니 불타는 위조지폐들이 초록빛을 뿜어냈다. 우리는 전력으로 어둠 속을 가르며 내달렸다.

쫓고 쫓기는 추격전이 벌어졌다. 젖 먹던 힘까지는 물론이요, 탯줄로 받은 영양분까지 모조리 써가며 다리를 움직였다. 총소리가 들려왔다. 산으로 숨어들까 싶었으나, 북한의 산들은 민둥산이라 도저히 숨을 곳이 없었다. 우리는 바다를 향해 뛰었다. 본래 우리가 발견된 곳이었다. 샤오는 해변에 도착하자마자 주변을 둘러보며 소리쳤다.

"시게루!"

그러자 시게루가 저 멀리서 나무 보트를 끌고 등장했다. 사실 보트라기보다는 금방이라도 침몰할 것 같은 뗏목에 가까웠다. 무슨 상황인지 알 수 없었다. 샤오와 시게루, 둘의 정체는 대체 뭘까? 샤오의 유창한 한국말은 또 뭐고. 둘을 따라가도 되는지 명확히 판단이 서지 않았다. 그런데 뒤쪽에서 날카로운 목소리가 들렸다.

"개간나 새끼들!"

그들이 탄 목탄차가 검은 연기를 뿜어내며 우리를 쫓아오고 있었다. 그나마 다행인 점은 이곳에 전기가 들지 않아 온통 깜깜한 어둠 속이었다는 것이다. 어둠 속에서는 도망치는 쪽이 압도적으로 유리했다. 그때 우리가 있는 방향을 향해 총탄이 날아왔고, 그 탓에 선택지는 한 가지로 좁혀졌다. 우리는 나무 보트로 뛰어들었다. 이대로 가면 탈출은 할 수 있을 것 같았다. 이후의 일은 둘과 이야기를 나눠보기로 했다.

"상간나!"

근데 인민군이 쫓아오는 그 반대편에서 총소리와 함께 욕설이 들려왔다. 보타였다. 그는 샤오를 향해 권총을 겨누고 난

사하다가 총탄이 떨어지자 샤오에게 달려들어 그의 목을 졸랐다. 샤오를 죽일 기세였다. 나는 보타에게 달려들었다. 보타와 한데 엉켜 넘어졌다. 보타와 힘을 겨루었다.

나는 보타에게 물었다.

"왜 그래!"

보타가 눈에 핏발이 선 채로 답했다.

"어딜 가려고! 우리 위대하신 수령 동지……."

샤오는 가까스로 정신을 차리고는 내가 보타를 막고 있는 사이 시게루와 함께 나무 보트를 바다로 미는 데 성공했다. 또다시 총알 세례가 이어졌다. 총알들은 내 주변에 박혔다. 모래가 쉼 없이 튀어 올랐다. 이제 꼼짝없이 죽겠구나 싶었다. 인민군들이 우리를 둘러싸고 있었다. 가까운 곳에서 비명이 들려왔다. 준이 당한 모양이었다. 도대체 무슨 부귀영화를 누리자고. 그런 생각에 힘이 쭉 빠진 틈을 놓치지 않고 보타가 나를 밀치더니 내 목을 졸랐다.

"나한테는, 나한테는 전부야! 나라는 인간 자체로 봐주셨다고!"

증오로 가득 찬 보타의 눈을 바라보면서 모든 것을 포기하고 싶다는 생각이 들었다. 그때 그리 멀지 않은 곳에서 비명이 산발적으로 이어졌다. 고개를 살짝 돌려보자 준이 하늘을 날고 있었다.

준은 몰려오는 인민군들을 주먹으로 두들겨 팼다. 마치 선생과 같은 몸짓이었다. 아니, 김일성 전기 속 김일성의 모습이었다. 일본군 1개 사단을 혼자서 격파했다는 것이 실제 가능한 이야기였다니. 내가 세상을 편협하게 바라본 것만 같았다. 인민군들은 LA 갱스터의 태권도에 모두 나가떨어졌다. 그는 약 두 소대를 맨손으로 격파한 다음 마지막으로 내 쪽으로 돌을 던졌다. 돌에 관자놀이를 맞은 보타는 그대로 정신을 잃었다. 춤을 추며 내게 다가온 준은 전기를 읽고 깨달음에 이르렀다고 했다.

나는 기침을 토해내며 준에게 말했다.

"진작에 하지."

준은 숨을 고르면서 말했다.

"총 앞에서는 어림없어. 조심해야 한다고."

"그럼 방금은?"

준은 바닥에 떨어진 총을 가리키며 말했다.

"실탄은 몇 개 없어. 전부 가짜야."

실제로 준이 땅에 떨어진 보타의 총의 방아쇠를 당겼지만, 총알은 발사조차 되지 않았다. 가만히 보니, 총 모양의 나무 모형이었다.

준이 고개를 저으며 말했다.

"LA 거리였으면 상상도 하기 싫어."

그리 말하고는 준은 쓰러진 보타를 들어 올리더니 나무 보
트로 향했다. 이제껏 보타가 우리에게 한 짓들이 떠올랐다. 나
는 준에게 보타를 가리키며 물었다.

"데려갈 거야?"

준은 보타를 보트에 내려놓고는 당연하다는 듯 고개를 끄덕
였다.

"보타는 자기 말을 하고 싶었을 뿐이야. 저 새끼들은 그걸 이
용한 거고."

오디세이

나무 보트는 가까스로 해안가를 벗어났다. 해안가에서는 간헐적으로 불꽃이 일며 총소리가 들려왔다. 우리는 쏟아지는 총알을 피하기 위해 모두 엎드린 상태로 노 대신 손을 빠르게 움직여야 했다. 북한군들도 배에 올라탔는데, 그들이 엔진에 시동을 걸자마자 폭발음과 함께 정박해 있던 배에서 불길이 치솟았다. 충격파에 귀가 얼얼할 정도였다. 시계루가 미리 조치를 취한 듯했다.

나는 나무 보트에 엎드린 상태로 샤오에게 물었다.

"너 뭐야?"

샤오가 오히려 더 놀란 표정을 지으며 말했다. 내 유창한 한국말 때문이었다. 샤오가 눈을 크게 뜨고서 내게 물었다.

"그럼 너는? 왜 한국말 못하는 척했어? 너도 블랙 요원이야?"

무슨 말을 하는지 알 수 없었다. 순간 나는 머리를 가득 채운 어지러움에 보트 가장자리를 붙잡고 바다에 속을 게워냈다.

준이 내 등을 두들기며 말했다.

"이야, 다들 어떻게 그렇게 짧은 시간에 한국말을 마스터한 거야? 다들 최고야."

샤오는 준을 보며 한숨을 내쉬었다. 그도 준이 비정상임을 알고 있었다. 샤오는 우리에게 자신의 신분을 밝혔다.

"난 국정원 소속 블랙 요원이야. P시에 북한산 위조지폐가 유통되고 있다는 첩보를 접하고 유력한 후보지 중 하나인 영어마을에 잠입했어."

나는 시게루에게도 물었다.

"시게루, 너도 국정원 직원이야?"

시게루는 품에서 무전기를 꺼내 좌표를 알리는 무전을 치는 데 열심이었다. 바쁜 시게루 대신 샤오가 말했다.

"시게루는 재일 교포 출신이야. 일본에서 조선공산당원이던 시게루의 아버지가 승계 문제로 숙청당하고 나서 대한민국으로 넘어왔지."

갑작스럽게 밝혀지는 사실에 머리가 아파왔다. 무슨 냉전시내로 타임머신을 타고 온 것만 같았다. 준은 샤오와 시게루의 이야기에는 그다지 관심이 없어 보였다. 준은 기절한 보타를 보살피는 데 열심이었다.

나는 샤오에게 이어서 말했다.

"둘이 싸우는 연기도……."

샤오는 시게루를 째려보며 말했다.

"그건 진심이었어. 나도 얼마 전에야 시게루가 회사 소속인 걸 알았거든."

나무 보트는 해류를 따라 나아갔다. 어둠 속이라 어디로 향해 가는지 알 수 없었다. 바닷물에 몸이 젖어 덜덜 떨려왔다. 오히려 북한에 붙잡혀 있는 게 더 나을 수도 있겠다는 생각을 잠깐 했다. 우리에게 넘쳐나는 것이라고는 시간뿐이었다.

그동안 샤오와 시게루에게서 많은 이야기를 들었다. 둘의 행동 하나하나는 모두 계산된 것이었다. 심지어 각자의 물건을 뽑아 짝을 지었을 때도 이미 결과가 정해져 있었다고 했다. 가위바위보의 비결을 물어보니, 시게루는 상대 손의 근육 움직임을 미리 보고서 0.01초 늦게 내면 된다고 말했다. 최정예 요원다웠다. 그들은 영어는 물론 프랑스어, 일본어, 심지어는 아랍어까지 수준급으로 했다.

내가 샤오에게 물었다.

"영어는 껌이겠네. 그런데 왜 안 했어?"

우리가 영어를 못해 쩔쩔매는 모습을 즐긴 건지 싶었다. 그렇다면 악취미였다. 샤오가 진지한 표정으로 말했다.

"영어를 잘했으면 바로 교장이든 선생이든, 누군가에게 의심을 받았겠지. 생각해봐. 그리고 영어를 잘하는데 영어마을에는 왜 와?"

맞는 말이라 뭐라 대꾸할 수가 없었다. 긴 침묵이 이어졌다. 다들 죽음을 직감한 것 같았다. 분위기가 어두워졌고, 저체온증에 몸이 떨렸다. 비가 내리려는지 파도가 점차 심해졌다. 샤오가 자기 이야기를 하기 시작했다.

"나는 중국에서 왔어. 증조부가 대한민국 임시정부 출신이었지."

김구, 안창호, 지청천, 김원봉 등 수많은 독립운동가가 머릿속에 스쳐 갔다. 그들의 후손이라니. 그래서 이렇게 목숨을 걸고 공작에 참여한 것인가? 샤오가 다르게 보이기 시작했다. 샤오는 자신이 증조부에게 들었던 이야기를 쏟아냈다.

"말을 제대로 하지 못하니, 사람 취급을 안 했지. 그때 중국에서는 일본인이 10을 벌면, 중국인은 5를 벌고, 한국인은 3을 벌었어. 중국인들은 그때 더군다나 조선인들을 일본 앞잡이라 생각했으니까. 저기, 만주에서는 한국인들이 집단 학살 당한 적도 있었어."

그러자 옆에서 시게루가 어두운 표정으로 말을 덧붙였다.

"일본은 더 그랬지. 관동대지진 때, 조선인이 우물에 독을 풀었다고 해서 자경단이 조선인들을 학살했어. 그 방법이 뭔지 알아? 지나가는 사람한테 '15엔'을 발음하게 하는 거야. 일본 인들은, 아니 정확하게 도쿄 쪽 일본인들은 '쥬고엔'이라 발음하지만, 조선인들은 '주고엔' 혹은 '추고엔'이라 발음하거든. 그 탓에 다른 지역 일본인들도 많이 죽었어."

진절머리가 났다. 한국인들이 영어 발음에 그렇게 집착하는 것도 그런 트라우마의 연장선인 걸까? 나는 혀로 혀주름띠를 어루만졌다. 그곳에 남은 흉터가 유독 애처롭게 느껴졌다.

나는 다소 격앙된 목소리로 샤오에게 말했다.

"사명감이 대단하네."

그런데 샤오는 코웃음을 치더니 말했다.

"사명감은 무슨. 공작에 성공하면 대한민국 국적을 준다고 해서 하는 거야."

시게루도 고개를 끄덕이는 것을 보니 마찬가지인 것 같았다. 독립운동가의 후손이라는 말만 있었지, 마땅한 증거가 없어 귀화 신청이 어렵다고 했다.

나는 이해가 되지 않아 둘에게 물었다.

"왜 한국에 오려고 하는 거야? 정작 한국에 있는 사람들은 나가려고 버둥거리는데?"

시게루가 고개를 치켜들고 말했다.

"어딘가에 소속된 사람들은 몰라. 공기와 같은 거지. 겉도는 삶은 이제 그만하고 싶어. 우리는 뿌리를 찾아가는 거야."

나는 보타를 보았다. 보타는 침을 흘리면서 기절해 있었다. 보타도 그렇게 말했었다. 언어를 통달해도 나눌 수 없는 말이 있고, 우리 사이에는 늘 좁혀지지 않는 거리가 있었다.

보타에게 시선을 던지면서 샤오에게 물었다.

"그런데 나한테 다 말해줘도 돼?"

갑자기 거대한 파도가 보트를 덮쳤고, 보트는 높이 튀어 올랐다가 수면 위로 고꾸라졌다. 나는 필사적으로 보트 가장자리를 붙잡아서 버텼으나, 기절해 있던 보타가 그만 바닷속으로 튕겨 나가고 말았다. 우리 넷은 보타를 구하기 위해 주저하지 않고 바다에 뛰어들었다. 샤오와 내가 각각 보타의 겨드랑이에 손을 끼워서 미역처럼 뗏목 위로 끌어 올렸으나, 준이 수영을 잘하지 못해 되레 살려달라고 외쳤다. 시게루가 발버둥치는 준을 뒷목을 주먹으로 가격해서 기절시키고 나서야 어렵게 그를 구할 수 있었다. 샤오와 시게루는 바닥에 대자로 뻗더니 한숨을 내쉬었다.

샤오가 말했다.

"다 죽을 마당에 어때. 말은 어디에도 남지 않으니까, 괜찮아."

차라리 망망대해였나면, 그래서 무엇도 보이지 않았다면 그렇게 절망적이지는 않았을 것이다. 육지를 눈앞에 두고도 우리는 오롯이 몸을 구겨 넣은 보트와 남쪽으로 흐르는 해류만을 믿어야 했다.

바다에 나선 지 얼마 지나지 않아 날씨가 급격히 나빠졌다. 파도가 이리저리 치고 비까지 내렸다. 시게루와 샤오는 최대한 서로 몸을 붙여야 한다고 말했다. 그 말을 듣고서 준은 정열적으로 내게 몸을 비볐다. 처음에는 부담스러웠으나, 점차 느껴지는 온기에 얼굴을 파묻고, 준의 그루브에 몸을 맡겼다. 낙지, 아니 오징어끼리의(무슨 상관인가 도대체) 열렬한 교미처럼 보였을 것이다. 시간이 조금만 더 지나면 굶주림에 지친 준에게 산 채로 먹힐 것만 같았다. 그때 샤오가 고개를 들더니 바로 납작 엎드리며 속삭였다.

"엎드려."

어선 하나가 우리 쪽으로 다가오고 있었다. 그동안 여러 배가 간혹 우리를 지나쳤으나, 그들에게 구조 요청을 보낼 수는 없었다. 만약 구조 요청을 보낸 선박의 국적이 북한 혹은 중국이라면 여지없이 우리는 모두 총살이었다.

그런데 준이 눈을 커다랗게 뜨고는 외쳤다.

"보타! 일어났구나!"

보타는 정신을 차리자마자 그 큰 눈을 뒤집으며 소리를 질러댔다.

"이거 놓으라우!"

나는 보타에게 조용히 하라며 검지를 입에다 가져갔지만, 눈이 돌아간 보타는 내 검지를 물려고 했다. 그는 입을 다물지 않았다.

"여기, 반동분자들이 있다! 간나 새끼들! 너흰 다 죽었어!"

샤오가 보타를 향해 주먹을 날렸고, 보타는 샤오의 주먹에 턱을 맞고서 그대로 다시 기절했다. 그러나 우리를 지나치던 배가 우리 위치를 파악했는지 방향을 틀고 가까이 다가왔다.

시게루가 말했다.

"이제 끝이군."

"왜?"

시게루에게 물었으나, 샤오가 대답했다.

"잡히면 상상하는 것 이상으로 끔찍한 고문을 당할 거야. 정보를 얻어내기 위해 피부를 산 채로 벗겨내고, 마지막에는 목을……."

그 말과 함께 샤오는 시게루와 눈이 마주쳤다. 그들은 차고 있던 목걸이를 벗더니 그 속에 들어 있던 작은 알약 하나씩 집어 들었다. 한눈에 봐도 자살 용도로 만들어진 알약이었다. 요원들이 적에게 잡힐 것 같으면 내려야 할 일종의 마지막 선택이었다.

샤오가 시게루에게 말했다.

"조국, 아니 민족을 위해."

그는 시게루와 뜨거운 시선을 교환했다. 전에 영어마을에서 뒤엉켜 있던 둘을 떠올렸다. 가슴속 한편이 뜨거워졌다. 그런데 준이 둘을 동시에 덮쳤다. 시게루는 바다에 빠졌고, 샤오는 바닥에 내동댕이쳐졌다. 어떻게든 그들을 살리고자 하는 준의 마음이 느껴졌다. 준이 샤오에게서 알약을 뺏기 위해 안간힘을 쓰고 있었다.

"내가, 내가 먹을 거야!"

가만 보니 준은 둘을 구하는 것이 아니라 굶주림에 눈이 돌아가 있었다. 샤오는 알약을 뺏기지 않으려 괴성을 내질렀다.

"이거 먹는 거 아니라고!"

준이 외쳤다.

"거짓말!"

샤오가 나를 향해 외쳤다.

"라이언, 이 새끼 좀!"

나는 둘에게 다가갔다. 누구를 도와야 할까? 우선은 알약부터. 나는 샤오의 손에서 알약을 뺏어 들었다. 보트 위에서 상황을 파악했다. 물에 빠져 허우적거리는 재일교포와 인민군복을 입은 백인, 나체의 LA 갱스터, 그 아래에는 독립운동가의 후손까지. 어지러웠다. 곧이어 맞이할 고문들이 떠올랐다. 배우고 싶지 않은 것을 배우는 것은 그만하고 싶었다.

준과 샤오가 동시에 내게 외쳤다.

"라이언!"

알약을 입에 밀어 넣었다. 아몬드 향이 입안에 맴돌았다. 떠나기 직전 한마디는 남기고 떠나고 싶었다. 이왕이면 멋진 걸로. 별거 없는 인생이었지만, 마지막은 멋진 대사와 함께.

그러나 떠오르는 대사는 하나뿐이었다.

"I'll be back(나는 다시 돌아온다)."

다들 무슨 소리를 하는 거냐며 이상한 눈빛으로 나를 쳐다보았다. 준이 말했다.

"쟤 좀 이상해."

부끄러움이 몰려왔다. 기껏 생각한 것이 〈터미네이터〉 엔딩에서 아널드 슈워제네거가 용광로에 들어가기 직전에 말했다고 착각한 대사라니. 부끄러움을 안고서 그대로 약을 삼키려하는데, 부산 사투리가 물살을 가르며 들려왔다.

"행님! 준 행님!"

몸집이 거대한 흑인이 자신을 제프라 소개하며 우리 보트위에 올라탔다. 나는 놀라서 약을 완전히 삼킬 뻔했다. 제프는 벌거벗은 준을 향해 다가갔다. 'bro(브로)'라 말하며 멋들어진 래퍼식 주먹 인사를 건넬 것만 같았다. 갱 사이은 덤이었다. 그런데.

"기다리셨습니까, 행님!"

제프는 90도로 고개를 숙이더니 경상도 사투리로 말했다. 정확히는 부산이 아니라 대구 쪽이었다. 영화 〈친구〉를 감명 깊게 본 것일까? 고깃배에 타고 있던 다른 갱원들도 제프와 마찬가지로 준을 향해 한국 조폭식 인사를 했다. 준은 제프를 와락 안았다. 제프는 첫사랑이라도 마주한 사람처럼 어쩔 줄 몰라 했다.

"행님…… 못 보는 줄 알았슴다."

제프의 눈에는 눈물이 고여 있었다. 어지러웠다. 인지부조화. 세상은 내가 예상한 대로 흘러가지 않는다. 알약을 바다에 뱉어버리고는 바닷물로 입을 헹궜다. 혀가 얼얼할 뿐 다른 문제는 없었다.

제프가 내게 다가와 고개를 숙였다.

"고생하셨습니다, 행님."

"형님이라뇨."

부담스러워 그리 말한 것인데, 제프는 고개를 내저으며 말했다.

"준 행님 친구면, 제 행님입니다. 얼른 가시죠."

미국 갱스터에게서 경상도의 향이 짙게 느껴졌다. 나도 모르게 그에게 물었다.

"미국인이면 영어를 써야 하지 않습니까?"

날카로운 눈빛에 입을 가리려 하다가 당당하게 고개를 처들었다. 쫄 필요 없었다. 나는 명예로운 대한민국, 즉 BTS와 박지성의 오른발과 싸이의 말춤, 김연아의 트리플 악셀이 빛나는 나라의 자랑스러운 청년이었다. 힘을 내야 했다.

나는 준을 턱으로 가리키며 말을 이었다.

"준처럼 자기 나라 언어를 써야죠. 남이 협박한다고 남의 나라 언어를 쓰다니요."

제프가 얼굴에 미소를 띠며 내게 말했다.

"행님. 저, 한국인입니다. 저기 대구 캠프 헨리, 미군 기지에서 태어났어요. 어머니는 미군, 아버지는 군무원이십니다. 한국에서 태어났지만, 아버지 사업이 망하면서 중학생 때부터 어머니가 계신 미국에서 살았으요."

입을 다물었다. 이 입이 문제였다. 내가 영어를 배우기 싫은 이유를 남에게서 찾다니. 부끄러움에 고개를 들 수가 없었다. 제프가 말을 이었다.

"적응하기가 어려웠습니다. 한국에서도 그랬지만 미국 공립학교에서의 생활은⋯⋯."

제프는 준을 바라보았다. 준은 단원들에게 하나하나 인사를 건네며 등을 두들겨주었다. 그들에게 선물도 하나씩 챙겨줬는데, 영어마을에서 받은 칭찬 쿠폰이나 뻘에서 가져온 조개껍질, 인민군 초소에서 주운 탄피 등 대부분 쓸모없는 것들이었다. 그동안 저리 많은 것들을 어디에 어떻게 가지고 다녔는지 궁금했다. 인상적인 것은 단원들의 반응이었다. 단원들은 준의 선물을 받고 아이처럼 방방 뛰며 좋아했다. 거구들이 뛰는 바람에 배가 금방이라도 뒤집어질 것만 같았다. 지금으로부터 약 1200년 전 '왜구'나 '한구'로 불리던 해적들의 모습이 이랬을 것 같았다. 배만 부를 수 있다면 그들은 단원들의 국적, 언어, 인종은 전혀 상관하지 않았으니까.

제프가 준을 보며 말을 이었다.

"그때 준 행님이 나타났어요. 저에게는 구원 그 자체였죠. 행님은 모든 이에게 말이 통하지 않더라도 예의를 갖추라 했고, 그렇지 않은 상대에게는 매운맛을 보여줬어요. 여기 있는 사람들 대부분 영어를 못해요. 모국어가 따로 있는 사람들이죠. 하는 사람도 물론 일부는 있지만 이 조직 안에서는 하지 않아요."

다양한 나라의 언어들이 오갔지만 의사소통에 전혀 지장이 없었다. 실시간 번역기가 개발된 미래거나 울음소리나 몸짓으로만 대화하던 아주 먼 과거, 둘 중 한 시대를 마주하고 있는 것 같았다. 그들을 보며 오묘한 감정에 빠져들었다. 내가 이제껏 속에 쌓아 올린 것들이 한순간에 무너지는 느낌이었다.

코리아, 코리아, 코리아

등대가 따로 필요없었다. 배는 부드럽게 육지의 네온사인을 향해 나아갔다. 남한 도시가 내뿜는 네온사인은 인근 해역 어디서든 밝게 빛났다. 제프는 우리에게 라면에 김치를 대접했고, 멀건 죽만 먹던 우리는 깔끔하게 라면을 비워내자마자 속에 탈이 나서 배 난간을 붙잡고 토악질을 해댔다. 목구멍을 스쳐 가는 인공 조미료의 강렬한 맛을 통해 살아 있음을 느낄 수 있었다.

인천항에 다다를 무렵 중간에 다른 배를 만났다. 우리가 타고 있던 배보다 두 배는 더 크고 깨끗한 신식 배였다. 그곳에 승선해 있던 선원들도 실루엣으로만 보였지만 몸에 각이 잡힌 게 꼭 군인 같았다. 샤오가 그 배를 향해 손전등으로 신호를 보내자, 배에서도 우리 쪽으로 답신을 보냈다.

샤오가 말했다.

"회사 배야."

시게루는 이제 떠날 시간이라며 짐을 싸기 시작했다. 둘은 신변 보호를 위해 수영해서 저 배에 올라탈 것이라 했다. 떠날 준비를 마친 샤오가 내게 말했다.

"다른 일은 신경 쓰지 마. 우리가 전부 다 알아서 할 테니까."

"전부?"

교장이 촬영한 CCTV 영상이 문득 떠올랐다. 말을 우물거리는데, 샤오가 내 어깨를 두드리며 말했다.

"교장이 기소당하지 않는 대신 우리 쪽에 영어마을을 넘기기로 했어. 걱정 안 해도 돼."

정작 샤오의 시선은 다른 곳에 머물고 있었다. 시게루는 보타가 입고 있던 인민군복을 바다에 던져버렸다. 물을 머금은 데다 훈장이 주렁주렁 달린 인민군복은 그대로 바닷속에 가라앉았다. 떠나기 직전 샤오가 중국어로 어떤 문장을 내게 말했다. 무슨 속담인 것 같았다. 샤오에게 물었다.

"무슨 말이야?"

샤오는 말을 하려다가 웃으면서 고개를 저었다.

"안 알려줄 거야. 네가 생각하는 모든 것이 맞으니까."

그 말을 듣고서 시게루도 일본어로 내게 무언가를 말했다.

당연히 그도 의미를 알려주지 않았다. 둘은 부드럽게 바다를 향해 다이빙했고, 물개처럼 헤엄쳐서 다른 배를 향해 나아갔다. 수영하는 그들을 눈으로 쫓았는데도 어느 순간에 사라져버렸다. 마치 순식간에 잊힌 둘의 말처럼 말이다.

샤오와 시게루가 그렇게 떠난 후에 우리가 탄 배는 인천항에 정박했다. 나는 짐을 챙겨 부두에 내렸다. 온갖 음식 냄새가 강하게 느껴졌다. 준은 제프와 함께 보타를 번쩍 들어 포장마차 한편에 기대어놓았다. 누가 봐도 취객처럼 보였다.

나는 다시 배에 올라타려는 둘에게 물었다.

"너희는 안 가?"

준은 제프를 먼저 배에 보내더니 내게 말했다.

"내 생각이 짧았어."

준은 오가는 배들을 바라보았다. 배들은 빛을 내며 어둠 속을 가르고 있었다. 준이 말을 이었다.

"미국에 산다고 파파가 영어를 한다고 생각했다니."

준은 핸드폰 번역기에다 대고 무언가를 말했다. 영어로 감지한 번역기에는 이상한 문장이 떴다.

기를 것이다. 당신의 육젓.

'번역기가 그렇지'라고 욕을 하려 했는데, 준이 핸드폰을 물끄러미 바라보며 말했다.

"이게 파파의 마지막 말이야."

제임스 조이스의 『율리시스』를 처음 마주했을 때의 심정이었다. 긍정보다는 부정의 측면에 고개가 기울었다. 무슨 말인지 도통 알아들을 수가 없었다. 평생을 문학 평론에 목숨 바친 교수들도 제각기 달리 해석할 정도니, 나 같은 범인은 그 위대한 작품을 티끌조차 파헤치지 못하고 작품을 읽었다는 사실 자체에 어깨를 으쓱할 따름이었다. 위 문장도 준이라는, 이 기인을 키워낸 장본인이 마지막으로 한 말이었다. 무언가 깊은 뜻이 있을 것 같았다.

준이 말을 이었다.

"문제의 포인트를 전혀 잘못 짚고 있었어."

"어떤 점이?"

"영어가 아니었거든."

시게루가 배에서 내리기 직전, 준에게 파파의 마지막 말이 사하라사막에 사는 소수 부족 언어라고 알려줬다고 한다. 한때 시게루는 아프리카에서 첩보 활동을 했으며, 작전하던 도중 모래 폭풍을 만나 조난당했을 때 우연히 그들을 만났다고 했다.

그들의 언어는 독특하게도 어른과 아이의 것이 나뉘어 있었다. 어른과 아이의 언어는 서로 반대의 의미를 지니고 있었다. 예를 들면 어른이 가리키는 '더위'는 아이의 언어로는 '추위'를 나타냈으며, 물은 불로, 미움은 사랑을 나타냈다. 성인식을 거치면서 아이는 자신이 썼던 언어를 버리고, 어른의 언어를 사용한다고 했다.

준은 시게루가 자신에게 했던 말을 내게 전했다.

"거기 족장이 시게루에게 언어는 아무것도 아니라고 말했대."

준은 보타를 내려다보며 말을 이었다.

"그런데 모르지, 그들 언어 특성상 달리 보면 언어가 전부라는 의미로 한 말일 수도 있으니까."

그들은 시게루에게 충분한 식량과 물을 주는 동시에 도시 방향을 가리키고는 그 반대로 갔다고 한다. 그들에 관한 자료는 세상 어디에도 없었다. 번역기는 물론, 어학 사전 하나 없어 그들의 언어를 배우기 위해서는 직접 그들에게 가서 언어를 배워야 했다. 보통 사람이라면 포기했겠지만, 준은 보통 사람이 아니었다. 비행기를 세 번이나 갈아타고 차로 오프로드 27시간을 달려야 하는 긴 여정을 준은 떠나려 했다. 준은 내게 손을 내밀었다. 이렇게 보면 청춘 영화 엔딩에 나올 법한 순간이었다.

제프의 목소리가 들렸다.

"얼른 오십쇼, 행님!"

그러나 문신이 가득한 다국적 갱스터들에게 둘러싸인 모습을 함께 본다면 청춘 영화보다는 도둑질을 마치고서 화려하게 헤어지는 범죄영화에 가깝게 보일 것이다. 준이 말을 이었다.

"네 덕분이야."

나는 담배를 피우고 있는 해양경찰들을 힐끗 보며 소심하게 대답했다.

"나?"

준이 고개를 끄덕였다.

"외국인이면서 영어를 못하잖아. 더군다나 이 조그만 나라, 분쟁 지역 근처로 놀러 온 관광객인데도 말이야. 네가 아니었다면 시게루 말을 바로 믿지는 못했을 거야."

포기했다. 두 손 두 발 다 들었다. 아니라고 아무리 말해도 준은 나를 외국인이라 생각하기로 한 모양이었다. 먹다 남은 음식에 별짓을 해도 언젠가 썩어 문드러지듯이, 늙은 사람을 아무리 치료해도 아프다가 끝내 죽듯이 내가 한국 국적에 한국말을 한다고 해도 준에게 나는 영원히 외국인이었다.

아마 준은 아프리카에서도 살아남을 것이다. 사바나에서 조난당한다고 해도 금방 코끼리를 맨손으로 때려잡고 있을지도 몰랐다. 혹시나 소년병에게 잡혔다고 하더라도 준에게는 전쟁 자체를 종결할 힘이, 아니 광기가 있었다. 나는 준에게 물었다.

"영어마을 교장은?"

준은 고개를 들어 북쪽을 바라보았다. 네온사인 너머로 을씨년스러운 영어마을은 보이지 않았다. 준이 고개를 저었다.

"됐어. 안 봐도 돼. 날 버린 사람인걸. 그것도 날 위해서가 아니라 자기 자신을 위해서 말이야. 제대로 알아보지도 않고는, 참. 정작 중요한 순간에 있었던 사람들은 그 사람이 아니라 내 친구들, 너를 포함한 이 사람들이야."

영어마을 교장이 네 가족이 아니라는 말을 하지는 않았다. 불필요한 말이었다. 만약 준이 없었다면 영어만은 제대로 배웠을지도 모른다. 그러나 다른 모든 것을 배울 수는 없었겠지. 순간, 커다란 배가 출항을 알리는 신호음을 냈다. 엄청난 굉음에 준의 말이 들리지 않았다. 굉음이 끝나자마자 나는 준에게 말했다.

"거기는 한국말을 하는 사람이 별로 없을 거야. 그러니 영어를……."

입을 다물었다. 준이 어련히 알아서 할 것이었다. 걱정이 되지는 않았다. 그곳에서도 당당하게 한국말을 외칠 준의 모습이 떠올랐다. 가슴속에서 뜨거운 것이 솟구쳤다. 준도 그것을 알고 있는지 나를 한번 안고는 배에 올라탔다.

"보타를 부탁해."

나는 고개를 끄덕였고, 준은 그렇게 한국을 떠났다. 이후로 준의 소식은 알지 못한다. 죽었다고 보는 것이 가장 확률이 높았으나, 보타는 준이 아마 죄 없는 사람들을 구하기 위해 전장에서 게릴라 작전을 이끌고 있을 것이라 말했다. 동감이었다. 준은 어디서나 살아남을 것이다. 한국말을 하는 LA 갱스터. 정의를 위해 용병이 되어 전장을 누비겠지. 그가 어떤 언어를 쓰든지 상관없었다.

준은 그저 준일 뿐이었다.

준이 떠나고 나서 우리는 인천항에 덩그러니 남겨졌다. 해가 뜨려면 아득한 새벽임에도 상인들은 분주히 움직이고 있었다. 정신을 차린 보타는 처음에는 '혁명의 복수'를 이룰 것이라며 입에 거품을 물었지만, 밀물처럼 밀려든 네온사인과 음식 냄새에 기하급수적으로 말수가 줄어들었다.

남루한 행색 때문에 사람들에게 주목받을 것 같았지만, 막상 어느 누구도 신경 쓰지 않았다. 갈매기와 비슷한 처지였다. 밤샘 과음 후 가까스로 정신을 차렸을 때처럼 한동안 목적지를 찾지 못했다. 집으로 가야 할까? 집에서는 날 찾았을까? 영어마을에서 얻어 온 것이라곤 이야기뿐인데. 아니, 과연 그 이야기를 누구라도 믿어주기는 할까? 보타는 내게 등을 돌리고 바다 쪽을 보고 있었다. 바다를 보고 있는 것인지, 북쪽을 그리워하는 것인지는 알 수 없었다.

얼음 덩어리를 부단히 시장으로 나르던 상인이 우리에게 화를 냈다.

"좀 비켜요! 젊은 사람들이 새벽부터 여기서 뭐 해!"

대꾸할 힘도 없었다. 우리는 고개를 꾸벅 숙이고는 도로를 따라 걷기 시작했다. 파출소가 보였다. 유리문 너머로 다크서클을 잔뜩 낀 경찰관들이 모니터를 뚫어져라 들여다보는 게 보였다. 들어가야 할까 싶었다. 보타도 고민하는 것 같았다. 우리의 발걸음이 동시에 멈췄다.

그런데 어디서부터 어떻게 이야기해야 할까?

발단은 영어를 하지 못하면 사람 취급하지 않는 가족에 의해 영어를 배우기 위해 영어마을에 갔고, 그곳에서 무림 고수를 만나서 영어를 하지 못하면 물도 마시지 못하는 극한의 상황에 몰렸다가, 원어민 선생이 피우던 대마 연기에 취해서 춤을 추고 교장에게 걸려 영어마을에서 쫓겨날 뻔한 다음 그의 사주로 거구와 싸우다가 경찰서에 수감되었다고. 배가 고파 돈을 벌기 위해 숨겨진 카지노에 갔다가 우리 몸은 물론, 영어마을까지 담보로 잡고 돈을 빌려 마피아들과의 도박을 벌여서 이겼다가 받은 돈이 위조지폐라는 것이 밝혀져 따지러 갔다가 카지노에서 총격전이 벌어져서 땅굴에 들어갔다가 땅굴이 무너져 바나에 떠내려가 정신을 차려보니 북한이었으며, 옆에 있는 백인 한국인이 세뇌되어 내게 권총을 겨누었고, 처형되기 직전 국정원 직원인 중국인 친구가 공산당원으로 위장하여 우리를 풀어주었다가 LA 갱스터의 화려한 무술로 간신히 도망칠 수 있었으며, 북한 어선에 발각될 위기의 순간에 LA 갱스터의 친구들이 배를 타고서 우리를 구해냈다는, 이런 미친 내용을 누가 믿어줄까? 만약 이 모든 것이 소설이라면, 작가의 머리가 이상한 것이 분명했다.

무엇보다 보타가 걱정됐다. 만에 하나 우리가 겪은 일들이 밝혀진다면 보타는 처벌받을 것이고, 캐나다에는 절대 가지 못할 것이다. 보타가 이번 사건을 통해 얻은 것이라고는 영어 실력보다는 북한 말투였다. 그런데 북한 말투를 일상에서, 도대체 어디에서 쓰겠는가? 보타는 파출소 앞에서 달리 말이 없었다. 그는 판결을 기다리는 사형수처럼 파출소를 물끄러미 바라볼 뿐이었다.

갑자기 음식 냄새가 강하게 났다. 경찰관들이 야참으로 먹은 돼지국밥이 은쟁반에 담겨 파출소 정문 옆에 놓여 있었다. 내가 먼저 발걸음을 옮겼고, 보타가 나를 뒤따랐다. 멀지 않은 곳에 국밥집이 있었다. 식당 내부는 술에 취한 사람들로 가득했다. 1차, 2차, 3차를 너머 몇 차원 위 세상을 달리고 있는 사람들이었다. 자기 할 말만 하려 했고, 개새끼, 소새끼 등 욕설이 대화에 섞여 오갔다. 그러면서도 뭐가 좋은지 붉은 얼굴을 흔들며 웃었다. 배가 나온 한 아저씨는 국밥에 손을 담그고 있었다. 육수가 조금 아쉬웠던 모양인가 보다.

사장이 우리 몰골을 보더니 선불이라 했다. 주머니를 뒤져
보았다. 영어마을에서 받은 100달러짜리 위조지폐만 남아 있
었다. 나는 울먹이는 시선으로 100달러를 사장에게 내밀었다.
사장은 100달러를 받아 들고서 주머니에 쑤셔넣더니 표정을
바꾸고 자리에 가서 앉으라 했다. 우리가 당황해서 가만히 서
있자, 사장은 빈자리로 공손하게 두 손을 뻗으며 말했다.

"Sit down, here(여기 앉으쇼)."

그놈의 영어. 모기를 쫓는 것처럼 귀를 쳤다. 자리에 앉자마
자 밑반찬과 소주가 나왔다. 사장은 "코리안 스타일"이라 했
다. 얼마 지나지 않아 국밥이 나왔다. 뚝배기에는 국물이 아니
라 고기가 넘칠 것처럼 담겨 있었다. 팔팔 끓어 오르는 국밥을
가만히 보았다.

돼지들도 돼지만의 언어가 있겠지. 그들은 영어를 배우지
않았기를 바랐다. 그저 주어진 대로 살다가 고기가 되었으면
했다. 굳이 사람이 하는 말을 알아듣고 그들의 처지를 헤아리
려 하지 말고, 그대로 인간을 저주하며 죽어갔기를 바랐다.

나는 천천히 숟가락을 들었다. 오랜만에 먹는 밥이었다. 한
술 뜨자마자 입천장이 까지고, 혀가 얼얼했다. 황급히 잔에 소
주를 따르고는 한 번에 잔을 비웠다. 술기운이 머리를 쳤다. 나
는 보타에게 말없이 소주를 따라주었다. 보타는 소주를 마시

고 고개를 숙였다. 뒤편에 앉은 술 취한 아저씨들이 와…… 하며 감탄을 뱉었다.

"외국인이 소주를 다 먹네."

보타의 눈시울이 붉어지더니 고개를 뒤로 확 돌렸다. 나는 사고가 날까 조마조마한 심정으로 보타와 아저씨를 번갈아 보았다. 갑자기 보타가 자리에서 일어나더니 소주잔을 들고서 아저씨들에게 다가갔다.

"한 잔만 주세요."

아저씨들은 그 모습을 보더니 입이 찢어져라 웃으며 보타에게 술을 따라주었다. 보타는 그들에게 자신은 한국에서 나고 자란 한국인이며, 돼지국밥을 특히나 좋아한다고 말했다.

술에 얼큰하게 취한 아저씨가 보타에게 갑자기 버럭 화를 냈다.

"대한의 건아가! 당당하게 살아!"

밥알이 사방에 튀었다. 보타의 눈시울을 붉어졌다. 그리 말하면서 아저씨는 보타에게 소주를 따라주었는데, 동시에 보타의 눈에서 눈물이 쏟아졌다. 보타는 어린아이처럼 흐느끼기 시작했다. 당황한 아저씨들이 보타에게 소리를 지른 아저씨의 허벅지를 치며 취했다고 나무랐다. 아저씨들은 괜찮다며, 보타의 등을 쓰다듬었다.

보타는 손사래를 쳤다.

"아녜요……. 감사해서요……."

아저씨들은 의문 가득한 표정으로 보타를 보았다. 보타가 울음 섞인 목소리로 말들을 토해냈다.

"대한의 건아라니……. 그렇게……."

이야기는 물 흐르듯이 빠르게 흘러갔다. 아저씨들이 술에 취해 비틀거리며 자리를 파하고 나서야, 보타는 다시 자리로 돌아왔다. 보타는 이팝에 고깃국, 이 한 방에 본래대로 돌아왔다. 전에 내게 총을 겨누었을 때 보인 광기는 없었다.

보타가 말했다.

"거기서는 나를 이방인이 아니라, 어떤 일원으로 받아줬어."

보타는 소주를 들이켰다. 그를 마냥 비난할 수는 없었다. 그도 알고 있었다. 그들은 보타를 진정으로 자신들의 일원으로 받아준 것이 아니라 보타를 이용하기 위해 연기한 것이라는 사실을. 그러나 가식이라며, 오그라든다며 '용서'와 '정'이라는 가치가 흔적조차 사라진 한국에서 살던 보타는 세이렌을 마주한 선원들처럼 그들이 한 게 연기였음에도 팔을 벌린 그들을 향해 몸을 내던진 것이었다.

그렇게 100달러어치 소주를 먹고 나서 우리는 갈지자로 걸었다. 이리저리. 제트라 표현하는 것이 맞으려나? 요즘 아이들이 갈지자를 알까? 그런 걱정은 바다에 전부 던져버렸다. 바다에 뛰어들고 싶은 충동을 느꼈다. 무엇 하나 내게 남은 것이 없었다. 한국어와 영어 둘 다 잃어버린 것만 같았다. 보타도 바다를 보고 있었다. 상념에 잠긴 듯했다. 술김에 그에게 다가가 어깨라도 두드려주려 했다. 그런데 가까이 다가가니 발등에 뜨끈한 액체가 흘렀다.

"아이 씨."

보타는 오줌을 싸고 있었다. 몸을 부르르 떨고는 고개를 흔들거렸다. 짜증이 치밀어 올랐다. 나는 바다로 뛰어들었다. 발을 씻으려 했다. 그런데 갑자기 보타가 달려와서는 내게 몸통박치기를 했다.

"안 돼!"

파도가 우리를 덮쳤다. 짠맛이 확 느껴졌다. 가뜩이나 술을 마셔서 목이 말랐는데, 텁텁해서 죽을 지경이었다. 얼른 일어나려는데, 보타가 나를 짓눌렀다.

"포기하면 안 돼!"

네가 나를 죽이고 있다고 말하고 싶었다. 숨이 쉬어지지 않았다. 보타가 외쳤다.

"살고 싶다고 말해!"

무림 고수의 체벌과 서부 총격전과 북한의 위협에서 어떻게 살아 돌아왔는데, 오줌 묻은 발을 씻으려다 친구에게 물에 빠져 익사하게 되다니. 과연 누가 예상이나 했을까? 삶은 참 이상하고도 덧없다. 그때 보타가 내 멱살을 집고서 무릎 뽑듯이 끌어올렸다.

"Help(살려)……."

반사적으로 튀어나온 말이었다.

"다시!"

보타가 나를 다시 물에 집어넣었다. 찬물에 비빔면을 씻어내듯이 내 멱살을 흔들었다. 도대체 무얼 말하라는 것인지. 살려줘서 고맙다고 해야 하는 건가? 아니면 살려달라고 빌어야 하나?

보타는 나를 다시 끄집어내더니 거칠게 물었다.

"뭐라고!"

멀리서 불빛이 보였다. 행색으로 봐서 낚시꾼인 것 같았다. 나는 그들을 향해 몸을 비틀면서 있는 힘껏 소리를 질렀다.

"사람 살려!"

영화 〈브레이브 하트〉의 엔딩 장면처럼 내 외침은 짧고 굵었다. 언어는 비록 달랐으나, 넓은 의미에서 우리는 같은 것을 말하고 있었다. 설령 죽는다고 하더라도 내장을 토해내듯이 나는 소리를 질렀다. 보타가 나를 해변으로 끄집어내서 내던졌다. 거친 숨을 몰아쉬었다. 보타는 내 옆에 벌러덩 눕더니 말했다.

"그래, 영어 그런 거 배우지 말고, 우리만의 말을 하면서 사는 거야."

하늘이 뱅글뱅글 돌았다. 소금기를 머금은 머리카락에서 쉴
새 없이 바닷물이 떨어지며 이마를 두들겼다. 사방이 어두워
지면서 눈이 감겼다.

눈을 떴을 때는 경찰서 유치장 안이었다. 담요로 몸이 꽁꽁
싸매져 있었다. 경찰관이 혀를 끌끌 차며 술 먹고 왜 바다에 들
어가느냐며 호통을 쳤다. 나는 고개를 꾸벅 숙였다. 조사를 받
고 있는 보타가 보였다. 경찰관의 질문에 보타는 고개를 숙여
말했다.

"뭐마린지, 모르게스니다."

보타는 어눌한 한국 발음을 연기했고, 경찰관은 얼굴을 찌
푸렸다. 이어서 우리를 향해 쿵쿵거리며 냄새를 맡더니 코를
잡고는 내게 말했다.

"술 좀 작작 마셔요. 처음 봤을 때 북한에서 온 줄 알았어요."

그렇다고 말할 수는 없었다. 우리는 침묵했고, 경찰관은 나
를 먼저 훈방 조치했다. 보타는 조사가 더 필요하다고 했다. 아
무래도 외모 때문인 것 같았다. 보타의 조사가 끝날 때까지 기
다릴까 싶었지만 너무 피곤했다. 더군다나 나를 두 번이나 죽
이려 했던 보타였다. 보타도 굳이 내가 기다리길 원하지는 않
는 모양인지 그저 고개를 푹 숙이고 있었다. 나는 경찰서를 빠
져나가려다 뒤돌아 경찰관에게 물었다.

"혹시, 저에 대해 뭐 신고 들어온 건 없었나요?"

경찰관이 나를 이상한 눈빛으로 바라보았다.

"왜요? 무슨 죄라도 저질렀어요?"

없는 모양이었다. 나는 고개를 강하게 저었다.

"아뇨, 술 먹다가 필름이 끊어져서요⋯⋯."

실종 신고는 물론이고, 단순 가출 신고도 없었다. 마음이 무겁기보다 오히려 가벼웠다. 족쇄 하나를 잘라낸 것만 같았다. 우리는 고개를 90도로 숙이고 경찰에게 5천 원을 빌린 다음 지하철을 타고 각자 집으로 돌아갔다. 다소 싱거운 결말이었다.

*

이후로 겉보기에 보타는 잘 살았다. 쿠팡 알바를 해서 모은 돈으로 수개월 치 보존 식품과 페트병을 고시원에 쌓아두고는 종일 나오지 않고 우리 이야기를 소설로 썼다. 그 소설로 보타는 문단에 화려하게 데뷔할 뻔했으나, 책은 불과 한 달도 되지 않아 서점 매대에서 내려갔다. 그러나 불행 중 다행으로 한 영화감독이 우연히 보타의 책을 보았고, 비슷한 이야기로 영화를 만들자고 했단다.

그러다 수상하게 북한말을 잘하는 백인 역할을 찾는다는 소식이 보타에게 들렸고, 보타는 그 영화에 출연해 코미디 프로에서 '한국말 잘하는 외국인' 역할을 담당하며 먹고살고 있다. 물론 감초 배우에 가깝기에 저작권료에 대해 말할 수는 없었다. 그 업계에서 감독의 말은 진리였다.

보타는 가끔 내게 전화해서 자기가 하고 있는 것이 모두 가짜라 했다. 나는 그러면 모두가 그렇다고, 연기조차 전부 우리의 삶이라고 답했다. 전화를 끊고 나면 나는 영단어장을 펴 본다. 깜지를 수백 장 썼었는데, 그것들도 모두 연기인가 싶다.

후일담

그로부터 일주일 후.

다급하게 정장을 챙겨 입었다. 20여 년 전 아빠가 결혼식 때 입은 정장이라 그런지 품이 엉성했다. 게다가 엉덩이 부분이 해져 있어 쨍한 햇볕을 받으면 속옷이 비칠 듯했다. 그래도 이게 어디인가. 나는 서류 전형에 통과했다는 사실에 도취해 있었다. 이제야 쓸모 있는 사람이 되어가는 것 같았다.

넥타이를 매는 게 어려워 현관에서 낑낑거리고 있자, 엄마가 안방에서 나와 도와주었다. 물끄러미 엄마를 바라보았다. 처음에는 나를 하루 빨리 집에서 내보내고 싶은 건가 했다. 그런데 아뿔싸. 엄마의 눈가가 축축했다. 전쟁터에 아이를 보내는 심정인 걸까. 엄마는 넥타이를 고쳐 매주더니 한숨을 쉬고서 안방으로 들어갔다. 뒤에 서 있던 아빠가 내 손에 들린 책을 가만히 내려다보았다.

책의 제목은 『곧 세계를 지배할 대한민국』으로 내가 면접 볼 출판사에서 발간한 책이었다. 책 표지에 유튜브 로고가 선명하게 찍혀 있었다. 요즘에는 책 내용을 바탕으로 유튜브 영상을 제작하는 데 더욱 힘을 쓰는 모양이다. 아빠는 내게 무슨 말을 하려다 이내 입을 다물고는 뒤돌아 방으로 갔다. 경상도 남자라 이런 부드러운 분위기가 부끄러운 듯했다.

대신 내가 외쳤다.

"파이팅!"

아빠는 이제 내게 'Fuck you'라 말하지 않는다. 그저 눈빛으로 말을 건네는 아빠를 보고서 나는 다소 벅찬 마음으로 지하철역을 가려다 멈추고 큰맘 먹고 택시를 불렀다. 중요한 날이니까. 그런데 택시를 탄 뒤에야 넥타이가 완전히 반대로 매졌다는 것을 알아차렸다.

택시 기사가 룸미러로 나를 보며 말했다.

"집에 봐줄 사람이 없나 봐?"

"아뇨, 그게 아니라……."

말을 채 끝내기도 전에 택시 기사는 껄껄 웃더니 자기 아들 이야기를 꺼냈다. 아들이 서울 유명 대학을 나왔고 이름을 대면 모두 알 만한 대기업에 한 민에 붙었다면서, 곧 공무원 여자 친구와 결혼할 예정이라고 말했다. 내 대답은 애초에 필요가 없었다. 누군가는 라디오처럼 일방적으로 말하고, 다른 누군가는 목이 조인 상태로 말을 하지 못했다.

"요즘 젊은 사람들은 왜 결혼을 안 해? 이기적인 거야, 그거."

나는 넥타이를 풀고서 몇 번이나 다시 매려 했으나, 포로 구속법처럼 넥타이는 풀려고 하면 할수록 목을 조여왔다. 마치 부모님이 두 손으로 내 목을 조르는 것 같았다. 그랬다. 부모님은 더욱 직접적인 방식으로 나와 대화하기 시작한 것이다. 나도 부모님의 마음을 보다 잘 이해할 수 있었다. 얼마나 힘들었을까? 물론 부모님이 아니라 내가 말이다. 이제껏 나는 타인의 말을 알아듣기 위해 몸부림을 쳐왔다. 정작 타인에게 내 언어에 대해서 배워보라고 한 적이 없었다. 넥타이를 풀고자 몸부림쳤다. 하고픈 말이 목 언저리에 한가득 걸려 있었다.

택시 기사가 말을 이었다.

"아이도 낳고 세금도 내야지. 아니, 히키코모리인가? 니트족인가? 무슨……."

부욱― 넥타이를 완전히 뜯어버렸다. 헐크라도 된 것만 같았다. 넥타이는 그대로 양 갈래로 뜯겼고 이리저리 보풀이 흩날렸다. 택시 기사는 놀란 표정으로 나를 바라보다 차선 변경을 하려던 트럭을 가까스로 피했다.

택시 기사는 황당하다는 투로 말했다.

"뭐 하는⋯⋯."

나는 창문을 열고 찢긴 넥타이를 밖으로 내던졌다. 넥타이는 초혼*이라도 하는 것처럼 처절하게 흔들리더니 높게 날아올랐다. 동시에 상쾌한 공기가 폐 속으로 가득 밀려들었다. 꽁꽁 언 음료라도 속에 쏟아부은 것처럼 머리가 띵했으나, 동시에 그 어느 때보다도 내 정신은 명징해졌다.

택시 기사에게 말했다.

"제발 한국말, 아니 알아들을 수 있는 말을 하세요. 대화를 하자고요."

그러자 택시 기사는 입을 닫았고, 나는 창문을 열고서 소리를 질렀다. 한국말도 영어도, 심지어는 그 어떤 언어도 아닌 나만의 언어였다. 태어났을 때부터 한 번도 입 밖으로 내뱉지 못하고 머금고 있던 것이었다.

나는 아이가 울듯이 있는 힘껏 세상을 향해 소리쳤다. 내 태초의 울음이었다.

* 지붕에서 고인의 윗옷을 들고서 북을 세 번 외치는 것에 절차 준 일부

Hello, My 독자들아.

이 Humorous and Joyful한 Book을 읽은 you. 가졌다, a good, 아니 super ultra best 운.

You, 한 번이라도 :) 했다면 This 책, Buy and Recommend하라. To your 조부모에게도.

만약 You don't? 너의 양심 is no rice 양념게장 like 도둑.

Read하며 불편한 :(part 있다면 Sorry but I love you.

다 거짓말.

Just you :) 하길 wish.

나 Help 받았다. 번역기. Book 속 Translation 오류 report to Naver or google.

I will 떠난다. Great book 쓰러.

Many 관심, Make 나 dancing like 고래, 돌고래, 가오리.

Read한 all 독자 to 생큐, 아리가토, 셰셰, 메르씨, 필렌당크, 깜언, 블라가다류바쓰, 라링글라찌오, 컴프라쿤그랍, 타크, 당큐웰, 뜨리마카시, 에파리스토, 오브리가두. 이외 다른 language 사용자, your country에 이 책 publishing되면 절하러 going한다.

So, really, really 감사합니다.

From 준녕 김

장강명(소설가)

"이런 미친 내용을 누가 믿어줄까? 만약 이 모든 것이 소설이라면, 작가의 머리가 이상한 것이 분명했다."(315쪽)

붐! 그러나 작가 김준녕은 미치지 않았다. 미친 사람은 자신이 미쳤다는 생각을 하지도 않고 이런 문장을 쓰지도 않는다. 작가가 미치지도 않았는데, 소설은 어떻게 이렇게 (그럴듯하게) 미친 내용이 될 수 있었을까? 작가의 뛰어난 감각도 한몫했겠지만, 그에 앞서 그가 사는 세상이 광기의 재료를 많이 퍼다 줬기 때문이라고 본다. 어쩌면 남들은 그냥 그렇게 넘기는 일상의 광기를 예민하게 알아차리는 것이 그의 감각인지도 모르겠다. 잘 닦인, 뒤틀린 거울 같은 작가다.

뒤틀린 거울은 어떤 풍경을 보여주고 있을까. 소설에는 '가짜' 혹은 그와 비슷한 단어가 많이 나온다. 가짜 총, 가짜 총알, 가짜 욕, 가짜 외국인, 가짜 영어교사, 가짜 경찰, 위조지폐, 신분 위장 등. 그 가짜들은 하나같이 성의가 없다. "장군님 솔방울 던지니 수류탄 터진다"(왜 하필 이 문장을 사례로 드는지는 작품을 읽으면 알 수 있다)는 식이다. 하지만 그 무성의한 거짓말에 장단을 맞춰주지 않으면 살아남을 수 없다. "장군님 솔방울 던지니 수류탄 터진다"와 똑같다. 잉글리시 타운이라는 장소 자체가 그렇다. 진지하게 받아들일 수 없지만 진지하게 받아들여야 한다. 그리고 우리는 자신의 언어를 빼앗긴 채, "자기가 하고 있는 것이 모두 가짜"라는 말을 듣고 "모두가 그렇다고, 연기조차 전부 우리의 삶이라고 대답"하며 살아간다.

언어를 빼앗긴 사람은 사고도 빼앗긴다. 무성의한 거짓말을 성의 있게 보여주는 뒤틀린 거울을 보며 내가 빼앗긴 생각들에 대해 생각했다. 제정신에 대해 생각했다. 이런 생각을 하게 만드는 힘이 있는 작품이다. '영어 스트레스에 시달리는 한국 사회를 풍자한 소설이다'라는 생각이 이 소설을 가장 재미없게 읽는 방법일 것이다. 이츠 어 트랩.

붐뱁, 잉글리시, 트랩

© 김준녕, 2024

초판 1쇄 인쇄일 2024년 5월 3일
초판 1쇄 발행일 2024년 5월 15일

지은이　　김준녕
펴낸이　　정은영
편집　　　박서령 박진혜 정사라
디자인　　강우정
마케팅　　최금순 이언영 연병선
　　　　　최문실 윤선애
제작　　　홍동근

펴낸곳　　네오북스
출판등록　2013년 4월 19일 제2013-000123호
주소　　　04047 서울시 마포구 양화로6길 49
전화　　　편집부 (02)324-2347, 경영지원부 (02)325-6047
팩스　　　편집부 (02)324-2348, 경영지원부 (02)2648-1311
이메일　　neofiction@jamobook.com

ISBN 979-11-5740-413-1(03810)